W0287644

Fantasy

Herausgegeben von Friedel Wahren

Das Schwarze Auge

1. Roman: Ulrich Kiesow, *Der Scharlatan* · 06/6001
2. Roman: Uschi Zietsch, *Túan der Wanderer* · 06/6002
3. Roman: Björn Jagnow, *Die Zeit der Gräber* · 06/6003
4. Roman: Ina Kramer, *Die Löwin von Neetha* · 06/6004
5. Roman: Ina Kramer, *Thalionmels Opfer* · 06/6005
6. Roman: Pamela Rumpel, *Feuerodem* · 06/6006
7. Roman: Christel Scheja, *Katzenspuren* · 06/6007

Das Schwarze Auge

BJÖRN JAGNOW

DIE ZEIT DER GRÄBER

Dritter Roman
aus der
aventurischen Spielewelt

herausgegeben
von
ULRICH KIESOW

Originalausgabe

WILHELM HEYNE VERLAG
MÜNCHEN

HEYNE SCIENCE FICTION & FANTASY
Band 06/6003

2. Auflage

Redaktion: Ralf Dürr & Friedel Wahren

Printed in Germany 1995
Umschlagbild: Krzysztof Wlodkowski
Kartenentwurf (Seite 8/9): Ralf Hlawatsch
Umschlaggestaltung: Atelier Ingrid Schütz, München
Technische Betreuung: M. Spinola
Satz: Schaber Satz- und Datentechnik, Wels
Druck und Bindung: Presse-Druck, Augsburg

ISBN 3-453-08678-3

Anke gewidmet

Für Zauber und Rahjaikum ...
Für ihren Kristeller ...
... und für vieles andere

Aventurien – das Land des Schwarzen Auges

Die Weltbeschreibung Aventuriens, seiner Provinzen, Bewohner, magischen Phänomene, Götter und Kreaturen, umfaßt mittlerweile weit mehr als 1000 Seiten, so daß wir hier gar nicht den Versuch unternehmen wollen, Ihnen das Reich des Schwarzen Auges in seiner ganzen Vielfalt zu beschreiben. Diese kleine Einführung kann kaum mehr leisten, als Ihnen ein wenig Appetit auf das Gesamtwerk zu machen. Eine Übersicht über das gesamte bisher erschienene Hintergrundmaterial zu unserem Spiel erhalten Sie bei Ihrem Buch- oder Spielehändler oder (bei Einsendung eines mit DM 3,– frankierten A4-Rückumschlags) direkt bei *Das Schwarze Auge*, Postfach 1165, 85378 Eching.

Geografie

Der Kontinent Aventurien ist eine der kleineren Landmassen auf Dere, einer erdähnlichen Welt, die die meisten Aventurier für scheibenförmig halten. Zwar wurde in neuerer Zeit mehrfach die Hypothese aufgestellt, die Dere sei kugelförmig, aber diese Annahme läßt sich einstweilen nicht beweisen: Bisher ist es keinem aventurischen Seefahrer gelungen, die Welt zu umrunden – im Osten wird der Kontinent nämlich von einem schier unbezwinglichen, mehr als 10 000 Schritt (m) hohen Gebirge begrenzt, dem ›Ehernen Schwert‹. Auf der Westseite des Landes erstreckt sich ein tückischer Ozean, geheißen das ›Meer der Sieben Winde‹. Jenseits dieses Meeres liegt ein sagenumwobener Kontinent namens ›Güldenland‹, und ob die Welt hinter dem Güldenland zu Ende ist oder nicht, entzieht sich der Kenntnis aventurischer Geografen.

Ifirns Ozean
Yeti-Land
Riva
Norburg
Bornland
Orkland
Thorwal
Lowangen
Baliho
Festum
Warunk
Beilunk
Mittelreich
Nostria

Meer der Sieben Win
Fasar
Zorgan
Vinsalt
Kuslik
Khunchom
Liebl.
Mherwed
Khom
Thalusa
Tuzak
Maraskan
Zyklopen-
Inseln
Feld
Perlenmeer
Al´Anfa
Brabak
Altoum
Waldinseln
N
W
O
S
500 Meylen
Aventurien

Aventurien selbst mißt vom äußersten Norden bis zu den Dschungeln des Südens etwa 3000 Meilen (km) – keine sehr weite Strecke für einen Kontinent, mag es scheinen, aber immerhin würde ein Aventurier gewiß mehr als drei Monate benötigen, um diese Entfernung zu durchreisen. Es kämen jedoch nur wenige Menschen auf den Gedanken, eine solche Reise zu wagen, denn ihr Weg würde sie durch weite Gebiete führen, wo jede Hoffnung, auf eine menschliche Ansiedlung zu stoßen, vergeblich wäre, wo sie aber immer damit rechnen müßten, feindseligen Orks, gefräßigen Ogern oder wilden Tieren zum Opfer zu fallen.

Der äußerste Norden Aventuriens – so er nicht von Eis bedeckt ist –, wird bestimmt von Wald- und Steppengebieten. Ansiedlungen gibt es hier kaum, die wenigen Menschen, denen man begegnen kann, gehören meist zum Volk der Nivesen, den Steppennomaden, die dem Zug der großen Karenherden folgen. Im Nordwesten liegt auch das Orkland, ein von mehreren Gebirgszügen eingeschlossenes Hochland, das – wie sein Name vermuten läßt – hauptsächlich von Orks bewohnt wird. Die zahlreichen Orkstämme liefern sich häufig blutige Fehden um Jagdgründe, Weideland und Sklaven. Nur vereinzelt schließen sie sich zu einem großen Verband zusammen und dringen auf einem blutigen Beutezug weit nach Süden vor, in das Reich der Menschen.

Auf gleicher Höhe mit dem Orkland liegt ganz im Westen des Kontinentes Thorwal, das Reich eines streitbaren und räuberischen Seefahrervolkes. Mit ihren leichten einmastigen Schiffen – ›Ottas‹ oder ›Drachenboote‹ genannt – stoßen die Thorwaler zu allen Küsten Aventuriens vor. Finden sie einen kleinen Hafen unbefestigt und unvorbereitet, wird er überfallen und geplündert; stoßen die rothaarigen Hünen auf überraschenden Widerstand, versuchen sie, mit den Städtern Handel zu treiben.

Im Nordosten des Kontinents erstreckt sich das Bornland, das an seiner Ostseite von den unüberwindlichen Gipfelketten des Ehernen Schwertes begrenzt wird. Das Bornland ist ein sehr waldreiches Gebiet, bekannt für seine strengen Winter und seine zähe und arbeitsame Bauernschaft, die als Leibeigene einer Vielzahl von Baronen, Grafen und Fürsten ein sorgloses Leben ermöglicht. Festum, die Hauptstadt des Landes und Amtssitz des Adelsmarschalls, gilt als eine der schönsten und sinnenfrohesten Hafenstädte Aventuriens.

Im Herzen des Kontinents liegt das ›Neue Reich‹, eine Zone gemäßigten Klimas, relativ dicht besiedelt und mit einem gut ausgebauten Straßennetz ausgestattet. In der langen Zeit der Besiedlung wurden viele Rodungen vorgenommen, aber in der Umgebung der Gebirgszüge finden sich noch immer dichte, undurchdringliche Wälder: Die Gebirge selbst, vor allem Finsterkamm, Koschberge und Amboß, sind von Zwergen bewohnt. Die Hauptstadt des Mittelreiches, Gareth, ist mit etwa 120 000 Einwohnern die größte Stadt Aventuriens.

Südlich an das Mittelreich schließt sich die Khom-Wüste an, die Heimstatt der Novadis, eines stolzen Volkes von Wüstennomaden. Das Gebiet zwischen dem Khoram-Gebirge und den Unauer Bergen wird im Westen von den Eternen und den Hohen Eternen begrenzt. Diese beiden Gebirgszüge schirmen die Khom auch von den Regenwolken ab, die fast ausschließlich mit dem Westwind ziehen.

Ein regenreiches Gebiet ist dagegen das Liebliche Feld; so heißt das reiche Land im Westen, dessen Hauptstadt Vinsalt ist. Das Liebliche Feld ist angeblich das Land, in dem sich die ersten Einwanderer aus dem fernen Güldenland ansiedelten. Das Gebiet um die Städte Grangor, Kuslik, Belhanka, Vinsalt und Silas gilt als der fruchtbarste Bereich des ganzen Kontinents. Hier findet man den intensivsten Ackerbau und die blühendsten Ansiedlungen. Die meisten Städte und Dörfer im Lieblichen Feld sind sehr wehrhaft gebaut, weil die Region ständig von Überfällen bedroht ist: Von der Landseite dringen immer wieder Novadi-Stämme in die Provinz ein, und die Küste wird häufig von den Drachenschiffen der Piraten aus Thorwal heimgesucht.

Südwestlich der Eternen beginnt die aventurische Tropenregion. Das Land ist von dichtem Urwald bedeckt, nur die Gipfelkette des Regengebirges ragt aus dem undurchdringlichen Blätterdach. Die Dschungelregion wird von Ureinwohnern und Siedlern aus Nordaventurien bewohnt. Die Siedler leben in Handelsniederlassungen entlang der Küste, die Ureinwohner – sie sind zumeist kleinwüchsig, haben eine kupferfarbene Haut und werden ›Mohas‹ genannt – wohnen in kleinen Pfahldörfern tief im Dschungel. Die Gifte, Kräuter, Tinkturen und Tierpräparate der Mohas sind in den Alchimisten-Küchen ganz Aventuriens heiß begehrt, und auch die Mohas selbst gelten mancherorts als wertvolle Handelsware.

Vor allem in den südlichen Regionen des Kontinents ist die Sklavenhaltung weit verbreitet, und in vielen reichen Häusern gilt es als schick, sich einen echten ›Waldmenschen‹ als Pagen oder Zofe zu halten. Al'Anfa, der an der Ostküste des Südzipfels gelegene Stadtstaat, ist das Zentrum des Sklavenhandels und hat schon vor langer Zeit den Beinamen ›Stadt des roten Goldes‹ erworben, während es von Gegnern der Sklaverei als ›Pestbeule des Südens‹ bezeichnet wird.

Erbitterter Gegner Al'Anfas ist vor allem das kleine, an der Südküste gelegene Königreich Trahelien, das sich erst kürzlich seine Unabhängigkeit vom Mittelreich erstritten hat, dessen südlichste Provinz es einmal war.

Im äußersten Südwesten läuft der aventurische Kontinent in eine Inselkette aus, deren größte Inseln, Token, Iltoken und Benbukkula geheißen, vor allem als Gewürzlieferanten bekannt sind.

Politik und Geschichte

*»Für den Landmann, sei er Bauer oder Knecht,
gibt's in der Welt nicht Gold noch Recht!«*

Zitiert aus dem Lied ›Der Ritter und die Magd‹,
gedichtet von einem unbekannten Wanderarbeiter
aus dem Lieblichen Feld

*»Im Namen des Herren Praios, seiner Schwester Rondra
und der anderen unsterblichen Zehn,
im Namen der Ehre, des Mutes und der göttlichen Kraft,
im Namen der Treue, des Reiches und der
kaiserlichen Majestät,
im Namen der Liebe und der Achtung vor jeglicher
gutherziger Kreatur,
senke ich diese Klinge auf deine Schultern, die fortan eine ehrenvolle, aber schwere Bürde tragen sollen. Erhebe dich nun, Ritter...!«*

Die in weiten Teilen Aventuriens
verbreitete Ritterschlag-Formel

Die Zeitepoche, in der Aventurien sich befindet, ist nicht unbedingt mit dem irdischen Mittelalter, sondern eher mit der Frührenaissance vergleichbar, und ähnlich wie die Herrscher in jener Zeit verhalten sich auch die aventurischen Potentaten: Sie bedienen sich aller Mittel, die die Politik schon immer zu bieten hatte – Diplomatie, Korruption, Krieg und Intrige. Dennoch kann man davon ausgehen, daß die meisten von ihnen das Wohl ihres Volkes und Reiches im Auge haben. Die beiden bedeutendsten Staaten in Aventurien sind das ›Mittel- oder Neue Reich‹ und das ›Liebliche Feld‹. Beide werden von einem Kaiser regiert, wobei der Herrscher des Mittelreiches, Kaiser Hal I., jedoch kürzlich auf rätselhafte Weise verschwunden ist (an seiner Statt regiert Prinz Brin I.) und die Regentin des Lieblichen Feldes, Amene III., erst vor einem Jahr wieder den Titel einer Kaiserin angenommen hat (im Lieblichen Feld ›Horas‹ geheißen). Beide Staaten sind nach dem klassischen Lehenssystem organisiert, in dem der Bauer seinem Baron Abgaben zu entrichten hat, dieser dem Grafen, der wiederum dem Fürsten usf., wobei der Kaiser/die Kaiserin jeweils der oberste Lehensherr ist.

Die aventurische Geschichte, auf die wir hier nicht im einzelnen eingehen wollen, ist übrigens mit Erscheinen des Spiels *Das Schwarze Auge* keineswegs zum Stillstand gekommen, sondern befindet sich in stetem Fluß. Der *Aventurische Bote* – das DSA-Magazin – berichtet regelmäßig über die Geschicke der Mächtigen und der Völker; (einige Abenteuer und Romane sind an Wendemarken der Geschichte angesiedelt und ermöglichen den Spielerhelden eine aktive Teilnahme am aventurischen Weltgeschehen. Bei ihren Entscheidungen über den Fortgang der Geschichte war und ist die DSA-Redaktion stets bemüht, Spieleraktionen, -wünsche und -anregungen einzubeziehen, damit die DSA-Spieler in ihrer Gesamtheit einen nicht unbeträchtlichen Anteil an der Entwicklung ihrer Spielwelt nehmen können.

Götterwelt

> *»Denn siehe: Den Götterlästerern und Meuchlern, den Brandschatzern und Brunnvergiftern und was dergleich Gesindel mehr sein mag, den Verstockten und Verhärteten, die nit Reu noch Buße kennen, wird Boron nit den Schlüssel geben, zu öffnen die paradiesisch Pforten.«*
>
> Zitiert aus ›Die Zwölf göttlichen Paradiese‹
> von Alrik v. Angbar, zuletzt abgedruckt
> im Aventurischen Boten, Praios, 17 Hal.

So mächtig einige aventurische Potentaten auch sein mögen, sie sind dennoch nicht die wahren Lenker der Geschicke der Welt und ihrer Bewohner: Eine Vielzahl von Göttern herrscht über Land und Leute. Diese Gottheiten beziehen zwar ihre Macht aus dem Glauben derer, von denen sie verehrt werden, aber sie sind keineswegs reine Idealvorstellungen oder Gedankenbilder, sondern reale, überaus machtvolle Wesenheiten, die sich bisweilen ihren Gläubigen zeigen, Wunder tun oder auf andere durchaus spürbare Weise in das Weltgeschehen eingreifen.

Am weitesten verbreitet ist in Aventurien der Glaube an die Zwölfgötter. Es sind dies Praios (Sonne, Macht, Herrschaft), seine Brüder Efferd (Regen, Meer, Seefahrt), Boron (Schlaf, Tod), Firun (Jagd, Winter), Phex (Handel, Diebeszunft), Ingerimm (Feuer, Schmiedekunst) und die Schwestern Rondra (Krieg, Blitz und Donner), Travia (Gastfreundschaft, Ehe), Hesinde (Künste, Wissenschaft, Zauberei), Tsa (Erneuerung, Jugend), Peraine (Aussaat, Heilkunde) und Rahja (Liebe, Rausch, Wein).

Diese Götter werden im Bornland, dem Mittelreich, dem Lieblichen Feld und an vielen anderen Orten des Kontinents verehrt. Nach ihren Namen sind auch die Monate des am weitesten verbreiteten Kalenders benannt. Die Nomaden der Wüste – Novadis genannt – huldigen dem Eingott Rastullah, die Bewohner der Insel Maraskan beten zu Rur und Gror, einem göttlichen Zwillingspaar.

Zwischen diesen Göttern – zu denen sich noch eine Reihe Halbgötter gesellt – mag es Zwistigkeiten und ernsten Streit geben, möglicherweise auch blutige Fehden, aber sie alle haben ihren stetigen unversöhnlichen Widersacher in einer übersinnlichen Kreatur, die man den ›Gott ohne Namen‹ nennt. Auch dieser, der Inbegriff des Bösen und der Verderbtheit, besitzt eine beträchtliche geheime Anhängerschar in Aventurien, denn er versteht es, seine Gefolgsleute mit Reichtum und Macht auszustatten, wie sie die anderen Götter nicht gewähren wollen (oder können?). Tempel und Bethäuser bestimmen das Straßenbild der meisten aventurischen Städte. Es hat wenig Sinn, in Aventurien ein Leben als Atheist oder Agnostiker zu führen, denn die Gottesbeweise sind zahlreich und greifbar. Außerdem wären die Menschheit sowie die Völker der Elfen und Zwerge längst untergegangen, wenn die Götter ihnen nicht im ewigen Kampf gegen das Reich der Dämonen zur Seite stünden …

Nachbemerkung

Wie schon anfangs gesagt: Viel mehr, als Sie ein wenig neugierig zu machen, konnte dieser kurze Blick auf Aventurien kaum leisten. Wir würden uns natürlich freuen, wenn Sie nun Lust bekommen hätten, sich ein wenig intensiver mit der Welt des Schwarzen Auges auseinanderzusetzen, denn Aventurien – entstanden aus der gemeinsamen Arbeit von mehr als zwei Dutzend Autoren und Hunderten von kreativen Spielerbeiträgen – ist gewiß eine der stimmungsvollsten und interessantesten Fantasywelten, die je geschaffen wurden.

Der Tag schimmert am Horizont seinem Untergang entgegen. Die erste Nacht zwischen den Jahren bricht herein. Wenn wir bisher vom Unheil verschont blieben, so mag es an dem schwachen Glühen der Sonne gelegen haben, das noch durch die Wolken zu dringen vermochte.

Aber nun steht die Dunkelheit an den Gestaden der Welt und fordert ihren Einlaß. Ihre Horden werden das Tor in wenigen Augenblicken brechen, und mit ihnen kann alles gläubige Volk den Untergang finden. Die Götter mögen es mit ihren verbliebenen Kräften verhindern.

Ich fürchte nicht meinen Tod. Ich fürchte, daß sich niemand meiner Seele annehmen kann, niemand diese Tage überlebt, um mich dem Gott des Todes zu überantworten, denn mein Fleisch hat den Zutritt ins neue Jahr verwirkt. Ich bin ein todgeweihter Lebender in einer Stadt der lebenden Toten. Hier gibt es keinen Unterschlupf, den wir nicht mit unserer Anwesenheit entweihen würden.

Wir erzürnen die Götter in einer Zeit, da wir auf ihren schwachen Schutz angewiesen sind, um nicht in ewiger Verdammnis zu enden. Möge sich Marbo unser annehmen, alsbald als ihre Kraft zurückkehrt! Sonst sind unsere Seelen Opfer für Dämonen, und unsere Leiber kriechen bis in alle Zeit durch dunkle Verliese, um noch dunkleren Zauberern und Götzendienern zu gehorchen.

*

»Sinds denn hergekumme? Drauhag, de Gödder wisse. Aber zefür?«

»Dre Daach zefür im Pervinsche geschlove, zoch uns

nach Eschefurt denoch. Mog de Herr des Örtschen kenne?«

»Gewiss, mei eige Sonn hat en Hus in Eschefurt. Wenns Arm russtrecket usset Fenster, kanner fasse in de Drulga.«

»Meine Güte, was redet Ihr da?« Sie sah fragend von dem Mann an der Tür zu dem an ihrer Seite. Sie fühlte sich unwohl, während die beiden sich grinsend im bornischen Dialekt unterhielten, so daß sie kaum wußte, ob sie nicht selbst der Gegenstand ihrer Unterhaltung war. Es war ihr peinlich, als stummer Zierat neben Wulfen zu stehen und nur verlegen zu lächeln.

»Iss nich von hie, de Dam? Iss ne Neureichsche. Mogst selbst lang dort gewese sin, ode?«

»So iss, de Gödder wisse. Aber wir sollten die Dame nicht von unserem Gespräch ausschließen. Wir müssen ohnehin fort, sonst läuft uns die Sonne vom Himmel, bevor wir alles gesehen haben.«

»Da habt Ihr wohl recht. Bis zum Abend dann, werter Herr, edle Dame.« Der Gastwirt deutete eine Verbeugung an und öffnete die Tür. »De Rösser findst inne Scheun.«

Narena ging Wulfen voraus und hielt auf die Scheune zu, in der sie am gestrigen Abend ihre Pferde untergestellt hatten. Dabei fragte sie ihn nach dem Inhalt der Unterhaltung.

»Der Wirt wollte wissen, woher wir gekommen sind, und ich sagte ihm, daß wir vor drei Tagen in Pervin waren und dann über Eschenfurt angereist sind. Er hat einen Sohn dort, der unmittelbar an der Drulga wohnt. Das ist der Fluß, der durch den Ort führt. Erinnerst du dich?«

Sie nickte.

»Und er nannte dich eine Neureicherin und meinte, daß ich ebenfalls …«

»Eine Neureicherin.« Sie hatte diesen Ausdruck

schon zu oft gehört, seit sie in diesem Teil der Welt war, um sich noch darüber aufzuregen. Die Bornländer bildeten sich etwas ein auf ihre Unabhängigkeit im Schatten des Kaiserreiches, spielten sich auf, weil sie reiche Handelskontore und Banken ihr eigen nennen konnten, doch hier im Hinterland bedeutete die Unabhängigkeit Leibeigenschaft und der Reichtum nur sumpfige Erde und Nadelwald.

Dennoch konnte man nicht abstreiten, daß es ein schönes Land war. Rauh und unberührt in seiner hügeligen Wildnis, aber beruhigend für das Auge. Sie verstand, warum sie Wulfen in diese Ödnis gefolgt war, besser denn je. Sie hatte nicht nur endlich Gelegenheit, auszuspannen und sich zu erholen, es lohnte sich auch wirklich, dem Born flußaufwärts in das Land zu folgen, das seinen Namen trug.

Sie war gespannt auf die Stadt der Toten, die eine Wegstunde vor ihnen lag. Die Stätte war der Überrest eines prunkvollen Boronkults, mehr als eine Ansammlung von Grabmälern, die die Lebenden an die Verstorbenen erinnerten. Die Sagen berichteten von Schätzen, die den Toten mit ins Grab gelegt wurden, damit Boron sie als reiche, machtvolle Menschen erkenne und ihnen den gebührenden Platz in einem der zwölf Paradiese zuteile. Man erzählte sich von Nachtmahren und Untoten, die jeden Grabräuber straften, von Irrlichtern, die sie in den Sumpf lockten, der nicht nur aus diesem Grund der Totensumpf genannt wurde. Es war ein heiliger, mystischer Ort von seltsamem Zauber, der Narena schon in der Ferne erfaßt hatte, eine Mischung aus Neugier und Angst, Ehrfurcht vor dem Gott des Todes und den Schwingen seines Boten, mit dem eines Tages die Erlösung kommen würde.

*

Noch verwehrten Hügel die Sicht auf die Totensümpfe, doch die wenigen Schritt schmolzen schnell dahin. Narenas Blick entdeckte die ersten Dachgiebel und Spitzen von Obelisken hinter der runden grünen Wölbung der Erde. Die goldene Scheibe des Sonnengottes Praios schien kräftig vom Himmel herab. Sein göttlicher Wille zwang die Untertanen seiner Herrschaft zu Schweißausbrüchen, obwohl der Monat der sanften, liebkosenden Rahja gehörte.

Der Pfad, dem sie folgten, wirkte trotz des außergewöhnlichen Ziels, das er hatte, ausgetreten und ständig benutzt. Vom regen Pilgertum zeugte auch das Gasthaus, in dem Wulfen und Narena die Nacht verbracht hatten. Dennoch schienen sie bisher die einzigen zu sein, die sich heute der Stadt der Toten näherten.

»Gleich sind wir da«, sagte Wulfen. Diese unnötige Bemerkung war der Ausdruck seiner Unruhe, während Narena sich kaum zurückhalten konnte, das Pferd zum Galopp zu treiben. Es wäre jedoch nicht schicklich gewesen, in einen Boronanger hineinzugaloppieren, noch dazu mit freudestrahlendem Gesicht. Was mochte der Geweihte denken, wenn sie sich ihm so nähern würden? Vermutlich würde er ihnen den Zutritt verweigern.

Sie erreichten die Kuppe des letzten Hügels. Zuerst fühlte Narena den kühlen Lufthauch, der ihr vom Tal entgegenwehte. Dann sah sie die Insel. Große Villen mit ausladenden Balkonen und Säulengängen standen mitten im Sumpf, starrten dem Besucher entgegen, als sei es das Gewöhnlichste der Welt, Herrenhäuser an einem Ort zu errichten, an dem niemand lebte.

Die Totensümpfe erstreckten sich bis an den Horizont. Teiche und Tümpel wechselten mit feuchten Wiesen und schlammigem Morast. Felder von Schilfgras schufen wallende Meere, die sich im Wind bewegten, zu winken schienen, als wollten sie den neugierigen

Betrachter zu sich auf unsicheren Boden locken. Dunst sammelte sich über den Wasserflächen, wo sie von der Sonne berührt wurden, und verdichtete sich zu Nebelschwaden, die in die Stadt, in die Häuser der Toten zogen, sich in Stuckwerk und Giebeln fingen wie Fäden von Feengarn oder Spinnweben.

Das Moor atmete kühle Feuchtigkeit, die bis zu den Hügeln spürbar war. Ein Frösteln schickte sie dem Besucher über die Haut, vermittelte ihm Ehrfurcht und das Gefühl von Unwürdigkeit. Dies war kein Ort für die Lebenden. Hier regierte Boron, und nur wer seine Gabe nicht scheute, konnte es wagen, die Stadt und den Sumpf länger als für ein Gebet zu betreten. Die Vorstellung, eine Nacht auf der Insel verbringen zu müssen, war angsteinflößend.

Die Villen verwandelten sich unter dem Schleier des Nebels zu düsteren Gemäuern. Ihre herrschaftliche Architektur bekam einen deutlichen Ausdruck der Wehrhaftigkeit, und jeder sorgsam gemeißelte Obelisk schien eine drohende Lanze zu sein. Narenas Begeisterung, die Stadt zu besuchen, wich allmählich dem Wunsch nach Umkehr.

Wulfen richtete sich in den Steigbügeln auf und blickte mit offensichtlichem Interesse über die Grabstätte. Faszination und Neugier standen plötzlich in seinem Gesicht, und Narena war nicht überrascht, daß er schnell zum Weiterreiten drängte.

»Hast du die Kapelle diesseits der Insel gesehen? Der Geweihte wird uns den Weg zur Stadt weisen können.« Er sah sich zu ihr um, und sie nickte rasch, um ihn nicht auf ihre Unentschlossenheit aufmerksam zu machen. Sie wäre lieber stehengeblieben, hätte die Insel aus der Ferne betrachtet, aber sie wußte, daß sie sich später ärgern würde, wenn sie jetzt nicht den Mut aufbrächte, Wulfen zu folgen. Sie waren so weit gereist, um die Stadt der Toten zu sehen. Es wäre peinlich gewesen, sich nun diese Blöße zu geben.

Sie gab ihrem Pferd einen Stoß in die Flanke und trieb es den Hügel hinab. Wulfen ritt ein paar Schritt vor ihr. Obwohl sie ihn als ruhigen, gefaßten Mann kannte, schien ihn Nervosität erfaßt zu haben. Es war seine Idee gewesen, die Stadt der Toten zu besuchen, doch bisher hatte sie geglaubt, es sei nur der Wunsch, keine Sehenswürdigkeit des nördlichen Bornlandes auf ihrer Reise auszulassen. Seit sie ihn in Festum kennengelernt hatte, hatte er immer gelassen und beinahe unbeteiligt gewirkt. Die wenigen Situationen, in denen er seiner Disziplin ein Lachen abgerungen hatte, konnte sie an den Fingern abzählen. Am ehesten zeigte er stumme Bewunderung für das Land seiner Heimat. Für ihn waren diese Wälder des Nordens ebenso unbekannt wie für Narena, und er genoß ihren Anblick stumm, während sie sich ständig darum bemühte, auf alles Neue hinzuweisen. Es hatte nicht lange gedauert, bis sie sich für ein Plappermaul hielt.

Wulfen schien dies nicht zu stören. Manchmal glaubte sie, er beachte sie gar nicht. Er strahlte eine unantastbare Ruhe aus, die sie reizte und sie dazu brachte, ihn noch mehr zu bedrängen. Sie wollte seine Aufmerksamkeit erregen. Sie hatten schließlich die Reise zusammen begonnen und sollten sie nicht jeder für sich und in Gedanken verbringen. Sie wollte das Gefühl haben, nicht allein zu reiten, doch Wulfen hatte sich auf wenige Gespräche beschränkt. Erst jetzt, beim Anblick der Totensümpfe, hatte er eine Gemütsregung gezeigt, die sie sich schon viel früher gewünscht hatte.

Sie erreichten die Kapelle, die das Symbol der Vergänglichkeit trug, und stiegen vom Pferd. Vor der Tür des Schreins saß eine Geweihte in schwarzen Gewändern, die aus Stroh halbe Wagenräder in der Größe einer Faust flocht. Sie sah nicht auf, als Wulfen und Narena sich vor ihr verbeugten, sondern wies ohne ein Wort in Richtung der Insel, wo ein schmaler Pfad durch den Morast führte.

In der Talsenke, in der sich die Kapelle des Todesgottes befand, war es kälter als auf der Hügelkuppe. Der Hauch Borons breitete sich um seine Dienerin aus und bereitete Narena Unbehagen. Die Nähe eines Boron-Geweihten war gefährlich, wenn es keinen Toten zu betrauern gab. Ihr Gott mochte sich jederzeit der Lebenden erinnern.

»Nehmt einen Batzen als Zeichen unserer Demut«, sagte sie mit zitternder Stimme, während sie ein Goldstück aus ihrem Beutel holte und es vorsichtig in die Hand der Priesterin fallen ließ. Eine Berührung bedeutete Unglück. Die Frau, die die Stadt der Toten bewachte, reichte Narena stumm zwei ihrer Flechträder, die als Grabopfer gedacht waren, und widmete sich wieder ihrer Arbeit. Am Himmel flog krächzend ein Rabe vorüber und trieb Narena zur Eile.

»Laß uns gehen, Wulfen!« Sie zog ihn am Arm in Richtung des Pfades, der zu der Insel im Sumpf führte; sein Verlauf war durch vereinzelte Holzpfähle markiert, zwischen denen ein Seil geknüpft worden war. Er schien sicher zu sein, wie die unzähligen Fußstapfen bewiesen, aber er war matschig, und an einer Stelle führte er mitten durch einen Tümpel hindurch.

Wulfen band sein Pferd an einen Pfosten und murmelte Gebete an Boron, seinen Todesboten Golgari und seine erbarmungsvolle Tochter Marbo. Narena folgte seinem Beispiel und ging mit ihm auf den Pfad zu. An seinem Anfang knieten sie nieder, küßten ihre Flechträder und schlüpften aus den Schuhen. Mit heiligen Worten auf den Lippen, die Symbole Borons vor sich gestreckt, betraten sie den Weg zur Stadt der Toten.

Die Erde gab nach unter Narenas Fuß, verschluckte ihn bis zum Knöchel. Feuchter Schlamm drang ihr mit unnatürlicher Kälte zwischen die Zehen und heftete sich an ihre Haut. Beim nächsten Schritt sank auch der andere Fuß in den Morast, wo er zäh festgehalten wurde. Sie wankte, als sie voranschritt, die Füße erneut in die klamme Masse senkte. Wulfens Gebete, die hinter ihr zu hören waren, wurden eindringlicher. Sie hielt sich dicht an der Leitschnur, folgte den Markierungen über den weichen Untergrund. Als sie den Tümpel erreicht hatte, der den Weg kreuzte, suchte Narena vorsichtig nach Halt in der bräunlichen Brühe. Das Wasser reichte ihr bis zur Wade, bevor sie nicht mehr einsank, und sog sich in das Leder ihrer Hose. Bald fror sie auch an den Knien. Die Nebelschicht, die über dem Wasser lag, schluckte die Wärme der Sonne, als wäre es Winter.

Der Boden wurde wieder fester, als sie ein Tor erreichten, das von zwei grobbehauenen Felsen flankiert wurde. Auf dem einen Tor prangte das Bild eines adlerköpfigen Mannes, Praios, der die Sonne in der Hand hielt, auf der anderen das der gerüsteten und bewaffneten Kriegsgöttin Rondra. Hinter dem Durchgang lag ein kleiner Platz, in dessen Mitte ein Gedenkstein errichtet war. Vor ihm lag ein Haufen Flechträder, die zum Teil von der Feuchtigkeit schon halb vermodert waren.

Narena und Wulfen gingen auf den Stein zu, knieten vor ihm nieder und legten ihre Opfer ab. Dann las Wulfen ihr die Inschrift vor. »Zum Gedenken an die Verblichenen des sewerischen Adels.«

»Herr, gib ihnen die ewige Ruhe«, gab sie die vorgeschriebene Antwort.

Für einen Augenblick verharrten sie beide in andächtigem Schweigen, dann standen sie auf und sahen sich neugierig um. »Die beiden Torsteine sind nur zwei von wahrscheinlich zwölf, die um die ganze Insel verteilt sind«, sagte sie zu Wulfen, um ihn darauf aufmerksam zu machen, doch er schien es bereits bemerkt zu haben.

»Jeder von ihnen vertritt einen der Zwölfgötter. Ein Schutzkreis.« Er musterte die nächstgelegene Villa.

»Komm.« Das Gewand aus Brokat klebte ihm an den Beinen und verlor bei jedem Schritt dicke braune Erdklumpen. Das Kleidungsstück hatte auf dem kurzen Pilgerpfad gelitten, aber Wulfen verschwendete keinen Blick auf seine verlorene Eleganz. Er schien völlig in den unheimlichen Bann der Grabstätten geschlagen.

Das erste Gebäude, das sie erwartete, hatte das Äußere eines Landsitzes. Die Fassade trug hohe, wenn auch verriegelte Fenster. Der Türbogen schwang sich in einer eleganten Rundung von einem Pfosten zum anderen. Das Türblatt bestand aus geflochtenen Weidenruten, die blumige Ornamente bildeten, und wirkte eher wie ein Gartentor. Vor dem Haus waren Beete angelegt. Steine begrenzten die Fläche, in der eigentlich Zierblumen und Rosensträucher blühen sollten, doch auf dem kargen Boden der Insel wuchsen nur Moose. Das Grundstück schützte eine kniehohe Trockenmauer aus aufgetürmten Steinen, und in den Pfad, der bis vor die Terrasse führte, war ein filigranartiges Mosaik eingelegt. Es erzählte seine Geschichte, während Wulfen und Narena darüberschritten. Zuvor hatten sie sich die verschmutzten Füße im Gras gereinigt, doch gelegentlich fiel ein getrockneter Klumpen Morast aus ihren Kleidern und landete auf den Bildern von Musikanten, Dichtern und Narren, die vor einer Frau auf einem goldenen Thronsessel aufspielten.

Zu Füßen der marmornen Treppenstufen, die auf die Terrasse führten, knieten sie nieder, beugten den Kopf vor dem Grabmal und baten um Vergebung für ihre Neugier. Der edle Stein brannte unter ihren ungeschützten Füßen, gab ihnen die gebührende Antwort auf ihre Bitte. Sie beeilten sich, durch das Flechttor ins Innere der Villa zu blicken und die Wandgemälde zu bewundern. Der Aufenthalt war ungemütlich, und die Gegenwart der allzu großen Treppe, die in die Gewölbe unter dem Haus führte, machte die Anwesenheit der Toten allgegenwärtig. Als Narena den Eindruck gewann, Wulfen habe genug gesehen, verließ sie den Eingang dieser Grabstätte. Er folgte ihr zum Mosaikweg und sprach dort mit ihr die Gebete.

In den nächsten Stunden gingen sie von Haus zu Haus, erwiesen den Verstorbenen ihre Ehrerbietung und betrachteten die teuren Verzierungen, die aufwendige Architektur und den Wandschmuck. Das Innere der Grabmäler war heilig, und ihr Anblick bedeutete einen besonderen Götterdienst. Die Tür oder ein Fenster zu öffnen, wäre ein grausamer Frevel gewesen, doch wer immer diesen Ort erbaut hatte, hatte an die Pilger gedacht und ihnen Möglichkeiten gegeben, die Innenräume zu erkunden, ohne sie zu betreten.

Wulfen las Narena die Inschriften vor, wenn er besonders hübsche oder eindrucksvolle Verse fand. Bald spürte sie die Kälte an den Füßen nicht mehr, hatte die Angst vor der unheimlichen Insel vergessen und war ebenso wie er von der mystischen Atmosphäre gefangen, die um so überwältigender wurde, je weiter sie der einzigen Straße durch die Stadt der Toten folgten.

Irgendwann hatten sie alle Gebäude entlang dieses ausgetretenen Weges besichtigt, doch seine Spur führte weiter über die Insel zu einer Erhebung, die von stolzen Säulen flankiert wurde. Zwischen ihnen sammelte sich der Nebel, verdichtete sich zu einer Wand, die jeden Blick schluckte und nichts von dem verriet, was sie verbarg. Narena und Wulfen gingen nebeneinander her. Auf dem Hügel wartete das letzte Grab auf sie, und sie waren sich auch ohne Worte einig, daß sie nicht vorzeitig umkehren wollten.

Die säulengefaßte Nebelwand rückte näher. Sie wallte aus dem Boden auf, stieg hoch wie der Rauch eines Kamins, doch war ihr Ursprung nicht Feuer, sondern ein Becken, das sich ringförmig an den Säulen entlangzog und mit Wasser aus einer heißen Quelle gespeist zu werden schien.

Narena trat in die Flüssigkeit und den Nebel. Sie fürchtete zu verbrennen, bis sich nach kurzer Zeit ihr Körper an die Wärme gewöhnte. Erst jetzt fühlte sie die weichende Taubheit ihrer Füße und die Kratzer und Schnitte an ihren Sohlen, die der Fels ihr zugefügt hatte. Dann wiederholte sie das Boronslob und hörte, wie Wulfen in ihr Gebet einfiel.

Jenseits des Nebels war es nicht so kalt wie in der übrigen Stadt. Vereinzelt wuchsen Blumen im Gras, und einige Schritt vor den beiden Pilgern reckte sich eine Weide in die Höhe. Hinter ihren Zweigen schimmerte Grünspan von einer Kuppel herab, die sich bald als das Dach eines Rundbaus entpuppte. Seine Mauern waren aus Granit gefertigt und seine geöffneten Tore aus dickem Stahl geschmiedet. Statt Fenstern trug er nur schmale Schlitze, die wie drohende Schießscharten auf die barfüßigen Besucher herabstarrten. Doch trotz seiner wehrhaften Grundanlage wurde der Rundbau von Reliefs geschmückt, die beeindruckend schön waren – selbst jetzt, nachdem Wulfen und Narena die ganze Stadt betrachtet hatten, waren sie begeistert von den lebensechten Bildern, auf denen sich Menschen in wilde Schlachten gegen halbmenschliche kleine Wesen mit schütterem Fell stürzten. Auf der rechten Seite des Gebäudes gab eine Gestalt in vollem Harnisch und mit einem Zweihänder bewaffnet Befehle über sein Heer. Auf der Linken sammelten sich die Ungeheuer, offensichtlich Goblins, um ihre Anführerin.

Eine Wolke huschte über die Anhöhe des Rundbaus, und als ihr Schatten auf die Mauern fiel, schien es, als würde die Anführerin der Goblins in den Stein gesogen und von ihm verschluckt. Die übrigen Reliefs blieben jedoch, wie sie waren. Erst als die Sonne zurückkehrte, erkannte Narena die Gestalt wieder, die zuvor verschwunden war.

»Die Kunga Suula, die Heerführerin der Goblins, wird von der Göttin Rondra in die Tiefen gezogen. Der Kampf um die Erschließung des Bornlandes wird gewonnen, weil die Herrin des Krieges und des Sturmes in die Geschicke eingreift. Eine würdige Umsetzung dieser Schlacht. Der Baumeister war ein Genie«, erklärte Wulfen und trat näher an das Gebäude heran.

Narena wollte ihm folgen, doch sie sah aus den Augenwinkeln einen Schatten, der sich von dem Grabbau wegbewegte und auf die Nebelwand zuhielt. Eine Frau hastete über die Anhöhe, sprang über das Becken mit warmem Wasser und war hinter dem Schleier verschwunden. Aufmerksam geworden, ging Narena in die Richtung, aus der die Gestalt gekommen war. Vielleicht war es eine Grabräuberin, die trotz der Warnungen und der Legenden mutig und ehrlos genug gewesen war, die Reichtümer der Toten zu stehlen. Dann mußte es einen zweiten Eingang geben, durch den sie aus dem Grab geflohen war, um nicht von Narena und Wulfen entdeckt zu werden.

Doch wie sich herausstellte, hatte der Rundbau nur dieses eine Tor, und die Fenster waren allesamt zu klein, um jemanden hindurchzulassen. Vermutlich war die Frau doch nur eine Pilgerin. Aus welchen Gründen auch immer sie sich dermaßen beeilt hatte, es war nicht Narenas Aufgabe, sich darum zu sorgen. Die Götter lohnten jede Tat auf die angemessene Weise.

Wulfen sah ihr fragend entgegen, als sie sich wieder zu ihm gesellte, aber sie winkte ab. »Es ist nicht so wichtig. Nur eine eilige Pilgerin.«

*

Den folgenden Tag verbrachten Wulfen und Narena mit der Rückreise nach Drauhag, der nächsten befestigten Ortschaft. Sie hatten die Herberge in der Nähe der Totensümpfe am frühen Morgen verlassen, nachdem der Wirt ihnen ein großzügiges Frühstück aufgetischt hatte. Während sie gegessen hatten, hatte er sein bewegliches Hab und Gut auf ein Pferd gepackt und sich ihnen dann angeschlossen. Wenige Augenblicke vor ihrem Aufbruch war auch die Priesterin der Todesinsel zu ihnen gestoßen. Es wäre gefährlich und leichtsinnig gewesen, einen Menschen in dieser Wildnis zurückzulassen, wenn das Jahresende bevorstand.

Sie paßten sich der Geschwindigkeit der Geweihten an, die stumm und in einigem Abstand hinter ihnen ging. Die Sonne schimmerte glänzend zwischen den Wipfeln des Nadelwaldes hindurch, durch den der Weg führte, und trotz der kühlenden Schatten wurde es bald drückend warm. Die schweigsame Boroni ertrug die Anstrengungen, die ihr schwarzes Gewand ihr auferlegte, ohne merklich zurückzufallen.

Narena hatte sich zunächst in ihrer Nähe gefürchtet, aber die stille, unauffällige Art der Boroni vertrieb allmählich die Beklommenheit, und Narena richtete ihre Aufmerksamkeit ganz auf die Umgebung, die langsam an ihnen vorbeizog, während Wulfen mit dem Wirt ein Gespräch im bornischen Dialekt führte. Er ging sichtlich darin auf, endlich wieder in seiner Heimat zu sein, nachdem er einige Jahre im Kaiserreich verbracht hatte.

Als sie den Wald verließen, öffnete sich eine Landschaft aus ungleichmäßigen Hügeln vor ihnen, zwischen denen eine Vielzahl kleiner Bäche für ständige Feuchtigkeit sorgte. Moose und Donf überzogen den Erdboden, wurden gelegentlich abgelöst von hohen harten Gräsern, hinter denen sich kleine Tümpel und sumpfige Löcher verbargen. Wulfen hatte schon auf der Hinreise geraten, solche Gebiete nur mit äußerster Vorsicht zu betreten. Obwohl es kein Sumpf war, mochte sich doch die eine oder andere Stelle als ebenso tückisch erweisen.

Die Priesterin Borons schnaufte bald in der heißen

Sonne, und der Weg die Hügel hinauf fiel ihr sichtlich schwerer. Sie war schon einige Stunden gegangen, während alle übrigen zu Pferde saßen, und ihre rituelle Kleidung war nicht dazu geeignet, der Hitze zu trotzen. Vielleicht hätte Narena ihr für eine Weile den Platz im Sattel überlassen sollen, aber das hätte bedeutet, daß ihr Pferd den Tod auf dem Rücken hätte tragen müssen. Narena zweifelte, ob sie danach noch bereit gewesen wäre, in denselben Sattel zu steigen, doch die Entscheidung wurde ihr abgenommen, als Wulfen abstieg und der Geweihten die Zügel reichte. Ohne ein Wort, aber mit einem dankbaren Lächeln kletterte sie in den Sattel und schien sichtlich erleichtert. Wulfen kümmerte sich nicht weiter um sie, sondern wandte sich wieder dem Wirt zu.

Der Ritt über das offene Land war viel abwechslungsreicher als zuvor, aber Narena spürte nun auch die Hitze. Vögel zogen Bahnen über ihrem Kopf oder stolzierten in einiger Entfernung durch das Gras. Die wenigen Wolken warfen wandernde Schatten auf die Landschaft, die den Reisenden entgegenkamen, für einige Momente die Sonne verdunkelten und dann ihren Weg fortsetzten. Gelegentlich entdeckte Narena die Giebel von Gebäuden hinter der Hügelkette, und als der Wind endlich auffrischte, um eine gleichmäßige Kühlung zu bringen, war die Siedlung bereits deutlich näher gerückt. Die Boroni überließ Wulfen sein Pferd und schritt fortan wieder am Ende der Reisegruppe dahin.

Drauhag war ein einsames Dörfchen an der Straße zwischen den Großstädten Notmark und Norburg, der nördlichsten Ost-West-Verbindung des Bornlandes. Jenseits dieser Straße gab es bald nur noch die unerschlossene Wildnis, die von umherziehenden Nivesenstämmen und den sagenumwobenen Elfen bewohnt wurde. Kein vernünftiger Mensch, der nicht von Geburt in diesen nördlichen Landstrich gehörte, verirrte sich dorthin, und die Straße durch Drauhag war somit eine Art Grenze des Bornlandes und Drauhag selbst eine Grenzstadt ohne Handelsbedeutung. Die Menschen lebten vom Ackerbau und den Bedürfnissen der Reisenden, die die Stadt der Toten besichtigen wollten.

Die etwa vierhundert Einwohner hatten ihren Ort zwischen den Hügeln angelegt, um näher an der geldbringenden Straße zu sein, und auch auf eine Befestigung hatte man verzichtet, wohl weil es hier oben kaum einer Verteidigung bedurfte.

Narena wäre es lieber gewesen, zum Ende des Jahres hinter hohen Mauern oder wenigstens hinter Palisaden geschützt zu sein, aber wie es schien, hatten die Einwohner Drauhags bisher jedes Jahresende unbeschadet überstanden. Andernfalls hätten sie längst einen Wall oder ähnliches errichtet, um gegen Unannehmlichkeiten gewappnet zu sein. Vielleicht war es sogar besser, die nächsten Tage in einem wenig besiedelten Gebiet zu verbringen als in einer großen Stadt. Je mehr Menschen in dieser Zeit zusammengepfercht wurden, desto größer war auch die Gefahr, daß einer den Versprechen und Wirrungen dieser düsteren Zeit zum Opfer fallen mochte. Zumindest wollte Narena sich das gern einreden, um ihre Angst zu bekämpfen. Es war ihr erster Jahreswechsel außerhalb der Heimat, und die ungewohnte Fremde rief ihr plötzlich alle Schauermärchen ins Bewußtsein, die sie je über diese Tage gehört hatte.

Es gab einen vergessenen Gott, einen Mächtigen aus früher Zeit, der nicht zu dem Pantheon der Zwölf gehörte. Er kam aus einem Land jenseits der Meere, und seine Gier nach den Seelen der Menschen war ebenso groß wie sein Haß auf die Götter, die sie schützten. Also verdunkelte er den Himmel und die Sphären, damit der Blick der Zwölfgötter nicht bis zur Erde dringen konnte. Sein Heer aus Dämonen und Untoten raste über die Welt, und alle Menschen, die nicht schon dem ersten Ansturm zum Opfer fielen, schlossen sich in ihre Häuser ein und beteten um Gnade. Die ganze Welt flehte um Erbarmen, und ihr Ruf drang durch den Schleier, den der fremde Gott, der Gott ohne Namen, vor die Sphären gelegt hatte, und die Zwölfe eilten den Menschen zu Hilfe.

Fünf Tage lang kämpften sie mit dem Namenlosen, schlugen seine Armee in endlosen Schlachten zurück in die Tiefen, aus denen sie gekommen waren, und versenkten den fremden Gott selbst in einen Bannschlaf. Doch ihre Kräfte waren nicht groß genug, um den Namenlosen vollends zu besiegen. Der Schlaf währt nur ein Jahr, und wenn er endet, kehrt der Gott für fünf Tage in die Welt zurück, um Unheil zu bringen und Seelen zu rauben. Erst danach fällt der Namenlose wieder in Schlaf, und das neue Jahr kann beginnen, um an seinem Ende erneut den Dämonen zu verfallen.

Wem seine Seele mehr bedeutete als die unheiligen Belohnungen des Gottes ohne Namen, vermied es in diesen Tagen, ohne Schutz unterwegs zu sein. Es war sicherer, in einer Ortschaft Unterschlupf zu suchen, bevor das Jahr endete, denn während der namenlosen Tage wurden keine Fremden eingelassen, selbst wenn das bedeutete, sie dem sicheren Tod zu überlassen.

Wulfen, Narena und ihre beiden Begleiter würden Drauhag noch heute erreichen. Erst morgen wurde der letzte Tag des Jahres anbrechen. Es bestand keine Gefahr, daß sie ohne Unterkunft bleiben würden, zumal der Wirt und die Geweihte mit ihnen reisten, die sicherlich jedes Jahr in Drauhag Schutz suchten. Sie würden morgen die letzten Gebete sprechen, um sich auf die bevorstehenden Tage vorzubereiten, und dann abwarten, was geschehen würde.

Sie hatten keine Rast eingelegt, um nicht in die Verlegenheit zu kommen, während der Nacht reisen zu müssen, und alle schienen Hunger zu haben. Der Wirt schwärmte seit einiger Zeit von der guten Küche der *Wildgans,* wie sich eine Herberge Drauhags nannte, und Wulfen schien ihm mit einer gewissen Begeisterung zuzuhören. Nur die Priesterin ließ sich nichts anmerken, selbst dann nicht, als sie den Rand der Ortschaft erreichten und zielstrebig auf das Gasthaus zuhielten.

Das Gebäude duckte sich neben die gepflasterte Straße, die das Tal mit der Siedlung von West nach Ost in zwei Hälften schnitt. Es war mehr in die Breite als in die Höhe gebaut worden und schien eine gutgehende Gaststätte zu beherbergen. Das Haus war jedoch nicht so geräumig, wie es den Anschein hatte. Von ihrem vorherigen Aufenthalt allerdings wußte Narena, daß ein beträchtlicher Teil des Grundstücks vom Innenhof eingenommen wurde, während andere Teile ausschließlich der Herbergsfamilie zugänglich waren. Die wenigen Reisenden, die über die Straße nach Drauhag kamen, benötigten nur eine geringe Anzahl von Fremdenzimmern.

Es duftete nach Heckenrosen, die an der Mauer hinaufrankten, und nach einer deftigen Rübensuppe, als Narena und ihre Begleiter abstiegen und nach der Stallmagd pfiffen. Der Geruch verstärkte sich noch, als sie die Tür in den Schankraum aufstießen. Wulfen kümmerte sich um die Zimmer für die folgende Woche, dann wurde das Abendessen aufgetragen.

In der Zeit, die Narena im Bornland zugebracht hatte, hatte sie schnell Geschmack an der Landeskost gefunden, denn während auch in teuren Gasthäusern nur selten Fleisch serviert wurde, bestand beinahe jedes Gericht zu einem Teil aus Kartoffeln, die in ihrer Heimat als teure und äußerst seltene Delikatesse gehandelt wurden. Die Suppe aus Rüben, die sie schon von draußen gerochen hatten, war mit Würfeln dieses Gemüses verfeinert worden, und dazu wurden Sauerteigbrot und Quark gereicht. Die Köchin servierte ihnen außerdem noch einen Krug bornischen Kwassetz, von dem Narena inzwischen wußte, daß es aus vergorenem Roggenbrot und eingelegten Kirschen hergestellt wurde. Nach der schutzlosen Reise durch die Sonne war das saure Kwassetz besonders erfrischend.

Die Geweihte des Todesgottes hatte sich mit ihrem Essen in ein Zimmer zurückgezogen, und so konnten Wulfen, Narena und der Wirt ungestört miteinander plaudern, nachdem man sich darauf geeinigt hatte, möglichst nicht in den örtlichen Dialekt zu verfallen. Der Abend verging, ohne daß Narena es merkte. Erst als der Herbergsvater darum bat, nun die Nachtruhe einzuläuten, räumten sie den Schankraum.

Bevor sie sich in ihre Zimmer begaben, drückte er ihnen noch zwei Stumpenkerzen in die Hand, die sie am nächsten Abend ins Fenster stellen sollten. Narena kannte diesen Brauch, der das Ende des Jahres einläutete, aus ihrer Heimat und bedankte sich für die Fürsorge. Während der Reise hatte sich keine Gelegenheit ergeben, einen Kerzenmacher zu besuchen.

*

Der nächste Morgen weckte Narena mit strahlendem Sonnenschein. Sie zog ihre Kleider an und klopfte dann an Wulfens Zimmertür, um ihn für das Frühstück zu wecken. Als er wenige Minuten nach ihr die Treppe hinabstieg und sich an ihren Tisch setzte, wirkte er ein wenig verschlafen. Sie fragte ihn, wie er sich fühle.

»Danke, mir geht es gut.« Er goß sich frische Milch in seinen Becher und schnitt ein Stück vom Brotlaib ab.

»Was hast du heute vor? Noch können wir uns ein wenig Bewegung verschaffen, bevor wir hier eingesperrt sein werden.« Sie wäre vor den Tagen des Namenlosen gern noch ein wenig ausgeritten, aber Wulfen schien andere Pläne zu haben.

»Heute ist der zweite Festtag der Hesinde. Wir können nicht einfach so tun, als gäbe es nichts Besonderes. Wir müssen die Reinigung durchführen, sonst kann es passieren, daß wir das nächste Jahr nicht erleben.«

Narena war verwundert. »Ist das nicht Aufgabe der örtlichen Geweihten? Warum sollten wir den Tempel reinigen? Ohne Zweifel hat Drauhag nur eine kleine Kapelle. Die Boroni könnte es ohne Hilfe übernehmen.«

»Es handelt sich nicht um den Tempel. Die Götter verlangen, daß wir unseren Körper und unseren Geist reinigen, bevor das Jahr endet. Haltet ihr Neureicher es anders?« Es war das erste Mal, daß Wulfen sie mit diesem Schimpfwort benannte, und es tat ihr innerlich weh. Anscheinend sah er sie nicht anders als die übrige Bevölkerung des Bornlandes auch. Nur hatte er es bisher besser verborgen, war höflich gewesen. Dennoch schluckte sie die Beleidigung hinunter, ohne darauf einzugehen. Sie wußte, daß es ihre religiöse Pflicht war, das Reinigungsfest zu vollziehen, aber die Gepflogenheiten in ihrer Heimat neigten zur Bequemlichkeit, und sie hatte angenommen, daß es im Bornland ebenso gehandhabt werde. Wulfen hatte nur seine Empörung zum Ausdruck gebracht, weil sie die göttlichen Gebote nicht genügend achtete. Wenn sie ihn jetzt beschimpfen würde, wäre sie in seinen Augen vollends zur Ungläubigen geworden.

»Verzeih«, sagte sie gezwungen. »Wirst du mich bei den Gebeten anleiten? Ich habe das Ritual lange nicht vollzogen.«

Er griff nach seinem Becher und trank einen großen Schluck. »Natürlich.« Er war sichtlich erfreut über ihre Einsicht. »Es ist mir eine Ehre.«

*

Sie hatten sich von einem kleinen Mädchen den Weg zum Dorfteich erklären lassen. Er lag ein wenig außerhalb der Ortschaft und wurde fast ausschließlich zum Baden und Wäschewaschen genutzt, da die Wasserversorgung Drauhags durch den Bach gedeckt wurde, der auch diesen Teich speiste. Einige Familien hatten sich eingefunden, um ebenfalls das Reinigungsfest zu begehen. Andere würden später am Tag folgen oder hatten schon in aller Frühe ihre rituellen Pflichten erfüllt.

Wulfen hatte einen Lobgesang an Hesinde angestimmt, und nachdem sich Narena wieder an den Text erinnerte, begleitete sie ihn dabei. Danach legten sie ein Kleidungsstück ums andere ab, beginnend mit den Schuhen, tauchten sie mehrfach ins Wasser und schrubbten sie mit Sand. Als sie schließlich nackt am Ufer des Tümpels knieten, sprachen sie noch ein Gebet und stiegen dann selbst in das Wasser.

Einige Kinder spielten in dem Teich Fangen, bevor ihre Eltern sie an die Ernsthaftigkeit des Rituals erinnern konnten, und Narena vermochte sich ein Grinsen nicht zu verkneifen, als eine unaufmerksame Mutter von ihren drei Söhnen untergetaucht wurde und erst wieder hochkam, als diese bereits außer Reichweite waren. Narena folgte Wulfens Beispiel und rieb sich mit dem Ufersand Gesicht und Haare ab.

Während der rituellen Reinigung vereinte sich das fromme Beten der Erwachsenen nach und nach zu einem gleichmäßigen Singsang, in dem auch Narenas Stimme zu finden war. Sie hatte das Reinigungsfest seit einigen Jahren nicht vollzogen, obwohl sie keinen eigentlichen Grund dafür benennen konnte. Es hatte niemanden gegeben, der sie daran erinnert oder dazu aufgefordert hatte, wie es dieses Jahr Wulfen getan hatte. Vielmehr hatte sie sich dem weitverbreiteten Verhalten im Mittelreich angeschlossen und das Ende des Jahres lediglich mit dem Blick auf die fünf Tage des Namenlosen verstreichen lassen. Die Götter mochten ihr diese Nachlässigkeit vielleicht verzeihen, wenn sie sich in Zukunft an dieses Gebot hielt. Oder sie würden sie strafen, um sie zur Rechenschaft zu ziehen. Ganz, wie es ihnen beliebte.

Wulfen kniete ein letztes Mal nieder, tauchte den Kopf unter die Wasseroberfläche und stieg aus dem Teich. Aus seinem kurzen schwarzen Haar rannen glitzernde Fäden, die ihm den Rücken hinabliefen und zu dem Wasser zurückkehrten, aus dem sie gekommen waren. Als er am Ufer stand, schüttelte er die größten Tropfen von seiner Haut ab und kleidete sich an.

Er hatte Narena erzählt, daß er eine größere Summe Gold verdient hatte und diese nun für eine Rundreise durch das Bornland verwenden wollte. Er hatte ihr nicht gesagt, wie er zu diesem Geld gekommen war, aber sie vermutete, daß er ein Kaufmann oder Händler war. Sein Reichtum schien kein Dauerzustand zu sein, vielmehr ein Ausnahmefall, aber Wulfens Statur ließ darauf schließen, daß er ihn sich nicht durch körperliche Arbeit verdient hatte. Er hatte die Hände eines Schreibers, nicht die eines Handwerkers oder Söldlings. Anfangs hatte Narena geglaubt, sein Gold sei ihm vielleicht auf ungesetzlichem Weg in die Taschen geflossen, aber Wulfens Glaube war zu streng, als daß er ein Verbrecher hätte sein können. Dennoch sprach er selten über seine Vergangenheit.

Narena war aus Neugier nach Festum gekommen. Sie wollte ein wenig mehr von der Welt sehen, bevor sie sich irgendwo niederließ, und Wulfens Idee, ins bornische Hinterland zu reisen, war ihr gerade recht gekommen.

Sie verließ nun ebenfalls das Wasser. Ein leichter Wind fuhr ihr über die Haut, und sie fröstelte, während kleine Spuren von Feuchtigkeit an ihr herabrieselten. Sie neigte den Kopf zur Seite, um das Haar auszuwringen, dann stieg sie mit großen Schritten über den Uferstreifen und setzte sich jenseits des Sandes auf eine Wiese. Wulfen war beinahe vollständig bekleidet, als sie damit begann, den Sand von ihren Fußsohlen zu streichen und anschließend in ihre Hose zu schlüpfen.

Ein paar Familien hatten den Teich verlassen, andere waren hinzugekommen. Es herrschte immer noch der gleiche Stimmenwirrwarr, doch nun überwogen die hellen Kinderstimmen. Narena sah sich um, ob sie jemanden der Anwesenden kannte, vielleicht den Wirt aus der Herberge an der Toteninsel oder den Betreiber des Gasthauses, in dem sie nun untergebracht waren. Schließlich entdeckte sie ein paar Bäuerinnen, die am Morgen Milch in Drauhag verkauft hatten. Lachend sprangen sie in den Teich und schwammen tollend herum. Auch sie schienen das Reinigungsfest nicht allzu ernst zu nehmen.

Am gegenüberliegenden Ufer entdeckte Narena eine Frau, die ihr ebenfalls bekannt vorkam. Eine Weile grübelte sie, wo sie sie gesehen haben mochte. Ihr blondes Haar war zu einem Knoten zusammengesteckt und größtenteils unter einem blauen Tuch verborgen. Ihre Nase war ebenmäßig und ungewöhnlich schmal. Die dunklen Augen schienen in ihren Höhlen zu versinken, und ihr Blick wurde dadurch durchdringend und starr, als wolle sie jeden, den sie ansah, in ihren Bahn ziehen. Es machte sie fesselnd und reizvoll, wie Narena zugeben mußte.

Die Frau trug ein wollenes Hemd und einen schweren Rock aus Leder, der ihr bis auf die Füße fiel. Sie mochte ungefähr dreißig Jahre alt sein und schlenderte an dem fröhlich-religiösen Treiben im Teich vorbei, ohne einen Blick darauf zu werfen. Während sie auf der Straße nach Drauhag allmählich zwischen den Häusern verschwand, erinnerte sich Narena an die Pilgerin, die sie in der Stadt der Toten gesehen hatte und die so eilig den Platz um das Hauptgebäude verlassen hatte. Jetzt, an einem weniger geheimnisvollen Ort, wirkte sie nicht mehr wie eine Grabräuberin, und Narena kam dieser Gedanke albern und lächerlich vor. Wer die Toten bestahl, kehrte doch nicht in den nächstgelegenen Ort zurück, als sei nichts geschehen. Vielmehr würde jeder das Weite suchen, um der Verfolgung durch die Geweihte des Boron zu entgehen. Narena war froh, daß sie ihren Verdacht Wulfen gegenüber nicht geäußert hatte. Er hätte sich jetzt bestimmt über sie lustig gemacht.

»Alle zum Marktplatz! Alle zum Marktplatz! Die Verwalter Tallow sammeln die Waffen ein!« Ein Junge von vielleicht fünfzehn Jahren lief die Straße herunter und schrie sich die Seele aus dem Leib.

Bewegung kam in die Menge, die sich am Teich versammelt hatte. Man beeilte sich, die Reinigung zu beenden und sich wieder anzukleiden. Einzeln oder in kleinen Gruppen kehrten die Drauhager in den Ort zurück.

Narena wußte, was jetzt folgen würde. Wulfen hatte es ihr am Morgen erzählt. In dieser Gegend des Bornlandes war es üblich, daß während der Zeit zwischen den Jahren keine Waffen getragen werden durften, und so wurden alle Klingen und Schlagwerkzeuge sowie Bögen und Schleudern eingesammelt, um der Einhaltung dieses Gebots Nachdruck zu verleihen. Wulfen und Narena besaßen beide nur einen Dolch, den sie auch bei sich trugen. Die Bewohner Drauhags aber eilten zunächst in ihre Häuser, um nach Brot- und Fleischmessern zu suchen, die sie dann ebenfalls zum Marktplatz trugen.

Dort hatte sich bereits der Großteil der Bevölkerung eingefunden und stand um einen Tisch herum, an dem ein älteres Ehepaar und die Boroni aus der Stadt der Toten saßen. Man wartete noch auf die letzten Nachzügler, dann gab der Mann an dem Tisch einen Wink, und die ersten Drauhager traten vor. Unter der Aufsicht der Borongeweihten nahmen die Verwalter nun einer Familie nach der anderen die Waffen ab, schnürten sie mit einem Band zusammen und legten sie in eine große Truhe. Jedes Band trug ein bestimmtes Muster, und ein entsprechend bedrucktes Stück Stoff wurde den Familien zurückgegeben, damit man später jedermanns Besitz auseinanderhalten konnte.

Als Wulfen und Narena ihre Dolche ablegten, erhielten sie einen grün-weiß karierten Fetzen, nachdem sie auf alle zwölf Götter geschworen hatten, daß dies ihre einzigen Waffen waren. Die Truhe wurde verschlossen und in das Haus der Verwalter getragen. Den Schlüssel übergab man an die Priesterin.

Als Fremde waren Wulfen und Narena die letzten in der langen Reihe gewesen, und Narena hatte sich die Zeit damit vertrieben, weiterhin nach bekannten Gesichtern Ausschau zu halten. Als sich die Menge immer mehr auflöste, wandte sie sich an ihren Begleiter.

»Kann es sein, daß sie jemanden vergessen haben?«

»Wie kommst du darauf?«

»Ich habe heute die Frau wiedergesehen, die mit uns auf der Toteninsel war. Aber sie ist nicht hier erschienen.« Wulfen sah sie fragend an. »Oder hast du sie gesehen? Sie trug ein blaues Kopftuch und einen ledernen Rock.«

»Ich habe nicht darauf geachtet. Bist du sicher, daß du sie nicht übersehen hast?« Seine Stimme war eindringlich geworden, und er war offensichtlich aufgeregt. »Wenn du recht hast, sind wir alle in Gefahr.«

Narena zögerte. Sie konnte es nicht ausschließen, daß sie für einen Augenblick unaufmerksam gewesen war. Sie hatte lediglich darauf geachtet, ob sie jemanden wiedererkannte, und hatte deshalb nicht nur nach dieser einen Person Ausschau gehalten. Dennoch war sie ziemlich sicher, daß die Frau nicht auf dem Dorfplatz erschienen war. Andernfalls wäre sie ihr bestimmt aufgefallen. Schließlich hatte sie sich schon mehrfach Gedanken über die Frau gemacht. Trotzdem wollte sie nicht die Urheberin einer Panik sein.

»Ich möchte es nicht beschwören, daß sie gefehlt hat. Vielleicht sollten wir uns erst einmal nach ihr umsehen, bevor wir die Verwalter danach fragen. Ich möchte niemandem unnütz Angst einjagen.«

Wulfen sah sich beunruhigt um. »Gut. Wir sollten uns aber beeilen. Wenn wir sie nicht bis zur Dämmerung gefunden haben, müssen wir das Dorf warnen. Dann besteht immer noch die Aussicht, daß die Frau vor Mitternacht gefunden und entwaffnet wird.

Wie sah sie aus? Mit blauem Kopftuch und Lederrock?«

Narena beschrieb ihm die Frau, so gut sie sich erinnern konnte, dann trennten sie sich, um in verschiedenen Richtungen das Dorf zu durchsuchen. Wulfen wandte sich nach Norden, während sich Narena den Südteil Drauhags vornahm.

Sie fragte ein paar Kinder, ob sie jemanden kannten, auf den die Beschreibung paßte, doch die Gören gaben ihr nur freche Antworten im bornischen Dialekt und machten sich über sie lustig. Mit einer Fremden dürften sie sowieso nicht sprechen. Als Narena sich resigniert von ihnen verabschiedete, brüllten sie ihr »Neureichsche, Neureichsche!« hinterher, doch Narena blickte nicht zurück. Das hätte die Kinder lediglich weiter angestachelt.

Sie hatte nichts herausgefunden, als sie zur *Wildgans* zurückkehrte. Die Leute, die sie gefragt hatte, hatten ihr entweder nichts erzählen wollen oder erklärt, sie würden die Frau nicht kennen. Sie hatten dabei freundlich gesprochen, so als wären sie Narena damit eine große Hilfe, doch es war allzu deutlich, daß sie logen. Wenn die Frau keine Bäuerin aus Drauhag oder der Umgebung war, mußte sie ein Zimmer in einer Herberge des Ortes genommen haben, aber alle Wirtsleute, die Narena befragte, versicherten, daß sich keine weiteren Fremden im Dorf aufhielten.

In der *Wildgans* bestellte sie ein Met, um im Schankraum auf Wulfen zu warten. Er kam herein, als sie den Humpen bis zur Hälfte geleert hatte.

»Gehen wir auf mein Zimmer!« forderte er sie auf.

Sie sah ihn verwundert an, ohne sich zu rühren, doch er griff nach ihrem Arm und zog sie unsanft vom Stuhl. Dabei hatte er sich so zwischen Narena und den Wirt gestellt, daß dieser nichts bemerkt haben konnte. Leise flüsterte er ihr zu. »Es ist dringend, und es soll nicht das ganze Dorf erfahren.«

»In Ordnung. Ich nehme nur mein Met mit«, sagte sie, damit sie vor dem Wirt ebenso gelassen wirkte, doch irgendwie schien er Wulfens Tuschelei bemerkt zu haben. Sein Blick verfolgte sie neugierig, während sie die Treppe hinaufstiegen.

Wulfen führte Narena in sein Zimmer, schloß die Tür und drehte den Schlüssel herum. Dann begann er damit, seine Ausrüstung aus dem Schrank zurück in die Satteltaschen zu packen. »Ich habe die Frau gesehen«, erzählte er währenddessen. »Sie hat Drauhag verlassen und reitet nun nach Norden, zur Stadt der Toten. Ich weiß nicht, was sie dort will, aber kein Rechtgläubiger befindet sich während der Tage des Namenlosen auf Reisen, geschweige denn in der Nähe einer Grabstätte. Ich befürchte, daß sie irgendeinen Frevel plant.«

»Du willst ihr nachreiten?« Narena verstand plötzlich, warum Wulfen sich so geheimnisvoll gab. »Bist du wahnsinnig geworden? Gerade sagst du noch, niemand sollte jetzt unterwegs sein, und gleichzeitig packst du deine Sachen, um selber aufzubrechen. Was hast du denn vor?« Sie riß ihm die Tasche aus der Hand, damit er sie ansah. Entschlossenheit lag in seinem Blick.

»Wir können es nicht zulassen, daß ein Ungläubiger die Ruhe der Toten stört. Wir müssen sie aufhalten.«

»Warum erzählen wir es nicht der Borongeweihten? Es ist ihre Aufgabe.«

»Noch ist dieses Jahr nicht zu Ende. Wenn wir länger zögern, ist es zu gefährlich. Glaubst du, ich habe Lust, die nächsten Tage in den Totensümpfen zu verbringen? Ich will die Frau einholen und sie zurück nach Drauhag bringen, bevor es Mitternacht ist. Aber wenn wir erst die Boroni aufklären, vergehen noch Stunden, und vielleicht überrascht uns das Jahresende dann im Freien.«

»Wieso denn wir? Das ist die Aufgabe der Geweihten, nicht unsere.«

Wulfen sog geräuschvoll Luft durch die Nase. »Sie wird uns kaum hier zurücklassen! Wir – oder besser – *du* bist der einzige Zeuge dafür, daß die Frau ihre Waffen behalten hat und erst vorgestern auf der Toteninsel war. Warum will sie heute schon wieder dorthin? Während der namenlosen Tage! Du wirst ihr ohnehin folgen müssen. Und je eher, desto weniger gefährlich ist es.« Er sah ihr ins Gesicht und wartete auf ihre Entscheidung.

Er hatte recht. Narena wußte das, doch sie wollte es nicht wahrhaben. Es konnte sie das Leben kosten, wenn sie nicht rechtzeitig wieder in Drauhag waren. In den Städten des Mittelreiches geschah nur selten etwas wirklich Unheimliches, doch in der Wildnis des Bornlandes konnte alles mögliche passieren, ohne daß jemand nahe genug und vor allem bereit war, ihnen zur Hilfe zu kommen. Niemand würde ihnen nachreisen, wenn sie nicht zurückkehrten.

»Verdammt, Wulfen. Warum passiert das ausgerechnet uns? Warum habe ich nur auf diese verfluchte Frau geachtet?« Sie erwartete nicht wirklich eine Antwort, doch Wulfen gab ihr eine, noch dazu die, die sie am allerwenigsten hören wollte.

»Die Götter haben es so bestimmt.«

Es fehlte nicht viel, und sie hätte auf die Götter geschimpft, hätte ihre Allmacht herausgefordert, doch sie beherrschte sich mühsam. Wenn sie Drauhag tatsächlich verließen, würden sie jede Unterstützung der Zwölf benötigen.

»Die Götter werden nicht ein einziges Gebet für unsere Seelen hören, wenn etwas mißlingt. Die Dörfler brächten uns eher eigenhändig um, als für uns um Gnade zu bitten, sollten wir auch nur eine Minute nach Mitternacht zurückkommen.«

»Heißt das, du sträubst dich nicht mehr mitzugehen?«

Narena verdrehte wütend die Augen, nickte dann aber. »Welche Wahl habe ich denn schon?«

»Gut. Dann siehst du wohl auch ein, daß wir niemandem erzählen können, wohin wir gehen. Wenn die Drauhager erfahren, daß wir das Dorf verlassen wollen, werden sie versuchen, uns aufzuhalten.«

»Es macht für unsere Sicherheit ohnehin keinen Unterschied, ob sie es wissen oder nicht.« Niedergeschlagen reichte sie Wulfen seine Tasche zurück, nahm den Krug Met und trank den Rest in einem Zug, um sich Mut zu machen. Dann verließ sie das Zimmer, um ihre eigenen Sachen zu packen.

*

Nachdem die erste Hügelkuppe sie vor Blicken aus Drauhag verbarg, schlugen sie einen schnellen Galopp an. Sie hatten die Pferde auf unterschiedlichen Wegen aus dem Dorf geführt. Wulfen war als erster gegangen, kurz darauf hatte Narena den direkten Weg nach Norden genommen. Wulfen stieß dann von Westen wieder zu ihr.

Sie hatten nur wenig Gepäck bei sich. Trotzdem war Narena unterwegs mehrfach mißtrauisch begutachtet worden. Schließlich machte man sich für einen kurzen Ausritt normalerweise nicht die Mühe, überhaupt die Satteltaschen aufzulegen. Hätten sie mehr als nur ihre Decken und die Reste ihres Reiseproviants eingepackt, wären sie wohl aufgehalten und nach ihrem Weg gefragt worden. So aber hatten sie Drauhag zwar nicht unbemerkt, doch immerhin ohne Störung verlassen und würden die Frau, die sie verfolgten, vielleicht noch einholen. Wenn sie vorhatte, bis zur Dämmerung die Stadt der Toten zu erreichen, mußte sie ihr Pferd nur zu einem leichten Trab antreiben. In diesem Fall hätten Narena und Wulfen sie in höchstens zwei Stunden eingeholt.

An eine andere Möglichkeit mochte Narena nicht denken. Sie bemühte sich, nur auf den gleichmäßigen Rhythmus des Pferdes und die Spiele des Windes im Gesicht und in den Haaren zu achten. Eine Weile tat sie so, als hätte sie einen Ausflug mit Picknick und Ballspielen vor sich, wie man sie gelegentlich bei Reichen und Adligen beobachtete, doch diese Vorstellung zerplatzte, als ein Rabe, ein Boronsvogel, dicht über ihre Köpfe flog. Sein Flügelschlag klang wie Stoff, der glattgeschüttelt wurde, dann hatte er genügend Höhe gewonnen und schwang sich mit kräftigen Schlägen der Sonne entgegen. Auch er floh vor der Nacht, die kommen würde.

Sie hatten die unbekannte Frau noch nicht eingeholt, als sie die Pferde in Trab fallen ließen. Narena hatte bisher geglaubt, eine gute Reiterin zu sein, doch der lange Galopp hatte sie mehr beansprucht, als sie es erwartet hätte. Wulfen saß unverändert fest im Sattel, doch ihre Beine schmerzten selbst bei den sanften Stößen, die das Pferd jetzt noch vollführte. Fast sah es so aus, als hätte Wulfen nicht den Tieren, sondern ihr zuliebe das Tempo entschärft.

»Sie ist schneller vorangekommen, als ich gedacht hatte«, bemerkte Wulfen. »Da sind ihre Spuren.«

Narena beugte sich über den Rücken ihres Pferdes nach vorne. Es fiel nur noch wenig Licht durch das dichte Blätterdach des Waldes. Nicht mehr lange, und die Sonne würde untergehen. Hier, im Norden des Bornlandes, und nicht einmal eine Woche vor Sommersonnenwende bedeutete der Sonnenuntergang beinahe Mitternacht. Narena wurde bewußt, daß sie unmöglich rechtzeitig nach Drauhag zurückkehren würden.

»Wir müssen umkehren, Wulfen!« Es gelang ihr nur mühsam, die aufkeimende Panik zu unterdrücken, doch ihr Begleiter schien es nicht gehört zu haben.

»Sie kann nicht mehr weit sein, die Spur ist nicht alt. Noch ein Stück, dann haben wir sie.«

Sie wollte ihm widersprechen, doch er hatte bereits sein Pferd angetrieben und eilte ihr voraus. »Wulfen!« rief sie ihm hinterher, aber er drehte sich nicht einmal um. Zögernd blieb sie stehen. Sie zweifelte, ob er wirklich das Richtige tat, bezweifelte auch, ob es das Richtige wäre, wenn sie jetzt umkehrte. Dann hörte sie Wulfens Stimme.

Er hatte eine kleine Anhöhe erreicht und winkte ihr drängend zu. »Ich kann sie sehen. Narena, sie ist nur noch wenige hundert Schritt entfernt!« Dann war er verschwunden. Narena fühlte sich von dem Geschehen überrannt. Wulfen hatte schon längst das alleinige Kommando übernommen, und sie wußte nur noch eins mit Gewißheit: Er hatte einen berechtigten Grund für sein Verhalten. Es war wichtig, den Boronanger zu schützen, den Göttern zu helfen, wenn ihre schwächste Zeit bevorstand. Andernfalls würde die Strafe für ihre Untätigkeit nicht geringer ausfallen als die Gefahren, die ihnen in der Zeit zwischen den Jahren auflauern konnten.

Unwillig folgte sie Wulfen. Er stob in einem schnellen Jagdgalopp über den Waldweg. Narena bemühte sich redlich, ihn einzuholen, aber ihr Pferd war nicht schneller als seines und es schien, als würde es durch die Unsicherheiten seiner Reiterin nur noch langsamer. Sie legte sich tief an den Hals des Pferdes und hoffte, daß das Tier auf dem Weg und somit immer hinter Wulfen bleiben würde.

Irgendwann erreichten sie wieder freies Feld. Wulfen hatte sich zurückfallen lassen, um sie in dem hügeligen Gelände nicht zu verlieren, und so konnte Narena sich erstmals wieder im Sattel aufrichten, um einen Blick auf die Frau zu werfen, der sie bis hierher gefolgt waren.

Sie hatte den ledernen Rock gegen eine in Karos geschnürte Hose aus Wolle eingetauscht. Das Kopftuch war fort, die Haare wehten hinter ihr in der Luft und hatten von der tiefstehenden Sonne einen rötlichen Ton bekommen. Trotzdem erkannte Narena sie wieder.

Die einsame Gestalt ritt ihr Pferd in einem leichten Trab. Anscheinend hatte sie ihre Verfolger noch nicht bemerkt, die den Abstand zu ihr nun zügig verringerten. Narena fragte sich plötzlich, wie sie es wohl bewerkstelligen wollten, die Frau zur Umkehr nach Drauhag zu überreden. Wenn sie floh, konnten sie sie vielleicht noch einholen, doch alles weitere war ungewiß. Sie hatten keine Waffen bei sich, um die Frau notfalls zu überwältigen, und es blieb ihnen gerade noch genug Zeit, um sie zu erreichen und dann mit ihr umzukehren. Vermutlich würden sie selbst dann Drauhag nicht vor Sonnenuntergang erreichen. Insgeheim wünschte sich Narena, sie hätte einen kräftigen Ast aus dem Wald mitgenommen, um die Frau notfalls bewußtlos zu schlagen, doch die Bäume lagen hinter ihnen, und die an den Sumpf grenzende offene Landschaft bot nicht einmal einen geeigneten Stein.

Eine weitere Hügelkuppe erhob sich vor ihnen und versperrte den Blick nach vorne. Einen Augenblick lang sah man noch den wehenden Haarschopf, dann war auch er verschwunden. Wenn Narena und Wulfen die Kuppe des Hügels überschritten hätten, wären sie so weit herangekommen, daß die Frau sie gar nicht mehr überhören konnte. Dann würde sich zeigen, ob sie freiwillig mitkommen würde oder nicht. Sie gaben ihren Pferden noch einmal die Sporen und trieben sie bergan.

Die Landschaft vor ihnen wogte wie grüne Wellen eines erstarrten Meeres gen Norden. In hohen Gräsern spielte der Wind, und das feurige Licht der untergehenden Sonne malte lange düstere Schatten darauf. Einzelne Büsche wuchsen über die Hügel verteilt wie willkürlich gesetzte Palisaden. Hinter jedem von ihnen mochte ein Dämon des Namenlosen, ein Alp lauern, der nur darauf wartete, daß die Zeit reif wäre für einen Überfall auf die Lebenden. Die Wolken zogen sich zusammen, um sich im Laufe der Nacht oder am nächsten Morgen in plötzlichen Schauern abzuregnen.

Die rothaarige Reiterin war verschwunden.

Narena bemerkte es erst gar nicht. Sie ritt weiter ihrem vermeintlichen Ziel entgegen und suchte in Gedanken nach einer Möglichkeit, alles aufs schnellste zu erledigen. Als sie wieder auf die Straße sah, war sie zunächst zu verblüfft, um anzuhalten. Erst Wulfens Aufforderung brachte sie dazu, ihr Pferd zu zügeln.

»Sie muß noch hier sein!« Er sprang aus dem Sattel und suchte den Boden neben dem Pfad nach Spuren ab.

Narena schloß sich ihm an und entdeckte einige Hufabdrücke, die unter den hohen Gräsern versteckt gewesen waren, so daß Wulfen daran vorbeigelaufen war. Als er sie sah, stieß er einen leisen Pfiff aus.

»Ein Shadif«, sagte er, und es klang nach unverhohlener Begeisterung, als er fortfuhr. »Eine sehr edle Pferderasse mit tulamidischem Blut in den Adern. Kein Wunder, daß es schneller ist als unsere stämmigen Svellttaler.« Narena warf ihm einen erstaunten Blick zu, doch Wulfen reagierte nicht darauf.

Gemeinsam verließen sie die Straße und folgten einer Senke um den Hügel herum, über den sie gerade gekommen waren. Die Spur führte zurück zum Wald. Wenn die Frau es bis dorthin schaffte, würden Narena und Wulfen sie nicht wiederfinden. Es würde bald dunkel werden. Die Spur wäre dann nicht mehr zu verfolgen, und das Jahresende rückte immer näher. Sie hatten so oder so nicht mehr viel Zeit.

»Wir können uns nicht an der Spur vorwärtstasten, Wulfen. Wir müssen sie schneller finden«, entschied Narena, während sie auf ihr Pferd stieg und zur nächsten Hügelkuppe hinaufritt. »Ich sehe sie nicht, aber sie will bestimmt zum Wald zurück. Dort kann sie uns am besten entkommen.«

Sie ritten nun nebeneinander. »Und wenn das nur eine Finte ist? Sie könnte genausogut in einem Bogen zur Stadt der Toten geritten sein. Wir vermuten schließlich, daß das ihr eigentliches Ziel ist. Wer weiß, was sie dort vorzufinden hofft!«

Als Narena nicht reagierte, drehte er sie am Arm zu sich herum. »Also?«

»Ich reite zurück. Wenn wir sie auf dem Weg zum Wald entdecken, können wir noch einmal versuchen, sie einzuholen. Wenn sie nicht dort entlanggeritten ist, sollten wir sofort nach Drauhag weiterreiten. Ich habe nicht vor, noch länger zu suchen.« Sie entzog den Arm seinem Griff und blickte wieder zu dem Waldgebiet hinüber. »Tu, was du willst, ich reite unter keinen Umständen weiter nach Norden.«

Sie war überrascht, als er widerspruchslos einwilligte. Vermutlich hatten ihn sein Mut und sein Göttergehorsam hier draußen ebenso verlassen, wie sie Narena verlassen hatten. Erleichtert galoppierte sie über die Hügellandschaft nach Süden.

Die Spur hatten sie sofort wieder verloren, und Narena nahm an, daß die Frau sie nur in engem Kreis umgangen hatte und dann auf die Straße zurückgekehrt war. Sie kamen bald wieder auf den Pfad, entdeckten jedoch keinerlei Spuren, während sie dem Wald entgegenritten, und Narena hatte nicht vor, nochmals anzuhalten. Vielleicht würde Wulfen sonst doch noch ein Argument einfallen, um sie vom Bleiben zu überzeugen.

Es waren nur noch wenige Schritt bis zu den ersten Bäumen, doch sie hatten noch immer keinerlei Anzeichen auf die blonde Frau gefunden. Die Sonne hatte sich schon zur Hälfte über den Rand der Welt geschoben. Narena wurde es allmählich gleichgültig, ob sie die Frau noch finden würden. Sie sah sich nur noch oberflächlich um, und hoffte darauf, daß Wulfen ihr folgen würde, wenn sie endlich den Heimweg einschlagen würde.

Etwa hundert Schritt rechts von ihnen, nach Westen zu, bewegten sich vereinzelte Schatten. Narena schenkte ihnen keine große Beachtung. Sie waren gegen das Licht der Sonne nicht genau zu erkennen, aber vermutlich waren es nur Rehe. Wulfen blinzelte einige Augenblick lang zu ihnen hinüber, dann schien auch er sich mit dieser Erklärung zufriedenzugeben. Sein Pferd schritt unter seiner Führung zum Waldrand hinüber.

»In Ordnung. Sie ist nicht hier. Ich habe mich getäuscht.« Narena gab sich gar nicht mehr die Mühe, einen entschuldigenden oder enttäuschenden Tonfall anzuschlagen. Sie hatte es eilig, und Wulfen sollte das auch heraushören.

Unter lautem Krachen brach er einen tiefhängenden Ast ab und riß die kleineren Zweige ab. Die Rehe waren im angrenzenden Wald verschwunden.

»Was willst du damit?« Sie wollte es eigentlich gar nicht wissen. »Können wir jetzt weiter?«

Wulfen überhörte ihre Frage und zupfte nach wie vor Blattwerk von dem Ast. Es schien, als wolle er eine notdürftige Waffe anfertigen, doch Narena hoffte, daß er einen anderen Grund dafür hätte. Wozu sollte er eine Waffe brauchen, wenn sie jetzt nach Drauhag ritten? Es konnte allenfalls bedeuten, daß er es immer noch auf die Frau mit den dunklen Augen und der schmalen Nase abgesehen hatte. Mit Nachdruck schlug Narena den Weg nach Drauhag ein, aber Wulfen beachtete sie gar nicht und führte sein Pferd am Waldrand entlang. Die Sonne stand ihm als rotglühender Bogen im Rücken. Narena wußte, sie würde ihn aus den Augen verlieren, wenn er nicht sofort umkehrte.

Gerade wollte sie nach ihm rufen, als etwas aus dem Unterholz brach. In der Dämmerung war der schwarze Schatten nur schwer zu erkennen. Das Wesen zögerte, schien Narena und ihr Pferd zu mustern, als würden sie eine Gefahr darstellen. Die Haltung ähnelte dem eines aufgeschreckten Rotwilds, doch plötzlich richtete es sich halb auf die Hinterbeine auf und sprang ein gewaltiges Stück nach vorne. Ein kreischendes Schreien schlug Narena entgegen, und in dem schwachen Licht entblößte sich eine Zahnreihe mit kräftigen Reißzähnen. Ihr Pferd wieherte erschreckt auf und tänzelte zurück. Von der rechten Seite der Straße kamen weitere Tiere herbei. Sie hüpften zum Teil auf der Stelle, schlenkerten mit viel zu langen Gliedmaßen und stießen grunzende Laute aus. Narena bemühte sich, den Svellttaler unter Kontrolle zu halten, und ihn gleichzeitig rückwärts zu führen. Sie hatte solche Wesen noch nie zuvor gesehen, aber ihre Drohgebärden sprachen eine deutliche Sprache.

Sie hörte Wulfen, dessen Pferd hinter ihr auf den Waldweg trat, doch sie wagte nicht, sich umzuschauen. Die Tiere schienen nur auf eine Unachtsamkeit zu lauern.

Irgend etwas schlug dicht neben Narenas Bein gegen die Flanke des Pferdes und brachte das Reittier in Panik. Wütend riß sie an den Zügeln, während sie verzweifelt versuchte, die Oberhand zu behalten. Ein halbherzig geworfener Ast flog an ihr vorbei und landete in einem Busch.

Wulfen flüsterte ihr zu, sie solle langsam wenden und dann so schnell wie möglich fliehen, doch ihr Pferd war zu nichts anderem mehr zu bewegen, als ständig von einer Seite der Straße zur anderen zu tänzeln. Es wollte einfach den Kopf nicht von den Kreaturen wenden, die sich ihnen entgegengestellt hatten, und Narena mußte zugeben, daß sie es ebenfalls vermeiden wollte, ihnen den Rücken zuzuwenden.

Eins der Wesen stürmte plötzlich vor, eilte mit hohen Sprüngen auf sie zu. Narenas Reaktion beschränkte sich auf ein verängstigtes Zurückreißen der Zügel. Ihr Pferd stieg, bevor der Angreifer es erreicht hatte, kam wieder herunter und schlug mit den Hufen auf etwas Weiches, das ein scheußliches Heulen ausstieß. Narena blickte schreckensstarr auf den Erdboden, wo ein affenähnliches Tier mit gespaltenem Schädel verblutete, dann wurde ihr Pferd herumgerissen, und sie hatte Mühe, sich im Sattel zu halten. Bevor sie sich versah, raste sie hinter Wulfen her nach Norden, und hinter ihr wurde das Gebrüll lauter. Erneut flogen Steine und Äste durch die Luft. Scharrendes Trappeln folgte ihnen, als sich das Rudel in Bewegung setzte.

Narena hörte, wie die Tiere näher kamen. Sie wußte nicht, wie sie es fertigbrachten, schneller als die Pferde zu sein, aber als sie sich umdrehte, hatte sich der Vorsprung der Svellttaler bereits drastisch verringert. Die Biester hatten annähernd Hüftgröße, wenn sie wie jetzt auf allen vieren liefen. Ihr Gang war seltsam holpernd, weil die Vorderbeine länger als die Hinterbeine waren und zudem noch dicke gebogene Krallen trugen. Das Fell hatte eine schüttere graugrüne Farbe, aus der das grelle Rot der Augen hervorblitzte.

Der unruhige Rhythmus ihres Pferdes zwang Narena, sich nach vorne zu drehen. Sie suchte Wulfen, weil sie hoffte, daß er einen Plan hatte, wie sie den schnelleren Rotaugen entkommen konnten, doch auch er schien sein Heil in der Flucht zu suchen. Der Abstand zu ihm wuchs zusehends. Erst jetzt fiel Narena auf, daß ihr eigenes Reittier lahmte. Es mußte sich verletzt haben, als es den ersten Angreifer erschlagen hatte.

»Wulfen!« rief sie ihm hinterher. Erst beim dritten Mal zeigte er eine Reaktion. Er sah sich zu ihr um und zügelte sein Pferd, so daß sie aufholen konnte. Das dumpfe Fauchen der Raubaffen kam immer näher, während Narenas Svellttaler erschreckend langsam zu werden schien. Als wäre der Weg unvermittelt mit Schlaglöchern übersät. Das Pferd strauchelte, stolperte nach vorne, ohne richtig Tritt zu fassen, fand erneut eine Unebenheit, die Narena beinahe aus dem Sattel geworfen hätte, und mühte sich dann auf, um weiterzurennen. Es spürte die Gefahr, in der es sich befand, doch seine Kräfte waren erschöpft, und als es nur noch zwanzig Schritt von Wulfen entfernt war, brach es vollends zusammen. Narena wurde hinuntergeschleudert. Der lehmige Untergrund der Straße schoß auf sie zu, und sie landete unsanft auf der Schulter. Ein großer Schatten war plötzlich neben ihr. Sie wollte danach schlagen, sich wenigstens zur Wehr setzen, bevor sich die Reißzähne in ihren Arm graben konnten. Sie spürte den festen Griff einer Hand, die sie auf die Knie zog und dann, als sie sich nicht mehr widersetzte, auf den Rücken eines Pferdes. Sie klammerte sich an die Gestalt vor ihr, in der verzweifelten Hoffnung, daß es keines der Biester, sondern ein Mensch war. Dann war das Brüllen und Kreischen um sie herum. Ein Pferd wieherte vor Schmerz, und die Geräusche wurden schriller und lauter. Weiche, zottelige Wärme berührte ihr Bein, bevor ein dicker Stock danach schlug und etwas zu Boden fiel.

Danach war mit einem Mal alles ruhig, und nur das gleichmäßige Schlagen von Hufen hallte durch die Abenddämmerung.

*

Die Nacht hatte die lauernden Umrisse der Rotaugen verschluckt, aber die Geräusche, die von dem Rudel herüberdrangen, gewannen in der Dunkelheit noch mehr Deutlichkeit. Als wäre das Schmatzen der Tiere nur eine Armlänge entfernt. Narena mochte nicht daran denken, wie sie sich über das Pferd hermachten, das sie erlegt hatten. Wäre Wulfen nicht bei ihr gewesen, hätten die Reißzähne der Affen ein weiteres Opfer gefunden. Ihre Schulter tat von dem Sturz noch immer weh, doch der Schmerz ließ allmählich nach. Sie hatte sich nicht ernsthaft verletzt.

Narena stand an einer Gittertür und blickte stumm nach draußen. Ihre Hände hatten sich um das Metall gelegt, als wollte sie die Tür aus ihrer Verankerung reißen, als wäre sie eine Gefangene in diesem Gebäude. Statt dessen schützten sie die Mauern und Gitter vor dem Übermut der Bestien, die ihnen bis hierher gefolgt waren.

Boron würde sie strafen. Sie hatten seine Stadt entweiht, hatten eines der Grabhäuser betreten, um ihr Leben zu retten, ohne daran zu denken, daß sie damit nicht nur ihr Leben, sondern auch ihr Seelenheil verwirkt hatten. Wenn die Tiere, die in der Dunkelheit auf sie lauerten, sie nicht erwischten – dem Todesgott würden sie letzten Endes nicht entkommen. Sie waren auf die Insel geritten, ohne ein Opfer niederzulegen, ohne die Gebete zu sprechen. Sie hatten den Fuß in eine der Villen gesetzt und sogar das Pferd hineingeführt, statt ihrer Bestimmung zu gehorchen und dem Angriff der Affen zum Opfer zu fallen.

Das Ergebnis würde weit schlimmer ausfallen, als wären sie noch auf der Straße gestorben. Vielleicht sollten sie einfach die Tür öffnen, hinaustreten und auf die Erde sinken, um ein letztes Mal zu den Göttern zu beten und dann zu sterben. Die Rotaugen würden sie zerreißen, bevor sie sich dessen bewußt würden, und sie würden die Schwingen Golgaris hören, des Boten des Todesgottes, der sie über das Nirgendmeer tragen würde, wo Rheton, die Seelenwaage, anzeigen würde, ob sie trotz ihrer Vergehen Zugang zu einem der zwölfgöttlichen Paradiese erhielten.

Narena legte die Hand auf den Torriegel, um ihn leise zu öffnen. Das Brüllen der großen Affen erinnerte sie aber an den Schrecken, den ihre gebleckten Zähne ihr eingejagt hatten, und sie ließ die Hand sinken. Todesangst hatte sie hierher getrieben, und sie ließ Narena auch jetzt nicht los. Ein winziger Teil in ihr hoffte, daß alles nur ein Traum war; ein Traum, aus dem sie gleich erwachen würde. Sie würde in Drauhag in ihrem Bett liegen, und das neue Jahr würde beginnen.

Sie drehte den Kopf zur Seite und verbannte diese Hoffnung aus ihrem Kopf. Sie konnte nicht erwarten, daß sie die Tage des Namenlosen überlebten. Sie waren allein in der Wildnis, obwohl es die Götter verboten, zwischen den Jahren unterwegs zu sein. Sie hatten ihren Schutz vor dem Bösen verwirkt und sie zudem noch erzürnt, als sie die Stadt der Toten betreten hatten. Was immer sich in den nächsten Tagen auf sie besänne, könnte ungehindert über sie herfallen. Wahrscheinlich würden sie schon morgen ein Fressen für Dämonen werden.

Das Haus, in dem sie Zuflucht gesucht hatten, bestand aus einer einzigen zweistöckigen Halle, die in halber Höhe von einer Galerie gesäumt wurde, und der unterirdisch gelegenen Grabkammer. Der Zugang führte über eine geneigte Ebene in der Mitte der Halle nach unten. Der kalte Nebel, der schon vor Tagen die Insel überzogen hatte, schien aus Löchern in der Erde wie diesem zu steigen. Wulfen hatte sich möglichst weit entfernt davon in eine Ecke zurückgezogen. Was er tat, konnte Narena nicht sehen. Sie hatten bisher nicht gewagt, ein Feuer zu entfachen.

»Glaubst du, sie werden uns angreifen?« Es waren die ersten Worte, die sie seit ihrer Flucht sagte. Wulfen war ebenso nachdenklich geworden wie sie.

»Vermutlich nicht. Sumpfrantzen sind ausgesprochen feige. Normalerweise sind sie im Sommer ungefährlich, weil sie einzeln herumziehen und sich mit Kleinwild zufriedengeben. Im Winter sammeln sie sich zu Rudeln, die manchmal auch Menschen angreifen, aber selbst dann sind sie schnell in die Flucht zu schlagen. Nur haben wir keine geeigneten Waffen, und zu zweit sind wir gegen sie hoffnungslos unterlegen.« Er machte eine Pause, als dächte er nach. Narena trat näher zu ihm heran. »Sie dürften jetzt gar kein Rudel bilden. Sie müßten eigentlich verstreut durch die Sümpfe ziehen. Die Götter wissen, was sie zusammengetrieben hat. Vielleicht gehorchen sie dem Namenlosen.«

»Wird es die... Wie hast du sie genannt? Sumpfrantzen? Wird es sie vertreiben oder anlocken, wenn wir ein Feuer machen?«

»Unter den üblichen Umständen würde es sie wohl erschrecken. Aber ich kann nicht vorhersehen, wie sie sich verhalten werden. Wenn sie sich wirklich wegen der Tage des Namenlosen zusammengerottet haben, könnten sie auf uns aufmerksam werden.« Seine Kleidung raschelte, als hätte er seine Worte durch eine Geste unterstützt, ohne daran zu denken, daß man sie nicht sehen konnte. »Ich weiß es nicht. Wir haben die Götter erzürnt. Unser Schicksal liegt nicht mehr in ihrer Hand. Wir können unser Leben verlängern oder ihm gleich ein Ende setzen. Ganz, wie wir uns verhalten. Aber wir sollten wenigstens versuchen, uns bis ins nächste Jahr zu retten. Nur dann können wir für unseren Frevel um Vergebung bitten und darauf hoffen, daß unsere Seelen nach unserem Tod doch den Weg in eines der Paradiese finden. Wenn wir uns schon jetzt aufgeben, werden wir bestimmt in die Fänge von Dämonen fallen und bis in alle Ewigkeit in ihren Höllen schmoren. Hilf dir selbst, dann hilft dir Phex. Mit etwas Glück können wir es schaffen.«

Narena fragte sich, wie sie auf ihr Glück vertrauen sollten, wenn sie die Götter verprellt hatten. Lagen Glück und Unglück nicht in ihren Händen?

»Vielleicht helfen Gebete«, sagte sie. »Schaden werden sie jedenfalls nicht.«

*

Eine Frau zügelte ihr Pferd, um es an einem kleinen Bachlauf trinken zu lassen. Das Tier senkte den Kopf zum Wasser, und die Reiterin kniete ebenfalls nieder, um die Hände und das Gesicht zu benetzen. Die Feuchtigkeit färbte Strähnen ihres blonden Haars dunkel, lief an der geraden Kontur der schmalen Nase herunter und tropfte vom Kinn auf das wollene Hemd.

Sie setzte sich auf. Die Sonne war schon tief gesunken. Es würde nur noch kurze Zeit dauern, bis sie untergegangen war und sich der Himmel vom leuchtenden Rot zum dunklen Blau und schließlich ins Schwarze verfärbte. Je kürzer die Frau ihre Rast hielt, um so weiter könnte sie noch im Tageslicht reiten.

Die Vögel des angrenzenden Waldstreifens stimmten ihr Abendkonzert an. Die kurzen, aber kräftigen Tonfolgen einer Misteldrossel klangen aus den Baumwipfeln herunter, dann veränderte sich ihr Gesang. Sie stieß helle Warnrufe aus und flatterte davon. Mit lautem Rascheln trat eine Gestalt aus dem Unterholz auf die Straße und legte die Hand beruhigend auf die Kruppe des Pferdes.

Der Mann, der neben dem Reittier stehengeblieben war, trug einen einfachen, um die Hüfte mit einer

Gürtel zusammengeschnürten Überwurf. Langes graues Haar fiel ihm in den Nacken, doch die Stirn und die Schädeldecke glänzten blank. Rechts trug er eine Augenklappe. Fast sah es so aus, als würde er sich auf das Pferd stützen, um seine Kräfte zu sammeln. Seine Stimme war im Gegensatz zu seinem Körper noch nicht der Schwäche des Alters zum Opfer gefallen.

»Den Zwölfen zum Gruß! Gewährt Ihr mir den Schutz Eurer Anwesenheit, während ich mich von der Wanderung erhole?«

Die Frau fand, daß sich ihr Gegenüber unnötig gestelzt ausdrückte. Er verzichtete auf den bornischen Akzent, obwohl er nicht wie ein Fremder aussah.

»Leider kann ich nicht lange bleiben, doch derweil könnt Ihr auf mich zählen. Mein Name ist Mjeska Alwinnen.«

Er nickte lächelnd, sagte aber nichts. Statt dessen gähnte er ausgiebig und murmelte etwas Unverständliches. Seine Müdigkeit war ansteckend, und Mjeska konnte ein Gähnen ebenfalls nicht mehr unterdrücken. Im nächsten Moment fielen ihr die Lider zu, und sie hatte das Gefühl, das Bewußtsein zu verlieren. Mit Schrecken kam ihr der Gedanke, bezaubert worden zu sein, dann schlief sie ein.

Der Alte schritt zu ihr herüber und beobachtete sie. Ihr Atem ging ruhig und gleichmäßig, noch bevor sich ihr Körper entspannt hatte. Sie stand mitten auf dem Weg und schlief. Behutsam kippte er sie nach hinten, hob sie hoch und trug sie zu dem Pferd, über das er sie legte.

Vermutlich hatte sie geglaubt, er sei schwach und gebrechlich, aber seine Art Magie neigte dazu, Menschen älter aussehen zu lassen, als sie waren. Er hatte es mit Entsetzen verfolgt, als ihm das Haupthaar ausging, bevor sein fünfundzwanzigstes Jahr begonnen hatte. Doch inzwischen wußte er, daß es ein Vorteil war, sich hinter dieser ungewollten Maskerade zu verstecken.

Er nahm die Zügel und zerrte das Pferd in den Wald hinein, ohne auf das dornige Buschwerk zu achten. Der Zauber würde nicht ewig anhalten, und der Weg zu seinem Haus war noch weit.

Das Tier ließ sich bereitwillig von ihm führen, und während sie sich von der Straße entfernten, hing der Grauhaarige seinen Gedanken nach. Trotz der Dunkelheit die Richtung beizubehalten, war nicht schwer. Er war diesen Weg schon hundertmal gegangen, und die Bäume sprachen eine beredte Sprache, wenn er sie erkannte.

Als die kleine Reisegruppe das Haus im Wald erreichte, wurde die Frau vom Pferd gehoben und ins Innere des Gebäudes getragen. Ohne ein Licht zu entzünden, trug der Alte sie durch den Wohnraum und die Küche in ein großes Zimmer, in dem sich mehrere starre Schatten kreisförmig um die Mitte des Raumes gruppierten. Er legte Mjeska auf einen Tisch und band ihr Hände und Füße an das Holz. Die stählernen Reifen wurden zugeschlagen und mit einem Bolzen verschlossen. Danach verließ der Mann sie und ging nach draußen, um das Pferd im Stall unterzubringen und mit Futter zu versorgen.

Er kehrte in das Wohnhaus zurück, entzündete ein Feuer im Kamin und hielt anschließend eine Kerze an die Flammen. In dem schwachen Licht setzte er Teewasser auf, um sich einen gemütlichen Abend zu machen.

*

Er erwachte, als er Schreien aus dem Arbeitszimmer hörte. Mjeska war erwacht und hatte begriffen, was ihr zugestoßen war. Er ließ sie noch eine Weile vor sich hin zetern, während er frühstückte, dann zog er sich an und schnallte sich den Ritualdolch um. Sein Griff und die breitgeschwungene Klinge waren ganz aus Obsidian gefertigt. Eine Parierstange war nicht vorhanden, aber die Waffe war auch nicht für den Kampfeinsatz bestimmt. Nicht nur deswegen vermied er es, sie in der Öffentlichkeit zu tragen. Der Dolch hätte auch seine wahre Identität verraten. Lediglich Druiden fürchteten den Körperkontakt mit geschmiedetem Metall in dem Ausmaß, daß sie sogar bei ihren Waffen darauf verzichten mußten.

Die Schreie Mjeskas wurden allmählich leiser. Er öffnete die Tür zu dem Raum, in dem er sie untergebracht hatte, und trat in die Dunkelheit. Das Zimmer hatte keine Fenster, und der Druide zündete erst jetzt die Wandleuchter mit einer Kerze an.

Mjeska wandte sich ihm zu, rief ihm ein heiseres »Hilfe« zu, doch er beachtete sie zunächst nicht. Gebannt folgte sie seiner Runde durch das Zimmer und betrachtete erschrocken die Statuen, die sie umgaben und die erst jetzt zu erkennen waren.

Links neben ihr stand eine gewappnete Kriegerin, die sich mit einer Hand auf ein gewaltiges Schwert stützte und mit der anderen das Fell einer Löwin streichelte. Schräg gegenüber der göttlichen Rondra stand Ingerimm, als Zwerg mit Hammer und Amboß dargestellt. Zu ihren Füßen sah Mjeska Praios' Greifen und die nackte Rahja, die auf einer Stute ritt. Am linken Kopfende der Tischplatte hockte ein großer Rabe auf einem gebrochenem Rad.

Der Tisch war von dem gesamten Pantheon aventurischer Götter umgeben, dargestellt in üblichen Bildern, aber jemand hatte den Götterbildern Ketten angelegt, sie damit umwickelt, bis sie fast nicht mehr zu erkennen waren. Die Ketten liefen über den Boden, verschwanden unter dem Tisch aus Mjeskas Blickfeld und schienen den Kreis, in dem sie standen, in ein heilloses Durcheinander aus metallischen Linien zu verwandeln.

Der Druide ging hinter Mjeskas Kopf an der Wand entlang; er hielt eine flackernde Kerze in der Hand. Mühsam drehte die Gefangene den Kopf und sog entsetzt die Luft ein.

»Praios steh mir bei!«

Die dreizehnte Statue stand auf einem Sockel und ragte somit weit über den Tisch hinaus. Eine männliche Gestalt erhob sich aus kniender Haltung, drückte sich mit beiden Armen vom Boden ab und streckte den Kopf nach oben. Die Statue aus schwarzem Gestein war ungeheuer plastisch, als wäre sie früher lebendig gewesen und mitten in der Bewegung erstarrt. Das Erschütterndste daran war aber nicht diese getreuliche Darstellung, sondern die fehlenden Gesichtszüge. Statt dessen trug der Stein eine geschliffene Platte aus Amethyst, die purpurn funkelte. Mjeska lag unter einer Abbildung des Namenlosen.

Der Druide genoß es zu sehen, wie die Gedanken der Frau arbeiteten und ihre Züge veränderten, je mehr sie begriff, was geschah. Er wartete, bis sie sich wieder ihm zuwandte, und sagte: »Dies ist ein Kultplatz des wahren Herrn. Deine Götter werden dir hier nicht helfen. Die Anordnung der Statuen unterbindet ihre Macht innerhalb des Kreises. Du kannst es nicht sehen, aber jeder Gott ist durch Ketten an einen anderen gebunden. Zum Beispiel ist Boron an Tsa, die Göttin des Lebens, gebunden worden, damit sich ihre Kräfte gegenseitig aufheben. Der Gott der Meere ist an den Gott des Feuers gekettet. Praios' Fesseln führen zu Hesinde, denn ihre Priesterschaft erforscht die Magie, die seine Anhänger zu bannen versuchen.

Du kannst nicht erwarten, daß dir deine Götter innerhalb dieses Kreises Schutz gewähren. Hier herrscht nur der Eine, den keine Fessel hält. Er ist der Herrscher der Herrscher, und er hat dich auserwählt, damit du ihm einen großen Dienst erweist.«

Die Frau schrie ihre Wut und Verzweiflung heraus.

Die Erklärungen hatten sie sichtlich gebrochen. Ihre Augen waren glasig geworden, aber sie hatten noch immer den Reiz des Verborgenen in sich, der durch die Schatten ihrer Brauen entstand. Er hatte eine gute Wahl getroffen, als er sich für Mjeska entschieden hatte. Sie würde seine Bedürfnisse mehr als ausreichend erfüllen.

»Wenn ich könnte, würde ich dich töten, du Bastard!« schrie die Gefangene.

»Du kannst mich Rogoff nennen«, gab er zurück und betrat das Innere des Götterkreises. Gleichzeitig zog er seinen Dolch und stellte sich zu Füßen der Geketteten auf. Ihr Aufbäumen in den Fesseln ließ nach, sie wurde plötzlich ruhig. Die Angst in ihrem Gesicht hatte sich nochmals gesteigert.

»Beherrscher der Welt«, begann Rogoff und blickte ehrfurchtsvoll auf den Amethyst, »es ist der erste Tag Deines Kampfes gegen die unwürdigen Zwölf, geweiht Isyaharin, dem Sechsgehörnten und Schenker des Irrsinns. Gepriesen sei Deine Stärke und Dein unbeugsamer Wille.« Er hob den Dolch empor und richtete die Spitze gen Himmel. »Ich habe Dir mein Auge geschenkt und mich dem Strahlen der Sonne entzogen, als ich Dir meinen Schatten übergab.« Die Frau schielte über die Tischkante und blickte zur Erde, um seine Behauptung zu überprüfen. Ihre Finger formten Zeichen gegen das Böse, obwohl sie wissen mußte, daß ihr diese schwachen Zauber nicht helfen würden. »Nun weihe ich Dir diese Frau, damit sie Dir zu Diensten ist, wie ich es sein werde. Erfreue Dich an ihr und an meinem Bestreben, Dir gefügig zu sein.«

*

Die Sonne war schon lange aufgegangen, doch reichte ihr Licht nur schwach durch den Nebel der Toteninsel und in das Grabmal hinein, in das sie sich geflüchtet hatten. Narena hielt Wache, während Wulfen schlief. Sie war die schmale Treppe zur Galerie hinaufgestiegen, um die Sumpfrantzen von oben im Auge zu behalten, doch die Tiere hatten sich bislang nicht gerührt. Zwanzig ihrer massigen Körper lagen aneinandergedrängt inmitten der Feuchtigkeitsschleier, die vom Moor hinaufstiegen. Zwei Jungtiere tollten bereits in einiger Entfernung herum, aber die älteren Rotaugen ließen sich davon nicht stören.

Vielleicht war jetzt die Gelegenheit zu fliehen günstig. Narena sollte Wulfen wecken, sich mit ihm auf das Pferd setzen und die Stadt der Toten verlassen. Wenn sie es schafften, den Rantzen zu entkommen, konnten sie nach Drauhag zurückkehren. Unter Umständen gelang es ihnen trotz der Verspätung, noch Einlaß ins Dorf zu bekommen. Wenn sie alles erklärten, verstand man sie vielleicht. Die Boroni konnte bestimmt nachvollziehen, warum sie gestern so übereilt aufgebrochen waren. Sie konnte ein gutes Wort für sie einlegen, und sie müßten die Tage zwischen den Jahren nicht in den Grabvillen verbringen, die sie mit ihrer Anwesenheit entweiht hatten.

Narena begriff ihren Denkfehler, bevor sie aufstehen konnte, um Wulfen zu wecken.

Sie hatten die Toteninsel betreten, ohne die Gebete zu sprechen. Sie hatten eines der Häuser betreten und die Ruhe der Toten damit gestört. Sie hatten sogar darin übernachtet und ein Pferd auf geweihten Boden geführt, das seinen Kot auf den kostbaren Bodenornamenten hinterließ. Sie waren zu Grabschändern geworden, und die Geweihte des Todesgottes hätte keine Nachsicht mit ihnen. Wenn es Borons Wille gewesen war, daß sie durch die Sumpfrantzen ums Leben kamen, hatten sie sich mit ihrem Frevel widersetzt, hatten sich seiner Allmacht entzogen.

Die Boroni würde sie eher töten, als sie mitfühlend in das Dorf einzuladen. In ihren Augen waren sie nicht besser als die Anhänger des Namenlosen. Gnade konnten sie nicht erwarten.

Wulfen erhob sich einige Zeit später von seinem Lager. Die Affen waren inzwischen wieder tätig geworden. Die Männchen widmeten sich den Resten des erbeuteten Pferdes, kreischten sich wütend an, wenn einer die Reihenfolge der Rangordnung durchbrechen wollte. Gelegentlich wurden halbherzige Schläge mit den behaarten Vorderpranken ausgeteilt, die aufgrund der ungewohnten Länge der Arme steif und unbeholfen aussahen, obwohl sich Narena vorstellen konnte, daß sie wesentlich kräftiger waren als jeder menschliche Hieb.

Nach einiger Zeit verließen die Leittiere nach und nach den Verband, um sich in einiger Entfernung auf einen Mauerpfosten oder einen Findling zu setzen. Sie durchsuchten sich das Fell nach Ungeziefer, das sich während der Nacht eingenistet hatte, und verspeisten die Parasiten ohne viel Federlesens. In regelmäßigen Abständen richtete sich eines der Tiere zur halben Größe auf, zog die Oberlippe weit über seine Zahnreihe zurück und stieß ein Brüllen aus, das weit zu hören sein mußte. Narena zuckte bei jedem dieser Laute verängstigt zusammen.

Die Jungtiere tollten weiter über die Straße der Toteninsel, ohne Rücksicht auf ihre älteren Artgenossen zu nehmen. Bisweilen, wenn sie einander im Spiel jagten, sprang der eine über eines der Weibchen hinweg, das ihm boshaft hinterherschrie, nur um kurzerhand vom Verfolger des ersten ebenfalls überrannt zu werden. Nur vor den ausgewachsenen Männchen schienen die Jungen eine gewisse Achtung zu haben. Sie kamen nur selten in ihre Nähe, und dann schlichen sie eher an ihnen vorbei, um möglichst schnell aus ihrer Reichweite zu kommen. Anschließend beeilten sie sich, zu ihren Müttern zu rennen und dort großspurige Drohgebärden in Richtung der Männchen aufzuführen. Selbst ihre Bewegungen hatten etwas Bedrohliches an sich.

Warum hatte sich das Rudel ausgerechnet gegen sie gerichtet? Hätten die Tiere nicht ebensogut über die Frau herfallen können, die Wulfen und Narena aus der Sicherheit Drauhags herausgelockt hatte? Dann wären sie jetzt nicht hier. Die Frau mit den tiefliegenden Augen wäre vermutlich ein Opfer der Sumpfrantzen geworden. Niemand hätte den Boronanger gefährden können, und der Schrecken der namenlosen Tage hätte sie nicht derart wehrlos vorgefunden. Die verfluchten Rantzen hatten es in der Hand gehabt, das Unheil zu verhindern, doch sie hatten sich in ihrer tierischen Dummheit gegen die Zwölfgötter gestellt. Sie waren an allem schuld. Sie und diese Frau.

Die Sonne hatte sich vom Rand der Welt gelöst und erhellte nun die nebligen Schwaden des Totensumpfes. Vom Westen zogen dunkle Gewitterwolken herauf. Aus dieser Richtung, von weit jenseits des Meers der Sieben Winde, war auch der Namenlose nach Aventurien gekommen. Es blieb nicht mehr viel Zeit, bis seine Dämonen über sie herfallen würden.

Narena wandte sich von ihrem Platz am Fenster ab und kam zu Wulfen herunter. Er schien noch immer unter der Kälte der Nacht zu leiden. Sie hatten keine Decken mitgenommen und waren so der eigentümlichen Witterung der Toteninsel schutzlos ausgeliefert. Auf ein Feuer hatten sie dennoch verzichtet. Ihre Glieder waren steif und ungelenk gewesen, als Wulfen sie zu ihrer Wache geweckt hatte. Nun ging es ihm nicht viel besser.

Sie versuchte, sich ein freundliches Lächeln abzuringen. »Wie geht es dir?«

Er winkte ab. »Frag mich ein bißchen später noch einmal. Ifirns Kuß könnte nicht kälter sein.« Seine Anspielung auf die halbmenschliche Tochter des Wintergottes verfehlte ihre aufmunternde Wirkung. Es war nicht der Ort und vor allem nicht die Jahreszeit für Scherze.

»Das Wetter verschlechtert sich. Bald wird das Tageslicht wieder verschwinden. Und die Sumpfrantzen lauern noch auf uns.«

»Sie sind nicht zu überhören.«

Von ihrer Ausrüstung hatten sie nur wenig aus Drauhag herausgeschmuggelt, und davon hatten sie die Hälfte noch an die Rotaugen verloren. Nur Wulfens Satteltaschen waren ihnen geblieben. Narena beugte sich hinab und öffnete sie, um nach den Resten des Proviants zu suchen. Sie fand einige Hartkekse, etwas Pökelfleisch und Wulfens Wasserflasche.

»Wie kannst du nur daran denken, hier etwas zu essen?« fragte Wulfen und trat neben sie. »Wir sind auf einem Boronanger.«

»Irgendwann müssen wir essen«, erklärte sie, bevor sie sich bewußt wurde, daß er recht hatte. Der eine Frevel rechtfertigte keinen weiteren. Sie legte die Nahrungsmittel zurück in die Tasche. »Du hast ja recht. Ich habe nicht darüber nachgedacht. Es wird uns nicht umbringen, eine Weile nichts zu essen. Trotzdem sollten wir uns überlegen, wie wir von hier wegkommen und wie wir den Rantzen entkommen.«

»Wo willst du denn hin? Zurück nach Drauhag können wir nicht. Abgesehen davon haben wir nur noch ein Pferd, und die Sumpfrantzen würden uns in Stücke reißen, wenn wir auch nur einen Fuß nach draußen setzen.« Mutlos schüttelte er den Kopf. »Wir haben keine andere Wahl, als hierzubleiben. Es gibt weit und breit keine andere Zuflucht.«

»Was ist mit dem Haus der Borongeweihten?« Narena war von ihrem eigenen Einfall überrascht. »Es ist nicht weit bis dahin, und wir könnten auf das neue Jahr warten, ohne etwas durch unsere Anwesenheit zu entweihen.« Sie versuchte zuversichtlich zu klingen. Sie rechnete nicht damit, daß sie wirklich Neujahr, die

Sommersonnenwende, erleben würden, doch sie sollten es wenigstens versuchen.

»Wir können nicht einfach hinausgehen und hoffen, daß wir ungeschoren von der Insel kommen. Die Biester haben es auf uns abgesehen. Solange sie hier sind, gibt es kein Entkommene.«

»Vielleicht können wir sie verscheuchen? Du sagtest doch, sie seien schreckhaft.«

Wulfen trat zur Tür und blickte nachdenklich durch das Gitter.

»Möglich, daß es klappt. Womöglich aber auch nicht. Dann werden sie vermutlich wütend und greifen uns an, und ich weiß nicht, ob diese Tür halten wird. Das Metall ist alt und dünn. Vielleicht sollten wir lieber abwarten, bis sie von alleine verschwinden.«

Die Vorstellung, daß sie die Tiere eher anstacheln als verjagen würden, erinnerte Narena an die ausgeprägten Reißzähne der Rotaugen. Wenn die Tür brach, wären ihre Kiefer das letzte, das sie zu Gesicht bekäme. Unter Umständen war es doch besser, alles so zu belassen, wie es war.

Das Unwetter kam näher heran. Am Horizont regneten Schleier zu Boden und der Wind frischte bereits auf. Die dunkle Front aus dem Westen und die aufsteigende Sonne im Osten schwangen sich zum Sturmangriff auf, und es war bereits abzusehen, daß die unsteten Heere des fremden Gottes die goldene Scheibe Praios' unterlaufen und zu Fall bringen würden.

»Meinst du, die Rantzen verschwinden, wenn das Gewitter einsetzt? Der Regen dürfte ihrem Fell nichts anhaben, aber das Donnern und Blitzen könnte ihnen Angst einjagen.«

Sie erhielt nur ein Schulterzucken zur Antwort. Wulfens Wissen über die Affen schien sich in der Kenntnis ihres Namens und einiger Geschichten über ihr Verhalten zu erschöpfen. Er hatte sie wohl nie zuvor selbst zu Gesicht bekommen.

Das Rudel rückte inzwischen beinahe so dicht zusammen, wie es am Morgen gelegen hatte. Die Tiere hatten den bevorstehenden Wetterumschwung bemerkt, und selbst die einzelgängerischen Männchen setzten sich dicht an ihre Artgenossen. Bald hatten sie ein Lager gebildet, das von einem Ring aus männlichen Tieren geschützt wurde und in dessen Mitte sich die Jungtiere versammelten. Die Weibchen, die dazwischen saßen, bemühten sich redlich, sowohl die Kleinen als auch die Leittiere bei Laune zu halten.

Als der Regen einsetzte, rutschten sie nochmals näher aneinander, und die letzten Streitigkeiten zwischen den verschiedenen Altersgruppen und Geschlechtern hörten schlagartig auf. Das Wasser lief ihnen bald in dicken Bahnen über das Fell und nahm ihnen einen Teil ihrer bulligen Größe. Ihre wirkliche Gestalt war wesentlich schmaler, als es den Anschein hatte. Mit einem Mal wirkten sie gar nicht mehr so gefährlich.

Die ersten Blitze zuckten auf, doch Narenas Hoffnung, sie würden davon verscheucht, erfüllte sich nicht. Die Kleinen krochen verängstigt unter die Körper der Mütter, doch ansonsten schien das Rudel die Vorgänge am Himmel gar nicht wahrzunehmen.

»Wenn wir die Rotaugen umgehen wollen, sollten wir es gleich tun. Das Wetter macht sie anscheinend träge.« Wulfen trat neben Narena an die Tür. »Wir könnten es bis zum Haus der Boroni schaffen, wenn wir warten, bis es noch dunkler und stürmischer wird.«

Bisher waren sie fast völlig trocken geblieben. Die Regentropfen, die zu ihnen hereinfanden, fielen ausschließlich durch die Tür und die Fenster und erreichten Augenblicke später den Steinboden. Narena und Wulfen hatten bisher nur wenige Tropfen abbekommen, doch beim Verlassen des Gebäudes wurden sie bis auf die Haut durchnäßt. Das Wasser sickerte nicht in die lehmige Erde der Toteninsel, sondern bildete schlüpfrige Bahnen und kleine Tümpel. Das Pferd hätte einen unsicheren Stand und wäre mit zwei Reitern nicht in der Lage, den Sumpfrantzen zu entkommen. Ihre Krallen machten ihnen das Laufen auf dem durchnäßten Untergrund einfach. Sie würden sie unweigerlich einholen, wenn sie nicht blieben, wo sie waren.

»Hast du eine Idee, wie wir sie ablenken können?«

»Das Pökelfleisch beschäftigt sie vielleicht eine Weile, wenn wir es ihnen überlassen. Ich bezweifle nur, daß sie noch hungrig sind. Dein Pferd hat für das ganze Rudel gereicht.

Entweder sind sie geblieben, weil es keinen Unterschied macht, wo sie den Tag verbringen, oder sie haben es auf uns abgesehen. Als Spielzeug oder so.«

Die Affen waren stark genug, ein Pferd auseinanderzureißen. Ein menschliches Spielzeug würde nicht lange halten, wenn die Tiere ihre gesamten Kräfte einsetzten.

»Das Pferd mag denselben Zweck erfüllen. Wir könnten es nach draußen führen und davonjagen. Wenn es den Sumpfrantzen lediglich um Nahrung geht, werden sie es genauso verfolgen, als wenn sie einen Zeitvertreib suchen. Wir können es ohnehin nicht reiten. Der Boden läßt es nicht zu, die Insel sicher zu verlassen, wenn wir beide auf dem Tier sitzen. Es würde sich nach weniger als hundert Schritt die Beine brechen oder schlicht zu langsam sein, um den Rantzen zu entkommen. Es ist sicherer, wenn wir zu Fuß aufbrechen und das Pferd zur Ablenkung benutzen. Viel langsamer sind wir dann auch nicht.«

Er band das Reittier los, ohne auf ihre Zustimmung zu warten. Sie ließ ihn stumm gewähren. Sein Plan war der einzige, der wenigstens eine geringe Aussicht auf Erfolg hatte. Und das Pferd hätten sie in das kleine Haus der Boroni ohnehin nicht mitnehmen können.

Die Sumpfrantzen würden es spätestens dann reißen. So mochte das Tier vielleicht Glück haben und dem Rudel ohne die Last der Reiter entkommen.

Sie warteten, bis der Regen stärker geworden war, dann öffneten sie die Tür des Grabhauses und führten das Pferd hinaus. Es sträubte sich einen Augenblick lang, bevor es einen Schlag auf das Hinterteil erhielt und mit einem lauten Wiehern davonstob.

Das Rudel geriet in Bewegung. Die großen Männchen rissen die Köpfe hoch, die sie zuvor tief auf die Brust gesenkt hatten, machten die anderen Rantzen mit Kreischen und Brüllen auf das Pferd aufmerksam und stürmten ihm hinterher.

Wulfen stieß Narena in den Rücken. Sie stolperte in den Regen, wurde von der kalten Feuchtigkeit eingefangen und sah sich nach Wulfen um. Er hatte sich die Satteltaschen über die Schulter geworfen. Seinen Stock hielt er in der Linken, als er die Tür des Grabmals verschloß.

Narena rannte voraus, um nach den Sumpfrantzen zu sehen. Die Affen verfolgten das Pferd, ohne auf die Menschen zu achten.

Das Wasser lief ihr durch die Haare, rann in den Kragen und sickerte von innen an ihrer Kleidung herab, während der Regen sie von außen durchnäßte. Ihre Jacke aus Wolle sog sich zusehends voll Wasser.

Wulfen erreichte sie und rannte an ihr vorbei, ohne sich nach ihr umzusehen. Sie folgte ihm, auch wenn sie dazu den Rotaugen den Rücken zuwenden mußte. Je schneller sie die Insel verließen, desto eher konnten sie die Raubtiere vergessen.

Sie rannten die Straße hinunter, die durch die Stadt der Toten führte. Wulfen strauchelte unter dem Gewicht der Satteltaschen, doch mit Hilfe seines Stocks gelang es ihm, nicht auszurutschen und hinzufallen. Narena hatte weniger Mühe mit dem rutschigen Untergrund, doch wenn sie den Halt verlor, konnte sie sich nirgends festhalten, um sich wieder hochzuziehen. Sie hastete dann nach vorn, um ihren Körper wieder ins Gleichgewicht zu bringen, doch einmal, kurz bevor sie die Eingangspfeiler der Stadt erreichten, vermochte sie sich nicht mehr zu fangen. Ihr Fuß glitt auf dem Lehm aus, und sie fiel bäuchlings hin. Die Schulter begann erneut zu schmerzen. Sie war über und über mit Schlamm und Dreck bespritzt, der durch die Knopfleiste unter das Hemd drang und eiskalt auf dem Bauch klebte.

Narena stemmte sich angewidert aus dem Morast. Am liebsten hätte sie sich den Schmutz auf der Stelle von den Kleidern gewischt. Sie sah sich um, wie weit die Sumpfrantzen entfernt waren. Überrascht stellte sie fest, daß das Pferd auf sie zukam. Hatten die Affen aufgegeben, es zu verfolgen, und suchte es nun einen Weg von der Insel?

Ein Kreischen, das hinter dem Pferd ertönte, ließ Narena begreifen. Sie sprang herum und rannte Wulfen nach, ohne weiter auf die Schlüpfrigkeit des Erdbodens zu achten. Sie hastete über den Lehm und hielt die Beine mit gewaltsamer Anstrengung zusammen, wenn sie auszubrechen drohten. Wulfen drehte sich zu ihr um, doch sie hatte nicht genug Atem, um ihm eine Warnung zuzurufen. Er sah sie fragend an, bevor er das Pferd entdeckte, das hinter ihr herangaloppierte. Narena konnte es schon hören.

Das Gewitter braute sich zu einem neuen Höhepunkt zusammen. Der Wind warf den Regen fast waagerecht durch die Luft, drang in Nase und Mund ein, als wolle er Narena den Atem aus den Lungen pressen. Wulfen ließ sich zu ihr zurückfallen. Sie trat auf einen Stein, der sich in einer Pfütze verbarg und unter ihrem Gewicht davonsprang. Gleichzeitig brandete ein Windstoß auf und riß sie aus dem Gleichgewicht. Sie rutschte die abschüssige Straße hinunter, ohne wirklich zu stehen oder zu fallen, und wurde von Wulfen aufgefangen, der sich ihr entgegenstellte. Im selben Augenblick rannte das Pferd an ihnen vorbei.

Die Sumpfrantzen waren noch weit entfernt. Die anfängliche Geschwindigkeit schien schnell nachgelassen zu haben, doch ihre Hartnäckigkeit trieb sie hinter dem Reittier her. Die Mäuler waren weit aufgerissen, und ihr auf und ab hüpfender Lauf erweckte den Eindruck, als würden sich die Kiefer ständig schließen und öffnen. Narena konnte nur schreckensstarr in die Richtung der Affen sehen, unfähig zu handeln. Der Regen drückte ihr in den Rücken, schob sie bedächtig vor sich her, und sie bemerkte eher beiläufig, wie sie einen Schritt nach vorne machte.

Krachend fuhr ein Blitz vom Himmel, bohrte sich durch die herabfallenden Wassermassen und schlug in den Matsch. Braune Fontänen spritzten zwischen Rantzen und Menschen hoch, fielen in einzelnen vom Wind verwehten Bahnen herunter und öffneten den Blick auf ein glühendes Leuchten, das in einem zwei Schritt durchmessenden Ring über dem Erdboden schwebte. Feuer brannte um einen senkrechtstehenden Kreis aus wellenschlagendem Wasser, das allmählich die Form änderte, Gliedmaßen bildete, die die Verbindung zum Boden suchten oder in die Luft stachen. Etwas, das wie Beine aussah, verdichtete sich zu einem einzelnen Sockel, der brennend in einer Lache stand. Über ihm erhoben sich die Umrisse eines menschenähnlichen Oberkörpers, doch aus dem Rumpf ragten sechs statt zweier Arme. Der Kopf hatte keine konkrete Gestalt. Er waberte unstet, schlug Beulen aus, die wieder verschwanden, verlor an Dichte, um sich wieder aufzublähen. Der gesamte Körper der fremdartigen Gestalt bestand aus Wasser, auf dem eine dünne Schicht aus Flammen brannte. Die dreifingrigen Klauen richteten sich auf die Rantzen, denen die Erscheinung entgangen war. Sie stürmten ungebremst darauf zu.

Die Erscheinung aus Wasser und Feuer bäumte sich auf, als wolle sie einen gewaltigen Schrei ausstoßen, doch alles blieb still. Ihr Sockel rutschte über die Erde auf die Rantzen zu.

Das Leittier war noch fünf Schritt entfernt, als es das Wesen entdeckte. Überrascht hielt es in seinem Lauf inne, doch die Arme des übernatürlichen Gegners schnellten vor, durchschnitten die Luft, umschlangen den Rudelführer und ein weiteres Männchen. Das Feuer griff schwelend nach dem nassen Fell der Affen, bevor es blitzend explodierte.

Von den gefangenen Tieren waren nicht einmal Knochen geblieben, als Narenas Augen nicht mehr geblendet waren. Dunkle Rauchschwaden schwebten in dem Wasser des Dämons umher, verteilten sich darin und machten die Gestalt zu einem bräunlichen Schatten, der seine Arme erneut nach dem Rudel auswarf und weitere Opfer fand.

Narena brüllte vor Entsetzen. Sie riß sich aus ihrer Starre, stürzte herum, um zum Haus der Boroni zu fliehen, doch sie prallte gegen Wulfen, der ebenfalls von dem seltsamen Zauber der Erscheinung erfaßt worden war. Haltlos fielen sie beide in den Schlamm.

Der Kopf des Dämons wallte empor. Für einen Augenblick schien er ein Gesicht zu bilden, dann verschoben zwei Arme ihren Platz am Körper und drehten sich den Menschen zu. Narena und Wulfen rappelten sich hoch, ohne auf ihre Taschen oder den Stock zu achten, und flohen in die entgegengesetzte Richtung.

Narena rannte. Sie wußte nicht einmal genau wohin. Sie folgte der Straße bis an den Rand der Insel, trat auf den Pfad durch den Sumpf und blieb fast augenblicklich in der aufgeweichten Masse stecken, die sie als begehbar in Erinnerung hatte. Der Fuß schlüpfte aus dem Schuh, noch bevor sie vollends in den sumpfigen Untergrund fiel. Die Hände schienen darin zu versinken, ohne jemals Grund zu finden, und der Aufprall schleuderte ihr dicke Brocken Erde in Mund und Nase. Hustend kroch sie auf allen vieren weiter, hastete über den Pfad.

Was vor dem Regen ein Tümpel gewesen war, hatte sich zu einem kleinen See ausgedehnt, den sie nicht mehr durchwaten konnten. Narena sprang ins Wasser, zerrte sich die wollene Jacke vom Körper, die sie in die Tiefe zu ziehen drohte, und schwamm mit unbeherrschten Zügen hindurch. Am gegenüberliegenden Ufer versuchte sie, auf die Füße zu kommen, und hinkte mit einem Schuh die letzten Schritte auf ein Haus zu, das vor ihr aus dem Nebel aufgetaucht war. Sie spürte, daß sie sich die Sohle aufriß, doch der Schmerz ging in ihrem Entsetzen unter, bevor er sie behindern konnte.

Als sie das Haus der Geweihten erreichte, wäre sie beinahe weitergelaufen. Sie nahm das Gebäude nur aus den Augenwinkeln wahr und wechselte dann die Richtung. Sie rannte an die Tür, ohne ihre Geschwindigkeit zu verringern, fing sich mit den Armen daran ab. Sie rüttelte an dem Riegel, doch das vorgelegte Schloß versperrte den Eingang. Narena zerrte daran, riß das Schloß wütend herum. Sie trat gegen die Tür, als es nichts half, doch der Riegel gab nicht nach.

Wulfen zog sie beiseite, stellte sich vor die Tür und legte die Hände an den Riegel. Der Mechanismus sprang auf und ließ das Schloß herunterfallen. Die Tür schwang ein wenig zurück.

Narena drängte Wulfen hinein, ohne zu fragen, wie er es bewerkstelligt hatte. Anschließend warf sie die Tür zu und begann die Möbel der Priesterin davor zu schieben. Sie achtete gar nicht darauf, daß Wulfen ihr nicht half.

»Laß das, Narena. Das nützt nichts!« Er sprach ruhig und besonnen. Angesichts ihrer Erlebnisse hatte sie den Eindruck, er habe den Verstand verloren. Der Dämon konnte jeden Augenblick das Haus erreichen.

»Wenn es uns haben will, wird es sich einfach durch die Tür brennen. Der Tisch wird es dann auch nicht aufhalten.« Er hielt sie zurück, als sie sich trotzdem an einer Anrichte zu schaffen machte. »Narena! Hör auf! Der Krach macht nur auf uns aufmerksam!«

Sein Einwand warf sie in eine Unschlüssigkeit, die sie nicht überwinden konnte. Sollte sie die Tür versperren oder darauf hoffen, daß der Dämon sie einfach vergaß? Welche Wahl würde ihnen den Tod bringen und welche nicht? Sie sah sich hilfesuchend im Raum um und rutschte schließlich verzagt an der Anrichte herab. Ihr Fuß brannte, und sie entdeckte Spuren von Blut in einer Lache aus Dreck und Wasser. Der Schmerz dehnte sich aus, zog das Bein hinauf, das vor Kälte und Erschöpfung zitterte. Dann schien der ganze Körper seine Kraft zu verlieren. Wenn sie nun sterben sollten, würde sie es ohne eine Gefühlsregung zur Kenntnis nehmen. Wulfen setzte sich auf einen Stuhl und lauschte in das Gewitter hinaus.

Sie warteten. Narena konnte sich nicht erinnern, was sie während dieser Zeit dachte. Ihr Bewußtsein kehrte erst wieder zurück, als sich die rote Flüssigkeit an ihrem Fuß allmählich ausbreitete und der Schmerz zu einem stechenden Pochen wurde. Sie wischte Lehm und kleine Blätter so gut es ging von der Fußsohle und entdeckte einen tiefen Schnitt im Fleisch. Mehr aus Neugier, als um die Verletzung zu reinigen, zog sie die Wundränder auseinander. Mit einem Finger wischte sie ein paar kleine Steinchen aus dem Blut.

Wulfen reichte ihr ein sauberes Stück Stoff, das er aus einem Gewand gerissen hatte. Narena hatte gar nicht bemerkt, daß er aufgestanden war. Sie nahm das schwarze Tuch und wickelte es um den Fuß, bis die Wunde von der Spannung zusammengehalten wurde. Schließlich verknotete sie die beiden Enden des Stoffs auf ihrem Spann.

Sie saß auf dem Fußboden, der aus steinernen Platten bestand und mit Mörtel versiegelt worden war, um die Feuchtigkeit abzuhalten, die nahe bei den Totensümpfen im Boden steckte. Der Tisch und die Anrichte standen vor der Tür, aber der Raum hatte noch einen Herd, zwei Schränke und ein Bett, die noch an ihrem Platz standen. Im Inneren wirkte der Boronsschrein eher wie ein ganz gewöhnliches Wohnhaus. An den Wänden hingen gestickte und gewebte Bilder. Das einzige Auffällige waren ein paar Bücher, die auf einem Regal standen. Diese Wertsachen verdeutlichten, daß es sich nicht um die Unterkunft eines gewöhnlichen Bauern handelte. Doch wenn man die Statue des Todesgottes, Räucherschalen und geweihte Symbole suchte, wurde man enttäuscht. Anscheinend war es dicht bei der Stadt der Toten nicht wichtig, weitere Heiligtümer aufzurichten, und die Einsamkeit des Ortes erforderte lediglich ein Wohnhaus für die Geweihte.

Sie warteten schweigend das Ende des Unwetters ab. Der Regen prasselte auf das Dach, doch nach einiger Zeit ließ das Tropfen allmählich nach. Der Donner war schon vor einer geraumen Weile das letzte Mal zu hören gewesen.

Wulfen setzte sich neben Narena. »Ich denke, daß wir uns jetzt wieder bewegen können. Es wird nicht mehr da sein.«

»Wie kommst du darauf?« Sie hatte unbewußt geflüstert.

»Es ist aus Blitz und Regen entstanden. Vermutlich kann es nur existieren, solange diese beiden Elemente vorhanden sind. – Wir sollten zusehen, daß wir aus den nassen Sachen herauskommen.«

Narena überging seinen letzten Vorschlag. »Wie kannst du sicher sein? Der Dämon könnte ebensogut an der Tür lauern. Was ist dann? Du hast doch selber gesagt, wir dürften ihn nicht auf uns aufmerksam machen!«

»Wenn das Wesen noch in der Nähe wäre, warum sollte es nicht einfach hereinkommen? Tür und Wände sind lediglich aus Holz. Eine Berührung mit ihm, und das Haus würde verbrennen. Wir haben schon viel zu lange gewartet. Was wir am wenigsten gebrauchen können, ist ein Flinker Difar!«

»Eine Erkältung ist immer noch besser als von diesem Dämon gefressen zu werden. Hast du gesehen, was er mit den Sumpfrantzen gemacht hat?«

»Ich glaube nicht, daß es ein Dämon war«, wechselte Wulfen das Thema. »Auch wenn das keinen großen Unterschied für uns macht.« Er stand auf, zerrte die Anrichte von der Tür und schob den Tisch beiseite. »Ich werde nachsehen.« Er öffnete die Tür und ging nach draußen, bevor Narena etwas sagen konnte. Sie wagte nicht, ihm hinterherzurufen, genausowenig wie sie den Mut aufbrachte, die Tür zu schließen. Sie blieb auf der Erde sitzen und blickte durch den schmalen Spalt ins Freie.

Ein Schatten trat darauf zu und öffnete die Tür. Narena zuckte zusammen, doch es war nur Wulfen, der hereinkam.

»Alles ist ruhig«, sagte er beiläufig und ging noch einmal ins Freie, um sich den Schmutz von der Kleidung zu klopfen. »Du solltest dich am besten umziehen, wenn wir etwas Passendes für dich finden. Von deinen Sachen ist nicht viel heil geblieben.«

Narena erinnerte sich, daß sie die Jacke fortgeworfen hatte, und sie wußte, daß sie nur noch einen Schuh besaß. Doch wie sie den anderen verloren hatte, konnte sie nicht sagen. Sie sah an sich hinab und entdeckte unter den eingetrockneten Resten von Sumpfland Risse in ihrem Hemd und ein großes, aufgeschürftes Loch im Leder ihrer Hose, wo sie mit dem Knie aufgeschlagen war. Sie konnte sich auch daran nicht entsinnen, aber die Panik, mit der sie geflohen war, erklärte dies zur Genüge. Sie war auf dem Weg zum Boronschrein mehr von Angst als vom Verstand getrieben worden.

Wulfen hatte recht; diese Kleidungsstücke waren unbrauchbar und derart starr vor Schmutz, daß sie Narena kaum noch wärmten. Wenn sie sich noch keinen Difar geholt hatte, würde sie bald einen bekommen.

Sie stand umständlich auf, während unzählige Erdklumpen wie Regen von ihr abfielen, und suchte in den Schränken der Boroni nach Kleidung. Es behagte ihr nicht, sich in Stoffe zu hüllen, die der Tod berührt hatte, doch sie hatte keine andere Wahl. Außer dem Besitz der Geweihten würde sich hier nichts finden.

Schließlich zog sie eine schwarze Hose und eine dicke Jacke aus schwarzer Wolle an. Die gestrickten Muster des Oberteils erinnerten an die geflochtenen Ornamente aus Albernia oder Thorwal. Narena mochte diese Verzierungen, dennoch täuschten sie nicht darüber hinweg, daß die Jacke einer Geweihten des Todesgottes gehörte. Sie hätte sie lieber wieder fortgelegt.

Bei der weiteren Suche fand sie außer Unterwäsche auch ein Paar hohe Stiefel, die bis an die Knie reichten und eher einem Fischer oder Torfstecher gehören sollten als einer Boronpriesterin. Narena zog sie an, und sie paßten gut genug, um darin laufen zu können. An den Zehen drückte es ein wenig, und der Verband an dem Fuß schmerzte. Trotzdem – sie hatte schon engere Schuhe getragen.

Wulfen war nicht in das Haus zurückgekommen, wohl um Narena die Gelegenheit zu geben, sich ungestört umzuziehen. Sie beeilte sich, die alten Sachen auszuziehen und in die neuen Kleider zu schlüpfen.

Bei ihrer Suche hatte Narena eine zweite Tür entdeckt, die in einen Nebenraum führte. Sie öffnete sie und blickte in das fensterlose Zimmer, das sich dahinter befand. Sonnenlicht fiel von der gegenüberliegenden Wand herein, wo Wulfen einen weiteren Eingang des Hauses geöffnet hatte, und beleuchtete die hüfthohe Statue eines Raben, die auf einem schwarzen Schränkchen stand. Sie bildete das Kernstück dieses Gebetsraums. Nicht das ganze Haus war ein Schrein Borons, sondern lediglich diese Kammer.

Wulfen sah an Narena herab. Er stand neben der Bank, auf der die Priesterin halbe Wagenräder geflochten hatte. »Du siehst aus, als hättest du gerade die Weihe erhalten.«

Narena verzog das Gesicht, sagte aber nichts. Das hatte sie bestimmt nicht hören wollen. Sie hielt sich vor Augen, daß sie im Gegensatz zu Wulfen wenigstens saubere Kleidung trug. An seinen Sachen hing trotz seiner Bemühungen, sie zu reinigen, Schlamm, der nicht aus dem Gewebe herauszukriegen war. Doch war nur das Gewand so stark beansprucht worden, daß es Beschädigungen zeigte.

»Könntest du endlich hereinkommen und die Tür schließen? Wer weiß, was für Unwesen als nächstes auftauchen?« Narena ging in den Wohnraum zurück, um dort die Tür zu versperren, während Wulfen den Gebetsraum verschloß. Als er den Schrein verließ, hielt er eine bauchige Flasche in der Hand.

»Die Boroni scheint eine Vorliebe für geistige Getränke zu haben«, sagte er. »Der Rabe schützt einen größeren Vorrat Meskinnes. – Nimm einen Schluck, um dich aufzuwärmen.«

Sie nahm ihm die Flasche ab und nippte vorsichtig daran. Sie hatte schon von diesem Honigschnaps gehört, der eine Art Nationalgetränk des Bornlandes darstellte. Manche stellten ihn gar auf eine Stufe mit Premer Feuer und Gerstenbranntwein. Zu ihrer Überraschung war Meskines aber ausgesprochen süß, und der Alkohol fiel erst auf, nachdem sie die Flüssigkeit hinuntergeschluckt hatte. Ein schwaches Brennen lag auf dem Gaumen und machte sich auch im Magen breit. Narena setzte die Flasche ein zweites Mal an und trank einen größeren Schluck.

Sie reichte den Schnaps an Wulfen zurück, der ihn beiseite stellte.

»Wir sollten sehen, daß wir etwas zu essen finden. Meskines soll man nicht auf leeren Magen trinken.«

Die Vorräte, die die Geweihte zurückgelassen hatte, bestanden aus sauer eingelegtem Gemüse und Salzfleisch. Außerdem fand sich etwas Brot. Wenn sie sparsam damit umgingen, würde es bis ins neue Jahr reichen, aber das Hungergefühl, das sich in Narenas Magen breitmachte, würde auch nicht deutlich weniger werden.

Wasser fanden sie nicht, aber irgendwo in der Nähe mußte eine Quelle sein, an der sich die Priesterin versorgte. In einer Ecke des Raumes entdeckten sie einen Eimer, den sie benutzen konnten, um sich einen kleinen Wasservorrat anzulegen.

»Wir müssen noch einmal hinausgehen.« Narena war von dieser Aussicht nicht begeistert. Sie hatte gehofft, sich in dem Haus zu verkriechen, bis die Tage des Namenlosen an ihnen vorbeigezogen wären, obwohl sie sich eingestehen mußte, daß diese Hoffnung von Anfang an unsinnig gewesen war. Selbst für so gewöhnliche Dinge wie ihre Notdurft mußten sie das Haus verlassen. »Hast du eine Idee, wo wir anfangen sollen zu suchen?«

Wulfen zuckte mit den Schultern. »Das Gebiet ist feucht genug, so daß überall eine Quelle sein könnte. – Das Wasser am Rand der Sümpfe ist vermutlich nicht zu genießen. Am besten wir gehen einfach in verschiedene Richtungen.« Er war bereits an der Tür und öffnete sie. In einer Hand hielt er den Eimer. »Wenn du etwas entdeckst, ruf mich!«

*

Die leeren Teller standen vor ihnen, und das Hungergefühl war vorerst gewichen. Narena hatte eine Dose mit getrockneten Teeblättern gefunden und sich dazu bewegen lassen, eine Kanne Wasser auf dem Ofen der Boroni zu erhitzen. Wulfen verfolgte ihre Versuche, sich am Meskines zu erwärmen, mit einer bevormundenden Strenge, die dazu führte, daß die Flasche wieder im Gebetsraum verstaut wurde.

Sie hielt die Hände an die heiße Tasse und gab sich damit zufrieden. Der Ofen tat ein Weiteres, um die Kälte aus dem Zimmer zu vertreiben.

»Mit Sahne oder Milch würde der Tee besser schmecken.« Wulfens Geschmack entsprach den seltsam verqueren Vorstellungen eines Bornländers. Narena konnte dieser Sitte nichts abgewinnen.

Es war den ganzen Tag über nicht mehr richtig hell geworden. Eine dunkle Wolkendecke hatte sich über die Welt geschoben, als wolle der Namenlose den Zwölfen den Blick aus ihren Sphären verwehren. Der Nebel waberte in seltsamen Formen durcheinander, bildete Wirbel und Fahnen, obwohl am Erdboden kein Wind zu spüren war. Der Gott ohne Namen trieb sein Spiel mit den Elementen, und es hatte den Anschein, als ließe er die Menschen für eine Weile zur Ruhe kommen. Seit ihrer Ankunft am Haus der Geweihten war nichts Beunruhigendes mehr geschehen. Als hätten sie Zugang zu einem Ort der Ruhe gefunden, als Wulfen die Tür des Hauses öffnete.

In Narenas Erinnerung trat unvermittelt der Gedanke, daß der Riegel verschlossen war, bevor Wulfen ihn berührt hatte. Sie mochte es ihrer Aufregung zuschreiben, daß sie nicht begriffen hatte, wie er das Schloß geöffnet hatte, aber die Schnelligkeit, mit der es ihm gelungen war, hatte sie deutlich vor Augen. Er hatte nicht viel mehr getan, als sie beiseite zu schieben, und schon war die Tür offen gewesen. Vielleicht hatte Wulfen Erfahrungen jenseits des Gesetzes gemacht, obwohl er sich als strenggläubig ausgab. Er hatte ihr nie etwas über seine Vergangenheit erzählt.

»Wie hast du eigentlich das Schloß geöffnet?« Sie wußte, daß es gefährlich sein konnte, Wulfen mit unangenehmen Fragen in die Enge zu treiben, wenn er wirklich ein Verbrecher sein sollte. Andererseits konnte sie sich dies schlichtweg nicht vorstellen.

»Was?« Seine Verwirrung war nicht gespielt. Er schien ihren Gedankensprung tatsächlich nicht begriffen zu haben.

»Die Tür. Du hast sie geöffnet, obwohl sie verschlossen war.«

Mit einem Mal war es so, als hätte sie mit ihrer Vermutung recht gehabt. Wulfen sah aus, als fühle er sich ertappt, als hätte sie ihn bei etwas erwischt, was er lieber geheimgehalten hätte. Er zögerte einen Augenblick, grübelte vor sich hin, als wüßte er nicht, wieviel er ihr anvertrauen konnte.

Ohne es zu wollen, rutschte sie ein Stück von ihm weg. Er bemerkte es und sah sie unverwandt an. »Was hast du?« Sie wollte gerade sagen, daß gar nichts wäre, daß er sich getäuscht hatte, daß sie sich nur behaglicher hingesetzt hatte, aber er kam ihr zuvor. »Du brauchst keine Angst haben. Ich bin kein Dieb oder ähnliches.« Er suchte nochmals nach den richtigen Worten. »Es ist mir unangenehm, es zuzugeben, aber ich habe gewisse magische Fähigkeiten. Ich kann sie nicht beeinflussen. Sie brechen manchmal aus mir hervor, wenn ich meinen Gefühlen freien Lauf lasse. Es ist ein bißchen so, wie man es sich von Elfenmagie erzählt. Nur sind die Auswirkungen meiner Zauberei manchmal schädlich. Doch diesmal haben sie uns geholfen.« Er sah zu Narena herüber, als wolle er eine Aufforderung fortzufahren, und sie nickte rasch, damit er weiterredete.

»Ich habe es verheimlicht, weil ich dich nicht erschrecken wollte. Unbeherrschte Magie kann schreckliche Folgen haben, aber ich verliere nur selten die Beherrschung. Meistens kann ich es zurückdrängen, wenn sich ein Zauber anbahnt. Das letzte Mal, daß es mir nicht gelungen ist, war im vorletzten Winter. Ich konnte kein Feuer machen, weil das Holz feucht war, und ich wäre beinahe erfroren. Ich konnte mich kaum noch wach halten, als der Schnee plötzlich Flammen schlug und das Holz entzündete. – Wie gesagt, seitdem sind eineinhalb Jahre vergangen.«

»Warum hast du dich nie bei einer Magier-Akademie beworben? Du hättest lernen können, damit umzugehen.«

»Ich war an der Halle des Quecksilbers in Festum. Meine Eltern gaben mich schon als Kleinkind dorthin, aber selbst nach zehn Jahren hatte ich nicht gelernt, meine Fähigkeiten zu beherrschen. Ich hatte immer wieder Ausbrüche. Es gab Augenblicke, in denen sich die Lehrer gegen mich wehren mußten, weil mein Zauber sie unbeabsichtigt in Gefahr brachte. Man hat mich als unbelehrbar der Akademie verwiesen und der Inquisition der Praios-Priester übergeben.

Die Geweihten im Tempel des Neuen Lichts versuchten, mir die Begabung auszutreiben. Daß ich lernte, Magie zu verabscheuen, so wie Praios es befiehlt, ist nur ein Verfahren gewesen, mit dem sie mich unterrichteten. – Ich war noch keine achtzehn, als ich von dort weglief.« Während er von seinem Tee trank, sagte Narena kein Wort. Sie wußte, daß die Diener Praios' nicht zimperlich mit ihren Schülern umsprangen. Es tat ihr leid, daß sie gedacht hatte, Wulfen könnte ein Gesetzloser sein. In der Zeit im Tempel war er eher ein Opfer des Gesetzes gewesen.

Mit einem scheuen Lächeln versuchte sie, ihr Mitleid für ihn zu überspielen.

»Ich suchte nach jemandem, der Festum bald verlassen und mich mitnehmen würde, und fand eine Gruppe von Abenteurern, die nur wenig Achtung vor den irdischen Vertretern des Sonnengottes hatten. Sie sagten, es wäre beinahe ihre Pflicht, mir zu helfen. Wir verließen Festum zwei Tage später und zogen zunächst in Richtung Mittelreich.

Die Begleitung, die ich mir ausgesucht hatte, setzte sich aus allen Teilen Aventuriens zusammen. Calderas war am weitesten gereist. Er stammte aus dem tiefen Süden und war bei den braunhäutigen Mohas aufgewachsen, obwohl er selbst einen weißen Vater hatte. Er brachte mir in Erinnerung, daß Magie nichts Unnatürliches ist, daß sie ebenso zur wirklichen Welt gehört wie alles Greifbare. Als ich dank ihm begann, die maßlosen Lehren der Neuen Halle des Lichts zu vergessen, konnte ich mich endlich wieder annehmen. Ich schämte mich nicht mehr vor mir selbst. Aber es ist mir immer noch unangenehm, wenn es andere bemerken.

Ich lernte damals, besser mit Magie umzugehen, und eine Frau namens Gwennis gab mir gelegentlich Hinweise, was ich tun sollte. Sie war wohl eine Hexe, eine Tochter Satuarias, wie sie selbst sich nannte, und ihre Einstellung zur Zauberei war weniger unduldsam als in der Akademie. Bald konnte ich mich beherrschen, ohne mich vor meinen Fähigkeiten zu fürchten. Doch als sie sich von uns trennte, hatte ich immer noch nicht gelernt, meine Kräfte gezielt einzusetzen. Es gelingt nur sehr selten, und wenn ich mich wirklich in Not befinde. Aber die Angst bleibt, jemandem etwas anzutun.«

»Deswegen warst du so lange nicht im Bornland. Was hast du die ganzen Jahre gemacht?« Narena bemühte sich, das Gespräch in eine andere Richtung zu lenken. Sie wollte nicht länger Wulfens Verhältnis zu seinen astralen Kräften erörtern. Er sollte nicht das Gefühl bekommen, daß sie jetzt Angst vor ihm habe, obwohl sie innig hoffte, daß sie nie das Ziel eines ungebandigten Zaubers werde. Wenn er jetzt über etwas anderes aus seiner Vergangenheit sprach, vergaß er vielleicht, wie sie auf das Thema gekommen waren.

»Ich habe mich der Dreiergruppe angeschlossen. Zusammen sind wir über Gareth nach Havena gezogen, haben uns ein wenig Geld mit Gelegenheitsarbeiten verdient und eine Weile bei einem Bekannten von Gwennis gewohnt, der eine Webstube besitzt und mit tulamidischen Garnen handelt. Wir hatten eine sehr ausgelassene Zeit, bis wir von einem Kaufmann angeheuert wurden und südwärts segelten. Damals verließ uns auch Gwennis, und eine Amazone schloß sich uns an. Ihre Einstellung zur Magie entsprach weitestgehend der der Praios-Priesterschaft. Obwohl es töricht gewesen wäre, ihr das zu sagen. Für sie war Rondra die einzige Göttin, und ihre Streitlust hinsichtlich des Sonnengottes war beispiellos. – Es ist eigentlich nicht sonderlich von Bedeutung.«

»Du sagtest, ihr wart zu viert. Der Moha, diese Amazone, du und wer noch?«

»Ein Krieger aus Maraskan. Sein Name war Arais. Als ich neu in der Gruppe war und sich kleinere Erfolge mit dem Zaubern einstellten, lief ich ihm hinterher wie ein junger Hund. Ich hoffte, daß ich vielleicht doch ein ordentlicher Magier würde, und in Festum hatte man sich immer erzählt, daß ein Zauberer seine Kräfte verliert, wenn er sich mit dem anderen Geschlecht einläßt. Arais war immer freundlich zu mir, also suchte ich bei ihm Zuneigung, aber er lehnte diese Art von Liebe ab.

Inzwischen weiß ich, daß es reiner Aberglauben ist anzunehmen, die Wahl eines Partners könne magische Fähigkeiten vertreiben. Ich habe es versucht, aber wie du siehst, hatte es keinen Erfolg.«

»Bist du deswegen wieder alleine unterwegs? Weil er dich nicht liebte?«

»Nein.« Er schien nicht weiterreden zu wollen.

»Es wäre doch möglich gewesen. Deine Geschichte

hört sich an, als wäre er nicht einmal bereit gewesen, mit dir das Lager zu teilen. – Es wäre verständlich, wenn du enttäuscht warst.«

»Das ist es nicht!« Wulfens Antwort war ungewöhnlich heftig, als hätte Narena einen Punkt getroffen, der ihm unlieb war. »Er ist tot. Sie sind alle tot! Ich bin als einziger entkommen, weil ich diese verdammten magischen Kräfte habe. Es wäre gerechter gewesen, wenn ich mit ihnen gestorben wäre! Boron hatte bereits seinen Todesboten nach mir ausgeschickt. Ich habe Golgaris Schwingen gehört, aber ich wehrte mich, obwohl ich es nicht wollte. Ich habe den Schattenvogel um eine Seele betrogen, und nun muß ich die Schuld abtragen, damit Boron mir nicht den Zutritt in eines der Paradiese verwehrt, wenn meine Zeit ein zweites Mal kommt.«

Narena sprach beruhigend auf ihn ein. »Niemand hat die Kraft, sich einem Gott zu widersetzen. Wenn du überlebt hast, während deine Freunde starben, war es dein Schicksal. Die Zwölf wollten, daß du weiterlebst. Du trägst dafür keine Verantwortung.« Sie wollte die Hand nach Wulfens ausstrecken, doch er zog sie hastig beiseite und stand auf.

»Was verstehst du schon vom Willen der Götter? Die Neureicher haben alles vergessen, was nicht dem Kaiser oder der Praios-Inquisition zu Diensten ist. Du wußtest nicht einmal, daß du das Reinigungsfest feiern mußtest!« Er ging zu dem Nachtlager, das sie vorbereitet hatten, legte sich hin und drehte Narena den Rücken zu.

*

Rogoff hatte die Prüfungen, die der All-Eine ihm im Traum gestellt hatte, gehorsam durchstanden. Angst und Schrecken waren ihm längst zur Gewohnheit geworden, und er wußte, daß der Namenlose ihn nur dann strafen würde, wenn er seine Gebote verletzte.

Jetzt stand er unter dessen persönlichem Schutz. Die Frau, die er dem Gott geschenkt hatte, würde einen Beweis seines ergebenen Glaubens an den Purpurnen in die höchsten Sphären tragen.

Die Kammer, in der Mjeska gefangen war, wurde von rußenden Kerzen erhellt. Die Kleidung der Frau war schweißnaß. Sie hatte sich in Alpträumen gewälzt und gegen die Fesseln gestemmt, die sie banden. Nun lag sie erschöpft und reglos auf der Tischplatte und drehte den Kopf von Rogoff weg, um die Vorbereitungen für seine düsteren Rituale nicht miterleben zu müssen.

Nach einer Weile trat er neben den Tisch und blieb dort stehen.

Sie weigerte sich, ihn anzusehen, blickte weiter zur gegenüberliegenden Wand und auf die Gestalt der in Ketten gelegten Göttin Travia. Sie rührte sich nicht und versuchte den Druiden nicht zu beachten.

»Wie traurig, daß du dir nicht auch noch die Ohren zuhalten kannst. Es ist ohne Bedeutung, ob du siehst, was vor sich geht. Es ist nicht einmal wichtig, daß du es hörst. Aber es macht alles viel anregender.«

Sie spürte, wie seine Hand ihren Hals berührte. Etwas Kaltes, Feuchtes klebte daran und hinterließ eine Spur, als er seine Finger abwärts bewegte.

»Was wirst du tun, Mjeska, wenn ich dich berühre? Wirst du dich wehren, wenn ich die Hand auf deinen Busen lege? Ekelt es dich, wenn ich dich anfasse? Ekelt es dich?« Er griff nach den Brüsten und drückte sie unsanft zusammen, als wolle er Teig durch seine Finger pressen. Er fühlte, wie sich ihre Lungen mit Luft füllten. »Was wirst du tun, wenn ich unter dein Hemd fasse? Wenn ich das, was an deinem Hals klebt, auch auf deine Brüste schmiere? Was ist, wenn es Blut ist, Blut von einem Toten? Oder sein Kot, den er verlor, als er starb? Was ist dann? Bist du dann immer noch so gelassen?« Er riß die Wolle nach oben und schob die

Hand darunter. Er spürte, wie ihr Bauch unter seiner Berührung wegzuckte. Die Frau riß den Kopf herum und sah ihn mit grenzenloser Verachtung an.

Rogoff lächelte und zog die Hand zurück. Dann trat er stumm aus dem Bannkreis des Namenlosen und kehrte mit einer Figur zurück.

»Sie nennt sich ›Miniatur der Herrschaft‹. Ich habe sie für dich aus Lehm geformt, und sie wird deinen Namen tragen, wenn das Ritual vollzogen ist. Mit ihr bin ich in der Lage, dich zu beherrschen. Ich kann der Puppe Dinge eingeben, Alpträume, Einbildungen, Wahnvorstellungen. Ich muß sie nur mit dem Dolch berühren, und du wirst alles tun, was ich will. Wenn ich den Dolch aber nicht bloß ansetze, wenn ich ihn statt dessen in die Figur stoße, ist es, als hätte ich in deinen Körper gestoßen. Ich kann der kleinen Mjeska einen Fuß abschneiden, und dein eigener wird binnen Stunden vom Bein abfaulen. Ich kann sie in Wasser tauchen, und du wirst glauben, du müßtest ertrinken. Und wenn ich sie entzweibreche, einfach hier, in der Mitte dieses nichtigen Stückes Lehm, wirst du nie wieder laufen können.« Hämisch kostete er seinen Triumph aus.

»Das einzige, das ich noch brauche, ist ein bißchen Zauberei und ein Ereignis aus deinem Leben, damit die Puppe dich erkennt. Am besten etwas, das dich sehr bewegt hat. Vielleicht möchtest du mir die Geschichte von deinem ersten Liebhaber erzählen?« Seine Augenbrauen zuckten nach oben, als wollten sie Mjeska auffordern zu reden. »Aber wie ich dich einschätze, wirst du mir nichts erzählen.« Er stellte sich an das Kopfende des Tisches, drehte sich zu der Statue seines Gottes und begann zu beten.

»Herrscher der Welten. Der Tag der Dämonin Aphestadil ist angebrochen. Sie bringt die Trägheit in die Glieder deiner Feinde. Geleite mich bei meiner Suche nach deiner Unterstützung.«

Die Frau konnte sehen, wie über ihrem Kopf ein schwarzer Dolch und eine Figur aus Lehm in die Höhe gereckt wurden.

»Weihe diese Gegenstände, damit sie dir zu Diensten sind. Mit ihnen werde ich deine Auserwählte auf ihr Opfer vorbereiten.«

Rogoff hielt die Arme noch einen Augenblick in die Höhe, dann sang er in einer fremden Sprache. Was er tat, konnte Mjeska nicht erkennen. Es schien, als würde er das Ritual ausführen, von dem er gesprochen hatte.

Mjeska betete stumm, während der Druide in sich gekehrt war. Sie hoffte, die Götter würden sich trotz der Symbole dieser Weihestätte ihrer annehmen. Vielleicht konnten sie sie im Augenblick nicht retten, aber es stand womöglich in ihrer Kraft, Rogoffs Zauber zu stören.

Als der Druide sich umdrehte, wirkte er zufrieden. Die Lehmfigur lag locker in seiner Hand. In der anderen hielt er noch immer den Dolch aus Obsidian. Rogoffs Gesicht beugte sich ein wenig über sie. Sein fehlendes Auge und der Umstand, daß er keinen Schatten auf Mjeska warf, ließen ihn wie ein Nachtgespinst aussehen, wie einen Traum, der jeden Augenblick verschwinden würde.

Doch das Trugbild blieb.

»Nun zu einem Ereignis aus deinem Leben. Möchtest du nicht doch irgend etwas sagen?« Er kostete es aus, auf ihre Antwort zu warten, obwohl sie beide wußten, daß sie keine geben würde.

»Es wird auch so gehen, wenn es sein muß. Du willst es dir nicht anders überlegen?« Es war mehr eine Frage, als eine Feststellung. »Gut.« Er hielt die Puppe vor sich, als wolle er mit ihr sprechen. »Mjeska wird gleich durch den Einfluß willkürlicher Gewalt einen Daumen verlieren.« Seine Puppe wanderte auf den Tisch, und das Messer erschien in Mjeskas Blickfeld.

Sie zerrte verbissen an den Fesseln, in der Hoffnung, daß sie nach der Belastung der letzten Nacht doch noch rissen, warf sich herum und schrie dem Druiden ins Gesicht, doch Rogoff beugte sich unbeirrt herab und griff nach ihrer Linken. Sie ballte die Hand zur Faust, versteckte den Daumen tief unter den anderen Fingern.

Der Druide versuchte zuerst, den Daumen herausziehen, doch Mjeskas Finger waren ständig in Bewegung, wenn er sie zu spreizen versuchte. Er konnte nicht gleichzeitig ihre Hand im Zaum halten und den Dolch ansetzen.

Plötzlich holte er mit dem Messer weit aus und schlug den schweren Knauf mit aller Kraft auf das gefesselte Handgelenk. Mjeskas Finger waren taub vor Schmerz, der sofort stechend wurde. Kurz danach spürte sie, wie Blut ihre Hand benetzte. Sie wollte schreien, ihre Qualen hinausbrüllen, doch sie brachte keinen Laut hervor. Durch die Tränen in den Augen sah sie eine Lehmpuppe. Der Druide drückte ihr die flache Seite des Dolches auf den Mund.

»Es wirkt bereits, liebste Mjeska. Und ich habe deine Mithilfe tatsächlich nicht gebraucht. Zu dumm – wie man sagt, ist der Daumen der wichtigste Finger an der Hand. Ohne ihn kann man nicht greifen. Ob das das Schweigen wert war?« Er beugte sich weiter zu Mjeska herab. »Willst du etwas sagen?«

Er löste den Druck des Dolches auf die Figur, und Mjeskas Kehle entrang sich ein gequälter Ton, der abrupt endete, als die Klinge wieder auf der Lehmfigur lag.

»Anscheinend möchtest du lieber schreien. Ich sollte dich eine Weile allein lassen, damit du dich beruhigst.«

Die Puppe legte er irgendwo außerhalb des Bannkreises ab und achtete darauf, daß der Obsidian weiterhin den Mund verdeckte. Dann verließ er den Raum und schloß die Tür hinter sich.

*

Ihr Haß auf den Zauberer des Namenlosen war größer denn je. Die Wunde hatte aufgehört zu bluten, doch der Schmerz und die Schwäche waren geblieben. Sie wagte nicht, sich zu bewegen. Die kleinste Verlagerung brachte die Hand zum Pochen, und es konnte geschehen, daß die Wunde mit dem Holz des Tisches in Berührung kam und der dumpfe Schmerz zu einem nicht auszuhaltenden Beißen wurde, das sich den Arm hinauffraß und ihr Tränen in die Augen trieb.

Wenn sie den Kopf herumdrehte, konnte sie den abgetrennten Stumpf sehen, der einmal ihr Daumen gewesen war. Er sah beinahe unverändert aus, als wäre er immer noch Teil ihres Körpers. Nur die Blässe, die ihn blau erscheinen ließ, lief dieser Vorstellung entgegen und erinnerte daran, daß er nur noch ein totes Stück Fleisch war. Nicht mehr.

Mjeska betäubte sich mit grausamen Träumen, in denen sie den Druiden ein ums andere Mal tötete. Sie erstach ihn, erwürgte ihn, schlug ihn in Stücke, steigerte sich in ihre Wut hinein, bis sie Rogoff jeden Knochen einzeln brach und ihn langsam sterben ließ, ihn in siedendes Wasser tauchte oder der Inquisition des Praios übergab. Daß sie maßlos wurde, sich in einen Blutrausch hineinsteigerte, war ein Zeichen, daß sie dem Einfluß des dunklen Gottes verfiel. Doch sie war bereit, alles zu tun, um sich zu rächen. Wenn die Zwölf zu schwach waren, um ihr zu helfen, würde sie notfalls auch die Hilfe des Namenlosen annehmen.

Sie erschrak über diesen Gedanken und verwarf ihn im selben Augenblick. Er war eine weitere Folge ihrer Hilflosigkeit und ihres Hasses. Sie dachte nicht ernsthaft daran, den Glauben an ihre Götter aufzugeben.

Nach Stunden kehrte der Druide in den Kultraum zurück. Mjeska beobachtete ihn mißtrauisch, doch er schien sie gar nicht zu beachten. Er trug ein purpurnes Gewand und hatte einige Gerätschaften mitgebracht, die er für irgend etwas vorbereitete. Er stellte kleine Schalen vor jede der Götterstatuen. Nur vor dem Abbild des Namenlosen war bereits eine größere Vertiefung in den Steinsockel eingelassen. Dann ging er reihum und füllte die Schalen mit einer öligen Flüssigkeit.

Schließlich stellte er sich zu Mjeskas Füßen auf und begann zu singen. Anfangs vermischte er die ersten Zeilen von verschiedenen Lobgesängen der Zwölfgötter mit der Sprache, die er schon am Morgen gesprochen hatte, wechselte aber, nachdem er von jedem Gott ein Lied angestimmt hatte, vollends in den fremden Singsang. Er verneigte sich dreizehn Male vor der Gestalt, die aus schwarzem Stein und purpurnem Amethyst gefertigt worden war, und verstummte.

Dann schloß er das Auge und schnippte mit den Fingern. Sogleich entzündeten sich die Schalen und ließen kleine Flammen aufleuchten.

Rogoff sprach unverständliche Worte. Sein Tonfall war beschwörend, und seine ganze Aufmerksamkeit schien auf den Obsidiandolch gerichtet zu sein, den er vorsichtig in beiden Händen hielt.

Es wurde unangenehm heiß und stickig in dem Bannkreis. Die Feuer verzehrten die Luft und füllten sie mit Rauchfäden. Mjeskas Atem ging schwer, und die Angst vor dem, was kommen mochte, ließ sie erschaudern. Die Beschwörung schien sich endlos hinzuziehen, sich stetig zu steigern, und Mjeska wagte nicht zu spekulieren, was kommen mochte, wenn das Ritual seinen Höhepunkt erreicht haben würde. Sie fürchtete, daß sie keine Gelegenheit mehr haben würde, sich an Rogoff zu rächen.

»Sag, ob du mich ehrlich liebst.«

Sie begriff erst gar nicht, daß der Druide mit ihr gesprochen hatte. Die Worte waren so unpassend, so abwegig, daß sie unmöglich an sie gerichtet sein konnten. Doch der Einäugige blickte sie lächelnd an und schien nur auf den Augenblick zu warten, in dem er ihr die Antwort von den Lippen ablesen konnte.

Sie drehte den Kopf und spuckte über die Tischkante auf den Boden. »Jetzt weißt du es!«

Er grinste. In seinen Händen entdeckte Mjeska den Dolch und die Puppe aus Lehm.

»Sag, ob du mich ehrlich liebst.«

Mjeska schwieg. Sie hätte ihm sagen können, wie sehr sie sich ekelte, wenn sie ihn sah, hätte ihm sagen können, daß sie ihm am liebsten auch das verbliebene Auge auskratzen würde, daß sie auch jetzt noch jede seiner Berührungen wie Brandwunden fühlte. Aber sie blieb stumm, um ihn nicht mit einer unbedachten Äußerung zu reizen. Einzig ein verachtendes Schnauben konnte sie nicht unterdrücken.

In diesem Augenblick erloschen die Feuer, die vor den Statuen der Götter brannten. Nur hinter Mjeska, zu Füßen des Namenlosen, loderten Flammen und verkündeten seinen Sieg über die Zwölf. Rogoffs Lächeln wurde zu einem gehässigen Grinsen, als er den Dolch auf die Lehmfigur setzte und zu seiner Gefangenen hinübersah. Sein Blick war fordernd, aufreizend. Die kahle Schädeldecke glänzte rot im Schein des Lichts, und es gab für Mjeska keinen sehnlicheren Wunsch, als ihm durch das schüttere Haar zu streichen, das in grauen Linien vom Nacken auf seine Schultern fiel. Sie wünschte sich seine Berührung, wünschte, daß er sich zu ihr herabbeugte, damit sie ihn berühren konnte. Nur ein einziges Mal. Nur einen flüchtigen Augenblick. Seine Zurückhaltung erregte sie. Er hatte sie gefesselt, um ihr jede Möglichkeit zu eigenem Handeln zu nehmen, um ihre Lust so weit in die Länge zu ziehen, wie es ihm gefiel. Es war seine

Entscheidung, und diese Ergebenheit in ihr Schicksal, in seinen Willen steigerte ihre Erregung. Sie wußte, in dem Augenblick, in dem er ihr auch nur die Hand auf die Schulter legte, würde sie der erste Höhepunkt überrennen. Sie erinnerte sich nur zu gut daran, als er sie das letzte Mal berührt hatte. Er hatte sie nur am Daumen berührt, und sie hatte vor Wollust geschrien.

»Sag, ob du mich ehrlich liebst.«

Sie kicherte. Diese Frage war so lächerlich. Er mußte blind sein, um nicht zu erkennen, daß sie ihm verfallen war. Sie würde für ihn sterben, wenn er sie nur nicht noch länger hinhielt.

»Frag nicht! Du weißt, daß ich dich wie die Unsterblichen liebe. Rahja selbst steckt in meinem Innersten.«

Rogoffs Schmunzeln wurde gewinnend. Es enthielt das Wissen, daß er sie beherrschte, daß er sich ihrer gewiß sein konnte. Dann legte er vorsichtig ab, was er in Händen hielt, und machte sich an Mjeskas Schuhwerk zu schaffen. Seine Finger strichen über ihre Füße, als er ihre Lederstiefel auszog, und ein Schauer lief ihr über den Rücken. Sie hielt es vor Erregung kaum mehr aus. Rogoff wandte sich ihrem Hemd zu und zog das Tuch so über ihren Kopf, das das Kleidungsstück an beiden Armen hing und wie ein Kissen unter ihrem Kopf lag. Eine weitere, unbedeutende Fessel, die nichts änderte. Die groben Hände glitten über ihre Brüste, und sie hob sich ihnen entgegen. Dann öffnete er das Band, das ihre Hose zusammenhielt, und zog sie bis an die Knie herunter.

Er trat zurück, um sich das Gewand auszuziehen. Mjeska konnte den Blick nicht von seinem Körper wenden, prägte sich die Stellen ein, an denen die Haut ein wenig runzelig war, und genoß die Stärke, die Rogoff dennoch ausstrahlte. Seine Erregung war deutlich zu sehen. Bald würden sich ihre Wünsche erfüllen.

Doch der Druide zögerte, blickte lächelnd auf sie hinab und legte ihr die Hand auf die Stirn.

»Was tust du?« stieß sie unter seiner Berührung erzitternd hervor.

»Ein Zauber. Er bewirkt, daß dir alles Angst einjagt, was dunkel ist. Merkst du es?«

Die Schatten des Raumes drohten über sie herzufallen. Aus allen Ecken ragten lange, dunkle Finger hervor, die nach ihr greifen wollten, sich in die Länge zogen, um sie zu erreichen. Sie würden sich in ihr Fleisch bohren, wenn es ihnen gelang.

»Sieh hinter dich. Spüre die Kraft des Purpurnen.«

Sie drehte den Kopf herum. Sie fühlte die Wärme des Feuers, die sie umfing, wußte, daß dort die Schatten keine Macht hatten. Sie sah die große Silhouette des schwarzen Gottes hinter dem Licht und erschrak. Er richtete sich auf, wurde langsam, fast unmerklich größer, um irgendwann aufrecht zu stehen, die Arme mächtige Klauen, die sich über sie beugen, ihren Kopf zwischen die kräftigen Finger nehmen und ihn zerquetschen würden.

»Hilf mir, Rogoff!« Sie war verzweifelt. Der einzige, der sie jetzt vor den dämonischen Gefahren retten konnte, war der grauhaarige Mann, den sie liebte. Er würde sie mit seiner Zauberkraft schützen. Sie sah ihn flehend an. »Halt mich!« Sie wollte die Arme nach ihm ausstrecken, doch die Fesseln hielten sie zurück. »Bitte! Komm her.« Er hatte seine Macht lange genug ausgekostet, sie hatte ihm gezeigt, daß sie bereit war zu warten, ihm zu gehorchen, aber wenn er sich jetzt nicht zu ihr legte, würde er alles zerstören, was er aufgebaut hatte. Sie brauchte seine Wärme, die Nähe seines Körpers. Sie wollte ihn endlich fühlen, wollte, daß er endlich wahr machte, wovon sie in den langen Stunden in ihren Fesseln geträumt hatte. »Bitte!« flehte sie nochmals.

Rogoff sah sie mitfühlend an. Auf seinen Zügen lag ein Ausdruck von Güte, der Mjeska Hoffnung gab. Er küßte sie, und die Bewegungen seiner Zunge brachten die alte Wollust zurück. Dann richtete er sich noch einmal auf und hob etwas vom Boden auf, bevor er zu ihr auf den Tisch kletterte. Er kniete zwischen ihren Beinen.

»Hab keine Angst vor der Schwärze um uns.« Mit einer fließenden Bewegung schob er sich eine Maske über den Kopf, die sein Gesicht unter einer glatten, glänzenden Fläche versteckte. Sie war völlig schwarz. »Hab Angst vor *mir!*«

*

Sie hatten so gut wie nicht geschlafen. Sie waren beide aus Alpträumen erwacht, hatten erneut versucht einzuschlafen, aber die Nachtmahre ließen sie nicht zur Ruhe kommen. Narena hatte als erste aufgegeben und war aufgestanden.

Beklommen setzte sie sich an den Tisch, goß sich einen Becher Wasser ein und blickte nachdenklich durch das kleine Fenster nach draußen. Die Nacht war dunkel. Die Sterne versteckten sich hinter einer Wolkenschicht, und es war unmöglich, mehr als einzelne Schemen zu erkennen. Das gleichmäßige Schwarz wirkte beruhigend, schläferte Narena ein, obwohl sie sich dagegen wehrte. Jedesmal, wenn ihr die Augen zufielen, zuckte sie erschrocken zusammen, aus Angst, ein neuer Alptraum könnte sie übermannen. Es war ein sich wiederholender Rhythmus der aufsteigenden Müdigkeit und des plötzlichen Erwachens, der erst durchbrochen wurde, als Wulfen schreiend hochfuhr.

Die Augen blickten in eine endlose Leere, und über das Gesicht rannen Schweißperlen. Dann wurde ihm bewußt, daß der Traum verflogen war, und die Angst wich auf ein erträgliches Maß.

Er stand umständlich auf und setzte sich zu Narena. »Dieses Jahr sind die Alpträume besonders schlimm. Ich kann sogar im Schlaf nicht vergessen, daß wir allein sind. Wir sind völlig schutzlos. Der Namenlose könnte uns vernichten, ohne daß es jemand bemerkt oder um uns trauert.« Er trank einen Schluck Wasser.

»Vielleicht ist es besser, wenn wir wachbleiben und am Tag schlafen.« Es klang widersinnig, und doch schien es ihr die einzige Möglichkeit zu sein, den quälenden Schreckgespinsten zu entkommen. Wulfen schüttelte nur den Kopf.

Den Rest der Nacht verbrachten sie damit, sich gegenseitig mit einem schleppenden Gespräch oder auch einem kräftigen Schütteln wachzuhalten, und als es langsam heller wurde, war Narena soweit, daß sie zurückgeschlagen hätte, wenn Wulfen sie noch einmal berührt hätte. Sie einigten sich auf einen erneuten Versuch, Schlaf zu finden, und als Narena erwachte, stand die Sonne hoch am Himmel. Sie fühlte sich wie zerschlagen und ausgelaugt. Die Träume waren schwächer geworden, weniger schlimm, doch sie waren geblieben. Die Müdigkeit hatte nachgelassen, aber ihre Glieder waren schwer und bewegten sich nur widerwillig, als hätte sie stundenlang gearbeitet.

Wulfen stand am Fenster und sah hinaus. Sein Gesicht war bleich, und unter den Augen hatten sich dicke Ränder gebildet. Er bemerkte, daß sie wach war, und schenkte ihr einen kurzen Blick. Es schien, als hätte er in dieser Nacht kein Auge zugetan.

»Wie geht es dir?« wollte sie wissen.

»Mir ist heiß. Die Träume haben nicht nachgelassen. Selbst während ich wach war, hörte ich Stimmen aus dem Sumpf und sah flackernde Lichter. Ich fürchte, ich habe Fieber.«

Narena ging zu ihm hinüber und legte ihm die Hand auf die Stirn. Die Haut klebte von kaltgewordenem Schweiß, aber sie war nicht wärmer als ihre eigene. »Hast du andere Beschwerden?«

Er schüttelte den Kopf. »Nur die Hitze. Die Wahngebilde sind nicht wiedergekehrt.«

»Wahrscheinlich bist du nur übermüdet.« Sie war sich selbst nicht sicher, ob sie damit recht hatte. Sie war kein Medicus und verstand auch nicht viel von der Heilkunde.

Das Bersten von Holz über ihren Köpfen unterbrach die Unterhaltung. Splitter und Bruchstücke regneten von der Decke herab, und graues Tageslicht fiel herein. Narena starrte erschrocken nach oben, konnte aber nicht entdecken, was das Dach zerschlagen hatte. Selbst dann nicht, als sich das Loch vergrößerte und weitere Teile des Holzes von einer unsichtbaren Kraft zerrissen und in alle Richtungen geschleudert wurde. Sie wich in eine Ecke des Raumes zurück.

»Raus!« rief ihr Wulfen zu. »Verschwinde! Wir müssen hier raus!« Er wedelte wild mit den Armen, bis er sah, daß sie begriffen hatte. Dann wandte er sich in die entgegengesetzte Richtung und kramte in den Schränken.

Narena erreichte die Tür und stieß sie auf. Auf der Schwelle drehte sie sich um, sah in das Innere des Hauses, das mehr und mehr unter Staub und Holz verschwand. Dachziegel polterten zu Boden und zerbarsten in tausend Stücke. Splitter flogen durch die Luft bis vor Narenas Füße. Ein ohrenbetäubendes Bersten und Krachen erfüllte den Raum. Der erste Deckenbalken verschwand im wolkenbedeckten Himmel.

»Wulfen!«

Er hatte sein Gewand ausgezogen und warf die Essensvorräte der Boroni hinein. Gleichzeitig versuchte er, den Schaden im Dach zu verfolgen. Das Loch dehnte sich weiter aus, kroch auf den nächsten Träger zu und spaltete ihn in zwei Hälften. Ein Großteil der Dachpfannen zerfiel in der Luft zu Staub. Welches Unwesen auch immer in dem Haus wütete, es schien seine Macht an allem auszulassen, was ihm in den Weg kam. Noch wütete diese Kraft nur im Giebel herum, doch wenn sie den Erdboden erreichte, würde Wulfen keine Gelegenheit mehr haben, das Haus zu verlassen.

Narena rief ein weiteres Mal nach ihm, und Wulfen nickte. Er zog sein Gewand zu einem Bündel zusammen und rannte auf die geöffnete Tür zu. Ohne anzuhalten, lief er weiter. Narena folgte ihm, während hinter ihnen das Haus der Boroni in Stücke gesprengt wurde.

*

Sie kehrten zu der Ruine zurück, die einmal das Heim der Geweihten gewesen war, nachdem sich minutenlang nichts gerührt hatte. Das Haus war bis auf die Grundmauern zerstört worden. Der Schutt lag überall verstreut. Selbst dreißig Schritt entfernt hatten sie noch Reste des Dachfirstes gefunden. Der Spuk hatte nicht viel übriggelassen. Nur die Bodenplatten und den Schrank mit Meskines, auf dem der Rabe Borons stand, hatte er nicht angerührt.

»Wir hätten nicht herkommen sollen«, sagte Wulfen stumpf. »Unsere Anwesenheit bringt nur Zerstörung und Frevel mit sich. Wenn wir nicht hier wären, hätten die Diener des Namenlosen keinen solchen Schaden angerichtet.«

Narena wußte nicht, ob sie ihm zustimmen oder widersprechen sollte. Sie hatten versucht, die Stadt der Toten zu schützen, als sie die Frau verfolgten, aber inzwischen waren sie durch die Umstände zu Freveln gezwungen worden, die Ungläubige nicht übertreffen konnten. Sie hatten eine Grabstätte betreten und entweiht, hielten sich während der Tage des Namenlosen außerhalb einer festen Siedlung auf, hatten sich an dem Eigentum einer Priesterin vergriffen und geweihte Gewänder und Speisen genommen.

Das Ergebnis lag in Trümmern vor ihnen, und die

Notlage, in der sie gewesen waren, schien als Rechtfertigung nicht zu genügen.

»Unser Ziel war es, die Stadt vor Schaden zu bewahren. Wir haben die Frau bisher nicht gefunden, weil wir mit uns selbst beschäftigt waren. Vielleicht vermeiden wir in Zukunft Unheil, wenn wir uns wieder der Aufgabe widmen, derentwegen wir aufgebrochen sind.«

Es war ein Versuch. Sie wußte nicht, ob es einen Unterschied machte, was sie taten oder wie sie die nächsten Tage verbrachten. Doch schlimmer als es schon war, konnte es nicht werden.

»Komm! Vielleicht finden wir eine Spur …« Sie zog Wulfen von den Überresten des Hauses fort und steuerte auf die Toteninsel zu. Er trottete lustlos hinter ihr her, erhob aber auch keine Einwände, als sie begann, den Weg nach Fußabdrücken abzusuchen.

Sie fanden keine Hinweise. Der Regen hatte alles fortgespült, sogar ihre eigenen Abdrücke vom Vortag waren im Schlamm versunken. Es sah aus, als wäre die Stadt der Toten nie von einem Lebewesen betreten worden, als wäre sie tatsächlich eine Stadt, in der nur die Seelen Verstorbener hausten.

Wulfen setzte sich auf die Erde und lehnte sich an eine niedrige Mauer. Er hatte sich nur halbherzig an der Suche beteiligt, und die Art, wie er vor sich hinstarrte, verriet, daß er nicht lediglich eine Pause machen wollte. Er gab auf.

Narena ließ sich neben ihm nieder und sah zu, wie er mit einem Stöckchen Bilder in die Erde ritzte.

»Warum bist du mitgekommen, Narena? Ich meine, warum hast du dich mir angeschlossen, als ich Festum verließ? War es bloß Neugier auf das Bornland?«

Narena zuckte mit den Schultern. »Ja. Eigentlich war es bloß Neugier. Ich bin nur selten aus dem Dorf herausgekommen, in dem ich geboren wurde. Ich bin dort aufgewachsen, habe ein sicheres Auskommen gefunden. Ich habe sogar mit dem Gedanken gespielt, zu heiraten und Kinder zu bekommen, aber ich wollte erst ein wenig mehr sehen, etwas mehr erlebt haben, ehe ich mich für den Rest meines Lebens in meinem Heimatdorf binden würde.

Festum und das Bornland waren in erreichbarer Entfernung. Wäre ich anderswo geboren, hätte ich mich vielleicht zuerst nach Thorwal gewandt.«

Wulfen zeichnete weiter, malte Strichmännchen, als hätte er gar nicht zugehört. Ein Mann mit einem Stab. Eine Frau.

»Dir war es ganz recht, daß ich eine Begleitung suchte und einen Teil deiner Reisekosten übernehmen konnte«, vermutete er. Sein Blick blieb auf den Zeichnungen vor ihm hängen, dann verwischte er sie mit einer hastigen Bewegung. Narena fühlte sich seltsam schwindelig, doch dieses Gefühl verschwand sogleich wieder, als Wulfen zu ihr aufsah.

»Das auch. Aber ich fand die Vorstellung aufregend, nicht nur die bornische Hauptstadt, sondern auch die Landbevölkerung kennenzulernen. – Vielleicht wollte ich wissen, ob es anderswo besser ist.«

»Und, ist es das?« Er zog das Bild, das er zerstört hatte, noch einmal nach. Diesmal gab er sich mehr Mühe. Aus den Strichmännchen wurden wohlgeformte Gestalten, zwar vereinfacht, aber nicht mehr an der Grenze zum Gegenständlichen. Die Menschen, die Wulfen malte, ähnelten ihm und Narena.

»Ich denke nicht. Es ist anders. Man spricht den bornischen Dialekt, ißt bornische Gerichte und trinkt Meskines statt Branntwein, aber die Menschen sind nicht besser. Das einzige, was sie wirklich vom Mittelreich unterscheidet, ist der stärkere Glauben an die Götter, und dieser zeigt sich lediglich in der Hartnäckigkeit, mit der sie an den Feiertagen festhalten.«

»Eine unverkennbar neureichische Antwort. Für jemanden, der seinen Glauben an die Götter verloren hat, ist es einfach, die Einhaltung der Gebote als eine Nichtigkeit abzutun. Für dich bedeuten sie nur wenig.«

»Das ist nicht wahr!« Narena war vor Empörung laut geworden. Den Vorwurf der Ungläubigkeit konnte sie nicht einfach hinnehmen. Das hätte bedeutet, ihm zuzustimmen. »Mein Glaube ist ungebrochen. Ich bin nur nicht so verbissen wie ihr. Ihr steigert euch in jede Winzigkeit hinein, befolgt jede noch so unbedeutende Regel, doch wer sagt, daß ihr die wirkliche Bedeutung der Zwölf nicht längst vergessen habt? Nur weil ihr dicker auftragt, seid ihr nicht frommer!«

Wulfen zuckte mit den Schultern. »Was bringt es, darüber zu streiten? Wir sollten nicht vergessen, daß noch mehr als drei Tage vergehen, bevor das neue Jahr anbricht. Es mag sein, daß die Unverbrüchlichkeit unseres Glaubens schon bald in Borons Waagschale gemessen wird.« Er vollendete seine Zeichnung. »Dann müssen wir uns für unser Verhalten verantworten. Ich für meine strenge Auffassung der Religion ...« Er tippte mit dem Stock auf die männliche Figur. »... und du für deine nachlässige.« Der Stock traf die Frau, die in die Erde geritzt war, und Narena spürte ein heftiges Reißen in ihrer Magengegend. Sie krümmte sich ruckartig zusammen. Wulfen sah sie erschrocken an und ließ den Stock fallen. Der Schmerz ließ nach.

»Anscheinend haben wir uns beide erkältet. Ich bekomme oft Magenkrämpfe, wenn ich mir einen Difar eingefangen habe.« Spöttisch fügte sie hinzu: »Unter Umständen liegt das an meiner nachlässigen Auffassung des Glaubens.«

»Vergiß den Unsinn, den ich gesagt habe. Ich bin übermüdet und reizbar. Ich hätte dir keine Vorhaltungen machen dürfen. Wir sind nun einmal in verschiedenen Ländern aufgewachsen und haben deren Sitten und Gebräuche übernommen. Niemand kann dafür verantwortlich gemacht werden.« Sein Fuß zertrat die

Bilder, und Narena wurde es erneut schwindelig. Außerdem wurde ihr übel.

Der Schwindel verging nach einer Weile. Das Unwohlsein blieb. Sie fühlte sich, als wäre sie nicht mehr Herr ihrer selbst.

Wulfen und Narena entschieden sich, die Suche zunächst aufzugeben und sich nach einem Unterschlupf für die Nacht umzusehen. Wenn die geheimnisvolle Frau auf der Toteninsel war, mußte sie sich irgendwann bewegen. Die Aussicht, am nächsten Tag eine frische Spur von ihr zu finden, war größer, als den blankgewaschenen Untergrund abzusuchen.

Die Eingänge des Grabmals, das sie sich aussuchten, waren mit schweren Gittern versperrt. Sie ließen sich mit einem schweren Riegel verschließen und sahen aus, als würden sie allen natürlichen Kräften standhalten. Gegen Dämonen oder den Spuk, der das Haus der Boroni zerstört hatte, war ohnehin kein zuverlässiger Schutz zu finden. Ihre Macht lag jenseits des Vorstellbaren.

Im Innern der Grabstätte stand eine große Tafel. Dreißig schwere Stühle mit hochgezogenen Lehnen waren um sie herum aufgestellt, und alle trugen einen weißen Eberkopf auf rotem Grund, das Wappen der Familie. Statt Geschirr und Bestecken lag vor jedem Platz eine Waffe oder ein Rüstungsteil auf dem Tisch. Der Verstorbene mußte ein Krieger oder Feldherr gewesen sein.

Narena und Wulfen knieten nieder und baten um Vergebung, daß sie die Ruhe des Toten störten. Dann legte sich Wulfen flach auf den Bauch und wiederholte das Gebet. Narena zögerte erst, dann folgte sie seinem Beispiel. Sie konnten nicht demütig genug sein.

Sie mußten Wasser holen, solange alles noch ruhig war. Narena kehrte zu der Ruine zurück, um nach dem Eimer zu sehen, und fand ihn unversehrt unter den Trümmern. Es war das einzige größere Gefäß, das ihnen zur Verfügung stand. Ohne den Eimer hätten sie sich nur schwerlich mit Wasser versorgen können.

Narena sah nach den Töpfen der Priesterin, die dicke Beulen hatten und aussahen, als wären sie das Werk eines Wahnsinnigen. Da sie heilgeblieben waren, holte Narena sie auf dem Rückweg von der Quelle, um darin das Essen aufzuwärmen. Als Feuerholz würden die Überreste des zerstörten Wohnhauses dienen.

Als sie zum Unterschlupf zurückkehrte, hatte Wulfen bereits an allen Fenstern und Eingängen die Gitter überprüft. Er hatte zwei Dolche aus den Waffen auf der Tafel herausgesucht und in eine windgeschützte Ecke der Halle Laub und Gras getragen, um die Härte des Bodens ein wenig zu mildern. Allerdings war dieses Lager feucht vom Regen, und sie würden trotz der Decken, die Narena mitgebracht hatte, diese Nacht nicht darauf schlafen können, wenn sie nicht wollten, daß sich ihre Erkältung verschlimmerte.

Narena legte die Sachen ab, die sie geholt hatte. Darunter war auch eine Flasche Meskines, die sie nach kurzem Zögern aus dem Sockel des Boronsraben genommen hatte.

Wulfen war sichtlich erfreut, daß sie an den Honigschnaps gedacht hatte, denn er erinnerte sich an ein Hausmittel aus der Akademie, in der Difar mit aufgewärmtem Meskines aus dem Körper vertrieben wurde. Sie entzündeten ein kleines Feuer und erhitzten das Essen und das Getränk. Der alkoholisierte Honig rann Narenas Hals hinunter, vertrieb die Übelkeit und brannte wohlig im Magen.

»Trink, solange er warm ist. Dann wirkt er besser«, sagte Wulfen. Narena war sich nicht mehr sicher, ob er den Alkohol meinte oder ihre Erkältung. Eine fröhliche Gleichgültigkeit hatte sich in ihr breitgemacht, betäubte sie geringfügig und ließ ihr die Umgebung und die Lage, in der sie waren, weniger bedrohlich erscheinen.

Wulfen goß sich erneut ein, setzte sich wieder und starrte stumm ins Feuer.

Narena hörte, wie er atmete. Sie glaubte beinahe die Wärme zu spüren, die sein Körper ausstrahlte, obwohl er in einigem Abstand zu ihr saß. Er hatte das Gewand wieder übergezogen, es aber vorne geöffnet und wie einen Mantel zurückgeschlagen. Er sah aus wie die Prinzen aus den Märchen, die mit wehenden Umhängen auf ihren stolzen Rössern einherritten.

Sie kicherte.

»Ist was?« wollte ihr Begleiter wissen, doch sie schüttelte verneinend den Kopf.

»Nichts. Nur der Meskines. Ich sollte lieber Wasser trinken.«

Er bedachte sie mit einem undeutbaren Blick, sah ihr unverwandt in die Augen und lächelte sanft. Sie glaubte, seine Lippen würden sich bewegen, doch sie konnte nichts hören.

»Nimm noch einen Becher. Es steht dir, wenn du lachst.« Er reichte ihr den Topf mit Meskines, und sie konnte sich gar nicht dagegen wehren, sich ein weiteres Mal einzuschenken. Wulfen drängte ihr das gebrannte Met mit sanfter Gewalt auf. Sie tat ihm den Gefallen und trank den halben Becher aus, bevor sie sich darauf besann, daß es Schnaps war. Ihr Lächeln wurde zu einem bestürzten Seufzer, und diesmal war es Wulfen, der ein Lachen nicht unterdrücken konnte.

Sie sah verlegen beiseite und nippte fortan nur noch an dem Becher. Sie wußte, daß Wulfen sie beobachtete. Sie konnte seinen Blick aus den Augenwinkeln erkennen, und der Schwindel kehrte bei dieser offensichtlichen Musterung in einer schwächeren, angenehmeren Form zurück. Der edle Prinz hatte sie erblickt. Das Märchen schrieb vor, daß er sich in sie verliebte. Er rückte näher, gab sich den Anschein, als wolle er nur einen bequemeren Platz finden, doch nachher saß er so dicht bei ihr, daß sie seine Wärme fühlte. Sie war sich ganz sicher.

»Ich habe Angst, daß wir die nächsten Tage nicht überleben werden.« Er klang verängstigt, als würde er schon seit Stunden an nichts anderes denken. »Bisher hatten wir Glück, daß uns nichts geschehen ist, aber es kann unmöglich so bleiben. Der Namenlose wird immer stärker, und bald wird er uns vernichten.« Er sah in den Becher und drehte ihn unruhig zwischen seinen Händen. »Ich fürchte mich vor den Alpträumen, Narena. Sie sind grausam. Ich bin so allein, wenn sie kommen, und sie zwingen mich Dinge zu durchleben, die ich niemals tun würde. Ich sehe, wie ich gezwungen werde, dem dunklen Gott zu dienen und wie er mich für seine Machenschaften benutzt. Ich wehre mich dagegen, aber mein Widerstand ist in den Träumen zwecklos.

Dann sehe ich meine alten Gefährten. Ihre Körper sind verfallen, nur noch blasse Skelette und verfaultes Fleisch, aber sie sind beseelt. Ihr Geist lebt, und sie schreien mir zu, daß ich schuld bin, daß ich sie in diese Lage gebracht habe. Ich habe sie verraten und getötet.

Ich schreie sie an, daß es nicht stimmt, aber bevor ich es begreife, bin ich wach, und der Alptraum ist nur noch ein Schatten. Ich fühle mich schutzlos, wenn es geschieht, als würde es niemanden geben, der zu mir hält. Selbst bei dir kann ich mich nicht festhalten.«

Narena zog ihn zu sich heran, legte ihren Arm um ihn, weil sie glaubte, ihn trösten zu müssen. Sie genoß seine Berührung, hätte ihn gerne liebkost und geküßt, statt ihn nur zu halten. Der Prinz hatte sich eine Blöße gegeben, und sie konnte sich nicht gegen die Anziehungskraft dieser Hilflosigkeit wehren.

Der Alkohol trieb ihr Gedanken in den Sinn, die sie nicht wahrhaben wollte. Hätte sie sie bejaht, hätte sie sich gefühlt, als würde sie Wulfen ausnutzen, seine Offenheit mißbrauchen, um sich ihm aufzudrängen.

Wenn sie ihm jetzt mehr als eine Freundin sein wollte, würde sie sich schäbig fühlen.

Er löste sich aus ihrer Umarmung, sah ihr erneut mit diesem seltsamen Blick ins Gesicht. Diesmal war sie sich gewiß, daß sein Mund sich bewegte, aber sie konnte wieder nichts hören. Wulfen beugte sich vor, und der Prinz erweckte seine Auserwählte mit einem zaghaften Kuß. Der Alkohol schickte ein Schwindelgefühl wie die Welle einer Brandung durch den Körper, und sie ließ sich davon treiben.

Er zog sie näher zu sich heran, während seine Küsse fordernder wurden. Narenas Hand glitt unter seine Kleidung und über seine Schulter bis zum Hals. Alle Scham, alle Gefühle von Ausnutzung und Mißbrauch waren verschwunden. Sie konnte nicht anders, als sich fallen zu lassen.

Sie ließ von Wulfen ab und griff nach ihrem Hemd, um es sich über den Kopf zu streifen. Sie warf es achtlos beiseite, doch der Stoff verfing sich am Handgelenk und krempelte das Innere nach außen, als sie daran zog. Wulfen begann ebenfalls, sich auszuziehen, machte sich mit fahrigen Fingern an den Knöpfen zu schaffen.

Narena küßte ihn auf den Bauch, dann löste sie seinen Gürtel und öffnete den Verschluß der Hose. Wulfens Hände strichen über ihren Rücken, drückten sie an ihn, so daß sie die Wärme spürte, die sie bisher nur geahnt hatte. Eine Weile verharrten sie, aneinandergeschmiegt, dann stand Wulfen auf, um Schuhe und Hose auszuziehen. Narena sah ihm erwartungsvoll zu, wartete bis er nackt vor ihr stand, bevor sie sich entkleidete.

Wulfen kam zu ihr, stellte sich hinter sie. Seine Hand glitt über ihren Hals, berührte flüchtig Brust, Bauch und Hüfte. Die Berührung erregte sie, und eine Gänsehaut lief an ihr herab. Sie mußte sich umdrehen, mußte dem Schauder ein Ende machen. Sie küßte Wulfen, spürte sein Verlangen, zog ihn auf das Lager aus abgeworfenen Kleidungsstücken hinab.

Seine Finger glitten zärtlich über ihre Taille, während sie sich küßten, näherten sich vorsichtig tastend ihrer Scham.

Aufseufzend warf sie sich über ihn und öffnete sich seinem Drängen ...

*

Sie konnte nicht glauben, was sie getan hatte. Sie konnte es nicht fassen, daß sie sich nicht gewehrt, daß sie es nicht verhindert hatte. Es war unmöglich zu glauben, es hätte ihr gefallen. Während der Tage des Namenlosen war es eine Todsünde, auch nur an Zärtlichkeiten zu denken, und selbst während des Jahres wäre es ihr als ein fürchterliches Vergehen erschienen, einen Boronanger mit dieser Art Leben zu erfüllen.

Lust und Rausch standen während der namenlosen Tage gewiß nicht unter dem Schutz der Liebesgöttin Rahja. Sie hatten dem Namenlosen nun noch weniger entgegenzusetzen als zuvor. Sie hatten das Wohlwollen ihrer Götter verspielt, nur weil sie diesen verfluchten Meskines getrunken hatten. Der Alkohol hatte sie alles vergessen lassen, hatte Wulfens Ehrfurcht vor den Zwölfen und Narenas Angst vor dem Ort verdrängt, an dem sie sich befanden. Sie waren ein Opfer ihrer selbst geworden.

Von draußen klang Wulfens Schluchzen und Klagen herüber. Was Wulfen am Morgen für Traumgebilde gehalten hatte, stellte sich als Irrlichter heraus, die als wabernde Leuchtpunkte über den Totensümpfen schwebten. Verlorene Seelen, die ihre Qualen hinausschrien, um Hilfe flehten und jeden Unvorsichtigen oder Großherzigen, der sich ihnen näherte, in ein Sumpfloch lockten. Manche der Erscheinungen zeigten menschliche Züge, bildeten bittende Hände, und doch hatten sie alle Menschlichkeit verloren. Ihr Geist hatte nie Borons Reich betreten. Sie waren Gefangene, dazu verdammt, ewig in der Welt zu bleiben, ohne Schutz für ihre Seelen.

Wulfen stand an der gegenüberliegenden Seite der Grabkammer. Er hatte nicht einmal versucht, mit ihr zu reden. Sie wußten beide, daß es keine Entschuldigung für ihr Verhalten gab. Es war ein Vergehen, für das es keine vorgeschriebene Strafe gab, das jenseits der Gesetze lag, denn allein die Vorstellung zu tun, was sie getan hatten, war schon eine Lästerung der Götter.

Narena konnte nicht begreifen, wie sie sich dazu hatte hinreißen lassen. Sie hätte sich an die Gefahr, in der sie schwebten, erinnern müssen. Sie hätte gar nicht darüber hinwegsehen können. Der Honigschnaps hatte ihre Sinne benebelt, oder der Namenlose selbst hatte es getan. Sie waren seiner dunklen Zauberei verfallen, nur so hatten sie das Entsetzliche tun, hatten sich danach sehnen können.

Sie wagte nicht, daran zu denken, was es für Folgen haben konnte, daß sie mit Wulfen geschlafen hatte.

*

Er hatte sich nicht weiter um seine Gefangene gekümmert, nachdem er sie am Vortag im Bannkreis des Namenlosen zurückgelassen hatte. Sie hatte die ganze Nacht keinen Laut von sich gegeben, und auch am Morgen, als er sie mit Wasser und etwas Brei versorgte, hatte er kein Anzeichen von eigenem Willen an ihr feststellen können.

Rogoff hatte seitdem nicht mehr nach ihr gesehen. Statt dessen traf er Vorbereitungen für ein weiteres Ritual.

Die Statuen der gefesselten Zwölfgötter waren mit dicken Tüchern verhüllt. Ihre Anordnung sollte den Platz vor ihrem Wirken zu schützen, doch der Anblick könnte den Einen erzürnen, wenn er seine Aufmerksamkeit auf diesen Platz lenkte. Die Stoffe verdeckten die Konturen, und das Blut, in das sie getaucht worden waren und das nun geronnen war, verhinderte jede Ausstrahlung von Göttlichkeit, legte einen hemmenden Schleier um sie, auf daß ihnen auch der letzte Funke von Macht genommen würde.

Der Druide malte verschlungene Symbole auf die Kanten des Tisches, um das Ziel der Anrufung zu bestimmen. Die gerufenen Kräfte mußten auf das genaueste gelenkt werden, damit sie sich in dieser Welt zurechtfanden. Fehler führten zu Richtungslosigkeit, und Richtungslosigkeit zu unbeherrschten Ausbrüchen. Ein Zauberer konnte nur wenig Gnade von dem Opfer seiner Beschwörung erwarten, wenn er sich nicht entsprechend zu schützen wußte.

Rogoff räumte Farben und Pinsel beiseite und trat erneut in den Kreis. Er sah über den Tisch hinweg auf das Standbild seines Gottes und lenkte seine Aufmerksamkeit auf den Amethyst. Nach einiger Zeit zuckte ihm ein Blitz aus der Stirn und entfachte ein Glühen im Inneren des Steins.

»Meister der Dämonen, Beherrscher des Schreckens, dein Same liegt in dieser Frau.« Der Druide deutete auf Mjeska, die regungslos in ihren Fesseln lag. Sie atmete gleichmäßig und ruhig, als schliefe sie, doch ihre Augen waren offen und starrten blicklos zur Decke. »Befehle dem heutigen Wächter Rahastes, deine Frucht keimen und wachsen zu lassen. Lenke den Verderber von Ernte und Früchten gegen die Ungläubigen. Das Kind, das daraus entsteht, soll dir und dem Dämon gehören. Das schwöre ich mit meinem Blut und meinem Leben.« Sein Obsidiandolch ritzte erst seine beiden Arme, dann die Beine und schließlich die Stirn. »Die Frau liegt in deinem Bannkreis. Ihr Körper und ihr Geist sind dein. Bediene dich ihrer, um das Kind nach deinen Wünschen zu formen. Mächtiger

Naaghot-Shaar, Gott ohne Namen, nutze die Mittel, die ich dir zur Verfügung stelle, um einen Diener in die Welt zu bringen, der dem Einfluß deiner Widersacher zu trotzen vermag.«

*

Das Heulen der Irrlichter hatte sich zu einem neuen Höhepunkt aufgeschwungen. Es erfüllte die Halle, in der Narena und Wulfen Zuflucht gesucht hatten, mit dumpfen Echos. Das bläuliche Leuchten warf lange, seltsame Schatten in die Grabstätte, Gestalten huschten über die alte Speisetafel, die in dem flackernden Licht zu leben schienen, um sich griffen, nach den alten Waffen tasteten, doch zu schwach waren, um sie anzuheben.

Wulfen verfolgte das unwirkliche Geschehen mit Entsetzen. Er blickte ständig zwischen den Fenstern und der Mitte der Halle hin und her, versuchte, alles im Auge zu behalten. Die Übermüdung stand ihm ins Gesicht geschrieben. Verängstigt riß er die Augen weit auf, wenn sie ihm vor Erschöpfung zuzufallen drohten. Sein Blick suchte ständig neue Ziele, als wäre er nicht mehr fähig, irgendeinen Gegenstand längere Zeit zu betrachten. Immer wieder kratzte er sich den Ansatz des Bartes, der in den letzten Tagen gewachsen war, um dann aufzuspringen und unruhig auf und ab zu gehen.

Narena wünschte, sie könnte ihn beruhigen, aber sie ängstigte sich vor ihm. Weder Wulfen noch sie selbst hatte das Schweigen bislang gebrochen. So ungern sie es zugab, es war sicherer, ihn in Ruhe zu lassen.

Der Gedanke grub sich in ihr Bewußtsein. Es war sicherer, ihn in Ruhe zu lassen. Irgend etwas mißfiel ihr an dieser Überlegung. Sie drehte und wendete den Gedanken, als würde er eine Botschaft in sich verbergen, über deren Tragweite sie sich bisher nicht bewußt geworden war.

Sicher, ihn in Ruhe zu lassen, bedeutete, daß es gefährlich war, auf sich aufmerksam zu machen. Warum gefährlich? Warum hatte sie den Eindruck, sich vor Wulfen schützen zu müssen? Waren sie nicht beide Opfer des Namenlosen, beide Opfer derselben schwarzen Zauberei? Oder war es vielmehr so, daß nur Narena machtlos gewesen war? Vielleicht war es Wulfens unbeherrschte Magie gewesen, die den Frevel ermöglicht hatte. Wie konnte sie wissen, wozu er fähig war, wenn er selbst es nicht wußte? Er sagte, seine Zauberkräfte brächen nur durch, wenn sein Leben in Gefahr war, aber konnte sie sich dessen sicher sein? Unter Umständen bemerkte Wulfen es gar nicht. Oder er verheimlichte es, um sich nicht dafür verantworten zu müssen. Was, wenn er sie absichtlich dazu gebracht hatte, mit ihm zu schlafen? Sie konnte es unmöglich ausschließen.

Wulfen stellte sich erneut ans Fenster. Die Hände klammerten sich um die Gitterstäbe, als wolle er seine Angst und seine Erschöpfung an ihnen auslassen.

»Ich halte das Gejaule nicht mehr aus!« Er wirbelte abrupt herum und rannte auf den Ausgang zu.

Narena wich unwillkürlich einen Schritt zurück, als er an ihr vorbeistürzte. Er öffnete das Gittertor und verschwand in der Dunkelheit.

Verwundert und neugierig folgte Narena ihm bis an die Tür. Seine Umrisse verschwanden hinter einer Ecke des Grabhauses. Er schien zu den Irrlichtern zu wollen.

Einer plötzlichen Eingebung folgend rannte sie hinter ihm her, bis sie seine Gestalt als schwarzen Schatten vor den unnatürlichen Lichtern der geisterhaften Erscheinungen erkannte. Sie rief ihm nach, er solle umkehren. Die Irrlichter würden ihn in den Tod locken, doch er hörte nicht auf sie und lief weiter auf das Winseln zu. Narena rechnete damit, daß er jeden Augenblick in einem Sumpfloch versinken würde.

Wulfen blieb in vielleicht zehn Schritt Entfernung von einem Irrlicht stehen und begann zu singen, doch Narena erkannte nicht mehr als die Melodie. Die Worte wurden vom Wind und von der Nacht verschluckt. Die Dunkelheit um ihn verdichtete sich, formte eine Kugel völliger Finsternis, die ihn gänzlich verschluckte und das sanfte Leuchten der Irrlichter zu einem Schimmern werden ließ. Die Kugel schrumpfte, zog sich zusammen, bis sich Wulfens Umrisse in ihr zeigten, ihr eine neue Gestalt zu geben und sie zu einem Abbild seiner selbst zu machen schienen. Der Mensch gewordene Teil der Nacht befreite sich von seinem Vorbild, trat neben ihn und schritt auf das erste der Irrlichter zu, während sich weitere Gestalten um Wulfen bildeten. Schließlich wartete an jedem klagenden Geist lebendige Dunkelheit. Wulfen verstummte, und plötzlich warfen sich die schwarzen Geschöpfe vor, umschlossen die Irrlichter, saugten das strahlende Blau in sich auf. Das Schreien der Erscheinungen wurde lauter, und in die klagenden Laute mischte sich etwas wie Schmerz. Dann wurde es still.

»Was machst du hier draußen?«

Narena schrak zusammen, als sie neben sich eine Stimme hörte. Wulfen hatte sich ihr genähert, ohne daß sie es bemerkt hatte. Im ersten Augenblick hatte sie geglaubt, eine der schwarzen Gestalten wäre zu ihr gekommen.

»Ich wollte wissen, was du vorhast.« Ihre Stimme klang, als sei sie bei etwas Unerlaubtem erwischt worden, als wäre sie wieder ein Kind, das sich vor den Ermahnungen seiner Eltern fürchtete.

Wulfen blickte sie stirnrunzelnd an. »Was glaubst du, weswegen ich hinausgehe? Soll ich meine Notdurft in der Grabkammer verrichten?« Er versuchte zu lächeln, doch seine Aufmunterung verfehlte ihre Wirkung. Auf Narena wirkte er wie ein zähnefletschendes Raubtier. Er belog sie. Sie hatte gesehen, was vorgefallen war, doch er leugnete es, versuchte, es zu vertuschen, damit sie ihn weiterhin für harmlos und ungefährlich hielt. Doch das war er nicht. Er hatte die Seelen der Irrlichter seinen Nachtdämonen zum Fraß vorgeworfen, ohne eine Regung des Bedauerns. Und jetzt behauptete er, es wäre nie geschehen.

Sie drehte sich ohne ein Wort um und ging. Sie konnte nicht vergessen, was er getan hatte, aber sie konnte ihn ebensowenig zur Rede stellen. Es war gefährlich, ihn zu reizen. Das hatte sie rechtzeitig erkannt. Sie konnte nur hoffen, er möge sie verschonen, bis das neue Jahr begann und sie sich von ihm trennen konnte. Solange war sie auf ihn angewiesen.

*

Wulfen war endlich eingeschlafen. Das Heulen der Irrlichter hatte ihn wachgehalten, und als er sich dessen entledigt hatte, fielen ihm fast augenblicklich die Augen zu. Im Schlaf wirkte er unschuldig, so wie er immer aufgetreten war, wie Narena ihn immer gesehen hatte. Sie wußte jetzt, daß alles nur eine Maske gewesen war. Vielleicht war er nicht wirklich bösartig, aber dann war er ein Gefangener seiner Magie, die ihn unberechenbar werden ließ. Er war gefährlich. Ob aus Absicht oder ungewollt, war Narena gleichgültig. Sie mußte versuchen, sich nichts anmerken zu lassen. Er durfte nicht wissen, daß sie Bescheid wußte. Andernfalls würde er vielleicht auch sie töten, wie er die Irrlichter vernichtet hatte.

Einer unbestimmten Befürchtung folgend ging sie zu der Tafel und suchte nach einer Waffe, die sie unter ihrer Kleidung verstecken konnte, ohne daß es Wulfen auffallen würde. Sie entschied sich schließlich für ein Wurfmesser, das halb unter einer ledernen Rüstung lag. Wulfen würde nicht auffallen, daß es fehlte, und Narena konnte es unauffällig in einer Tasche ihrer Hose tragen. Den Dolch, den Wulfen zuvor für sie ausgesucht hatte, hängte sie so an ihren Gürtel, daß die Scheide den Umriß des Messers verdecken würde, wenn er sich trotz aller Vorsicht abzeichnen sollte.

Es war ein schwacher Schutz. Wulfens Magie konnte sie vernichten, bevor sie das Wurfmesser auch nur ziehen konnte, aber das Gewicht der Klinge gab ihr wenigstens das Gefühl, sich wehren zu können. Es beruhigte sie, obgleich sie wußte, daß es nicht mehr als Einbildung war.

Sie setzte sich weit von Wulfen entfernt an die Außenmauer der Kammer. Das Feuer brannte dicht neben ihm und strahlte nur wenig Wärme bis zu Narena herüber. Sie kühlte allmählich aus, während sie auf den Morgen wartete, doch die Kälte machte es ihr leicht, wach zu bleiben. Sie wagte nicht, die Augen zu schließen, aus Angst, Wulfen würde über sie herfallen. Er hatte in den letzten beiden Tagen mindestens zweimal Magie angewandt, obwohl er behauptet hatte, dies würde nur noch selten geschehen. Sie konnte ihm nicht trauen. Vielleicht hatte er sogar schon wesentlich öfter zur Magie gegriffen, ohne daß sie es bemerkt hatte.

Die Zeit verstrich langsam. Narena bedachte Wulfen mit einem halb wachen, halb verschlafenen Blick, aber er rührte sich nicht. Als die Sonne über den Rand der Welt kletterte und die Nacht langsam vertrieb, hatte sich seine Stellung nur wenig verändert. Narena zog sich an der Wand hoch und schlich mit steifen Gliedern zum Fenster. Der Himmel war bedeckt wie an den Tagen zuvor, doch die Wolken waren nicht mehr schwarz. Die Farbe war in ein gräuliches Weiß übergegangen, das sich wie eine dichte Decke über den Himmel spannte. Darunter hatte sich der Bodennebel in Schwaden über die Stadt der Toten verteilt und filterte das schwache Licht. Die Sonne war nur als verschwommene rötliche Scheibe zu erkennen. In der Grabkammer wurde es allmählich heller.

Sie dachte daran zu fliehen. Wenn sie Wulfen zurückließ, ohne ihn zu wecken, konnte sie die Hügelkette erreichen, bevor er erwachte. Sie wäre dann seinem Blickfeld entschwunden und würde ihm so vielleicht entkommen. Sie könnte sich zu Fuß durch den Wald in Richtung Drauhag durchschlagen. Und von da aus waren es nur ein paar Tagesmärsche bis zur nächsten Siedlung, in der man nichts von ihren Freveln und Vergehen wußte. Die Boroni würde frühestens am zweiten Praios die Toteninsel erreichen und sehen, was hier geschehen war. Am dritten konnte sie zurück in Drauhag sein, um die Suche nach den Schuldigen zu beginnen. Narena wäre dann längst über alle Berge.

Sie zog diese Möglichkeit ernsthaft in Erwägung. Erst als sie bereits den Riegel des Torgitters in der Hand hielt, wurde sie sich der möglichen Folgen bewußt. Wegzulaufen würde bedeuten, ein Leben in Angst zu führen. Angst vor der heiligen Inquisition und Angst vor einem rachsüchtigen Wulfen. Selbst wenn er nicht das war, was Narena jetzt in ihm sah, sie würde sich ständig vor dem fürchten, was er sein könnte.

Zu fliehen, ihre Verpflichtung gegenüber den Zwölfgöttern zu vergessen, würde bedeuten, einen Mann in der Stadt der Toten zurücklassen, der womöglich in der Lage war, die Ordnung des Boronangers auf ewig zu zerstören. Und es bedeutete, daß die Frau, die ganz gewiß eine Dienerin des Namenlosen war, ohne Widerstand auf der Insel anrichten konnte, was immer sie wollte. Wulfen war vielleicht, ohne es zu wollen, in den Bannkreis des Bösen geraten, aber die Fremde hatte ihren Weg aus dem Schutze Drauhags selbst gewählt.

Narena war verpflichtet zu bleiben. Andernfalls hätte jeder noch so unbedeutende Gläubige das Recht, sie zu töten und ihre Seele zu verdammen. Und er würde gnädiger sein als die heiligen Diener des Praios, die einen derartigen Frevel mit der Folter ahnden würden.

Das Klagen der Irrlichter setzte wieder ein, kam aus der Richtung des Eingangstores zur Stadt der Toten, und Narena stand neugierig auf. Diese Laute klangen seltsam. Ihr Heulen war nicht dauerhaft wie bei ihren Vorgängern. Es waren vielmehr unzusammenhängende auf- und abklingende Rufe.

Narena konnte nicht erkennen, wo sich die Irrlichter aufhielten. In der Morgendämmerung und vor dem Hintergrund des Nebels hätte sich ihr Glimmen deutlich abheben müssen, doch die Straße war leer. Etwas bewegte sich links von ihr, doch als sie hinsah, war nichts zu entdecken. Erneut vernahm sie das heulende Wimmern und bemerkte ein verlöschendes blaues Licht in dem Schlagschatten eines Hauses. Dann war alles still.

Mißtrauisch sah sie zu Wulfen hinüber. Er schlief. Dann wandte sie ihre Aufmerksamkeit erneut der Toteninsel zu.

Etwas Schwarzes löste sich aus einem der Schatten, trat in menschlicher Gestalt aus ihm heraus, eilte auf die Rückfront der Grabstätte zu, in der sich Narena und Wulfen befanden, und verschwand.

Sie konnte sich nicht erklären, wer sich an sie heranschlich. Es könnte die blonde Frau sein. Doch verstand Narena nicht, warum mit ihr die Irrlichter zurückkamen, zumal die Erscheinungen nicht wirklich zu sehen oder zu hören waren, sondern nur in einzelnen, kurzen Augenblicken.

Wieder bewegte sich ein Schatten, diesmal an einer anderen Stelle. Ein nachtschwarzer Körper trat heraus. In dem schemenhaften Kopf öffnete sich ein Maul, das nur als bläuliches Schimmern vor dem dunklen Hintergrund hervortrat. Die Klage eines Irrlichts war zu hören. Das Maul schloß sich, und das Irrlicht verstummte. Der Schwarze begann zu rennen und eilte auf das nächste Gebäude zu. Er glich Wulfens Nachtdämonen.

Sie hatte geglaubt, Wulfen hätte sie nur gerufen, um die Irrlichter zu vernichten, doch die Wesen existierten noch immer. Sie schoben sich aus verschiedenen Richtungen an ihren Schöpfer heran, huschten von Deckung zu Deckung.

Narena beobachtete sie nicht weiter. Sie hatte gesehen, aus welchen Richtungen sie kamen, hatte gesehen, mit welcher Geschwindigkeit sie sich bewegten. Sie rannte zu Wulfen, rüttelte ihn wach und lief weiter zur gegenüberliegenden Seite des Gebäudes. Auch hier näherten sich zwei schwarze Gestalten.

»Wulfen!« Er zeigte keine Regung. »Wulfen! Komm her.«

Er torkelte schlaftrunken zu ihr, stellte sich vor das Fenster und sah hinaus.

»Siehst du sie?« Sie wies auf die beiden Wesen. »Was wollen sie?«

»Woher soll ich das wissen? Ich habe keine Ahnung, was für Wesen das sind.«

»Verflucht, Wulfen! Wir haben keine Zeit, darüber zu streiten, ob du dich an sie erinnern willst oder nicht. Du hast sie geschaffen! Auf deinen Befehl hin haben sie die Irrlichter getötet! Was wollen sie?«

»Sie haben Irrlichter getötet?« Wulfen wirkte nicht, als würde er sich nur verstellen. In seinen Zügen zeigte sich echte Verwunderung, und in seiner Stimme schwang ein Funken von Entsetzen mit.

»Getötet, gefressen, was auch immer! Die Irrlichter sind weg!«

Wulfen zog Narena vom Fenster und zu seinem Lager herüber. »Irrlichter *sind* tot. Sie können nicht sterben! Es sind Tote, die sich Borons Zugriff verweigert haben. Sie halten an dem Leben fest, obwohl sie keines besitzen. Sie können nicht gefressen werden. Sie sind nur Seelen!«

»Du hast diese Wesen aus der Nacht erschaffen. Du wolltest, daß die Irrlichter sterben. Das sind deine Geschöpfe da draußen! Und sie tragen zumindest Reste der Irrlichter in sich. Wenn sie den Mund öffnen, heulen die Irrlichter, und man kann ihr Leuchten sehen. Du mußt wissen, was du getan hast!«

Ohne eine Antwort zu geben, machte sich Wulfen daran, den notwendigsten Teil der Ausrüstung zusammenzuraffen. Anscheinend hielt er es für das beste, zu fliehen.

»Es könnten Seelensammler sein. Sie verleiben sich alle Arten von Geistwesen ein. Die Götter wissen warum. Jedenfalls würde es erklären, wie sie die Irrlichter fressen konnten, und was sie von uns wollen. Sie werden versuchen, uns zu töten, um an unsere Seelen zu gelangen.« Er sah nicht zu Narena auf, als er sprach.

»Welcher Gehörnte hat dich geritten, als du sie gerufen hast? Wie kannst du so etwas auf die Welt holen, Wulfen?«

Er ließ von seiner Arbeit ab und blickte sie mit unverhohlener Wut an. »Ich habe sie nicht gerufen. Ich bin gar nicht dazu in der Lage. So etwas mißlingt selbst Meistermagiern! Warum willst du es unbedingt mir anhängen, Narena? Was soll das?«

»Ich weiß, daß du es warst! Ich habe es gesehen. Du bist hinausgegangen und hast sie gerufen. Du warst es! Und auf deinen Befehl haben sie sich die Irrlichter einverleibt.«

»Unsinn!« Er sprang auf und warf sich das Bündel, das er aus ihren Decken gemacht hatte, über die Schulter.

Das Heulen eines Seelensammlers klang von der

Tür der Grabvilla herüber. Die Hände hatten sich um das Gitter gelegt, und das schwarze Gesicht preßte sich dagegen, als wolle es sich hindurchdrücken. Weitere Geräusche drangen von verschiedenen Fenstern herüber.

»Schick sie weg, Wulfen!« flehte Narena. »Schick sie weg!«

»Ich kann es nicht!« schrie er sie an, warf ihr das Bündel zu, lief zu der verbliebenen Glut des Feuers hinüber und hielt ein langes Stück Holz hinein. Es entzündete sich zischend und ließ eine Flamme an der Spitze auflodern.

»Was soll das?«

Wulfen musterte die Halle, in der sie gefangen waren. Die Seelensammler hatten sich rings um das Gebäude verteilt und rüttelten an den Gittern, die sie bislang zurückhielten. Narena folgte seinem Blick in den hinteren Teil des Raumes, sah die Tafel mit den Waffen und entdeckte einen alten Speer. Wulfen wandte sich wieder der Eingangstür zu. Narena holte sich die Wurfwaffe. Hinter sich hörte sie Schritte und ein Zischen. Sie fuhr herum und sah Wulfen an der Tür stehen. Die Fackel hatte er durch das Gitter gegen den Seelensammler gestoßen. Der Dämon heulte klagend auf. Wulfen zog sich zurück, rannte zu Narena.

»Komm!« Er ergriff ihren Arm und zerrte sie an der Tafel vorbei. Erst jetzt begriff sie, daß er zuvor nicht auf die Waffen, sondern auf die Treppe gesehen hatte, die abwärts zur Grabkammer führte.

»Nein. Nicht dort hinunter. Die Fallen werden uns umbringen!«

Metall barst, und ein Gitter riß auseinander. Wulfen stieß sie zur Treppe, bevor sie begriff, was das Geräusch bedeutete. Sie verlor das Gleichgewicht, verfehlte eine Stufe, fiel auf die steinernen Stufen und rutschte in die Tiefe. Wulfen half ihr mit einer Hand auf. In der anderen hielt er das brennende Holz, das

Licht in die Tiefe strahlte. Hinter ihnen erschien ein Seelensammler am Treppenabsatz. Er stieß ein trauriges Wehklagen aus. Narenas Speer glitt steif in die Tiefe. Sie eilten ihm hinterher.

Der Fuß der Treppe lag vier Schritt unterhalb der Erde. Oben hatten sich die Seelensammler zusammengerottet und starrten zu viert auf ihre Beute. Die beiden sahen sich nur kurz nach ihnen um. Wulfen rannte in den Gang hinein. Narena folgte ihm und stieß gegen den Speer, der sich zwischen zwei Vorsprüngen in der Gangwand verkeilt hatte. Sie blieb stehen, sah zu den schwarzen Schreckgestalten hinauf, die sich immer noch nicht rührten, beugte sich vorsichtig zu der Waffe hinab und zog daran. Das Holz des Stiels zitterte, doch die Waffe blieb wo sie war. Die Seelensammler stürmten mit unglaublicher Geschwindigkeit die Treppe hinunter.

»Narena!«

Sie zerrte nochmals an der Waffe, die überraschend nachgab, und fiel rücklings zu Boden. Die Stellen der Wand, die sie für Vorsprünge gehalten hatte, bewegten sich und schlugen mit einem gewaltigem Krachen gegeneinander. Die Treppe verschwand hinter Steinblöcken, und Narena sah erschrocken auf die Waffe, die sie in der Hand hielt. Es war der untere Teil des Speeres. Der Rest steckte eingeklemmt zwischen den Quadern.

Sie hörte Wulfens Schritte neben sich, doch er schwieg und starrte auf die Wand, wo einmal der Ausgang gewesen war. Narena erhob sich mit weichen Knien. Die Falle hätte sie getötet, wenn der Speer nicht die Treppe hinabgefallen wäre und die beiden steinernen Kolben verkeilt hätte.

Ein leises Rieseln war zwischen den Steinen zu hören. Anfangs war es kaum wahrzunehmen, ging fast in dem schweren Atmen von Narena und Wulfen unter, doch es steigerte sich bedächtig, bis es überraschend zu einem Kratzen und Schaben wurde. Die Ritze zwischen den Felsquadern vergrößerte sich.

Wulfen und Narena wichen zurück. Sie konnten nicht wissen, was als nächstes geschehen würde, ob die Bewegung Teil einer weiteren Falle war oder ob sie den Gang nur in seinen ursprünglichen Zustand zurückversetzen sollte.

Sie sahen zwei Seelensammler, die sich gegen das Gestein stemmten, es auseinanderdrückten. Einen Schritt vor ihnen lag die zerquetschte Gestalt einer dritten Nachtgestalt. Ihre Umrisse wurden heller, verloren an Dunkelheit, bis sie sich nicht mehr von der Umgebung unterschieden. Ein Irrlicht stieg auf und schwebte nun ziellos umher. Die überlebenden drei Seelensammler stürzten fast gleichzeitig hinter ihm her, und die Sicht wurde versperrt, als die Falle erneut zusammenschlug. Die Töne des Irrlichts verstummten.

Narena und Wulfen wandten sich dem weiteren Verlauf des Ganges zu. Hinter ihnen befand sich ein schweres Portal, das sie vor den Seelensammlern schützen mochte, wenn es ihnen gelang, es von innen zu verriegeln. Wulfen nahm seinen Stab und drückte gegen die Klinke. Ein Bolzen schoß quer durch den Gang, flog dicht unter seinem Arm vorbei und schlug gegen die gegenüberliegende Wand. Die scheinbar harmlosen Löcher im Gestein zu beiden Seiten der Tür offenbarten erst jetzt die tödliche Gefahr, die von ihnen ausging.

»Es ist nur ein Bolzen abgefeuert worden«, überlegte Wulfen laut. »Der zweite Mechanismus funktioniert nicht mehr.«

»Oder er klemmt lediglich und löst sich später.« Narena blickte zurück, der Gang war noch immer versperrt. Die Steine rührten sich nicht. Anscheinend gaben sich die Seelensammler mit dem Irrlicht zufrieden, auch wenn es dem Magen eines Artgenossen entsprungen war.

Sie benutzten Wulfens Stock, um einen der Türflügel aufzustemmen. Nachdem einzelnes Knacken von den Scharnieren zu hören war, ließ er sich bewegen. Sie begnügten sich mit einer Öffnung, die gerade breit genug war, um sich hindurchzuzwängen. Andernfalls wären sie in die Flugbahn des zweiten Bolzens geraten.

Die Flügel der Tür waren aus Steineiche gearbeitet und außen mit Eisen beschlagen, so daß sie wie das Tor einer Trutzburg aussahen. Von innen waren sie mit Bronze verkleidet, in die feine Ziselierungen und Ornamente getrieben waren. Der Fackelschein schien in den Spiegeln wider, die entlang der Wände aufgestellt waren. Sie warfen das Licht in die Mitte des Raumes, zur Statue einer Kriegerin, die sich auf einem prächtigen Thron aus grünem Marmor niedergelassen hatte. Sie trug einen schweren Harnisch. Der Helm hatte die Züge einer fauchenden Löwin, die die ungebetenen Besucher grimmig betrachtete. Mit dem Schwert deutete die Gestalt hinaus, und diese Geste war eindeutig. Sie weckte das Bedürfnis, sich umzudrehen und das Grab zu verlassen, doch Narena riß sich von dem Anblick los und half Wulfen, die Tür zu schließen.

Es war kein Riegel am Tor angebracht, und es gab nichts, das schwer genug gewesen wäre, um es zu verrammeln. Über den Spiegeln hingen Jagdtrophäen, ausgestopfte Elch- und Bärenköpfe, die Staub und Verfall als Zeichen ihres Alters trugen, außerdem standen auf kleinen Giebeln Pokale und Siegerschalen. Der Raum wurde von vier Säulen getragen, die sich an den Ecken des Thronsockels erhoben. Ansonsten war der Raum leer. Hinter der Statue führte eine weitere Tür tiefer in das Grabgewölbe hinein.

»Ich glaube nicht, daß die Seelensammler es schaffen, die Quader auseinander zu bewegen und uns zu folgen, ohne sich dabei selbst zu vernichten. Sie wirkten nicht sehr aufgeweckt.« Wulfen blickte sich neugierig um. »Vielleicht vergessen sie uns. Wenn sie ihre Opfer über eine Art Witterung oder Spur finden, könnten sie unsere Fährte verlieren, je weiter wir uns von ihnen entfernen.«

Sie umgingen das Abbild der Toten, öffneten einen der dahinter liegenden Türflügel und sahen über einen wenige Schritt langen Gang auf einen Rundbogen. Das Fackellicht reichte nicht durch ihn hindurch.

»Dort muß die nächste Kammer sein. Das Bild der Freunde. Fragt sich nur, ob wir dahin kommen, ohne neue Fallen auszulösen.« Wulfen zog sich in den Raum zurück und gab Narena so die Gelegenheit, rechts und links nach Schießscharten zu suchen. Sie fragte sich, ob sie sich freuen sollte, daß sie nichts finden konnte.

»Sollten wir nicht besser hierbleiben?« fragte Narena.

Wulfen zuckte mit den Schultern. »Jede Entscheidung kann die falsche sein. In den Kammern sind wir vermutlich vorerst außer Gefahr. Sie sollen das Wesen des Verstorbenen darstellen. Hier Fallen einzubauen, würde bedeuten, den Toten als verschlagen und hinterhältig zu schildern. Die Gänge sind ohne religiöse Bedeutung. Sie zu betreten kann tödlich sein.

Uns wird nichts anderes übrigbleiben, wenn die Seelensammler tatsächlich kommen.«

Es war nicht weit bis zu dem Torbogen, aber die kurze Strecke erschien ihnen dennoch erschreckend lang. Der Boden war mit kaum handflächengroßen Kacheln ausgelegt, die es unmöglich machten, verdeckte Gruben oder Mechanismen zu entdecken, bevor sie ausgelöst wurden. Die Ruhe der Toten war heilig. Narena bedauerte, daß es dennoch nötig war, die Gräber auf diese Weise zu schützen. Es raubte ihnen jede Fluchtmöglichkeit, aber es erinnerte sie auch an ihre Pflicht, nicht weiterzugehen.

»Gibst du jetzt endlich zu, daß du die Seelensammler geschaffen hast? Du weißt mehr über sie, als du wissen dürftest, wenn selbst mächtige Magier sie nicht rufen können. Willst du es nicht endlich zugeben?« Sie hatte absichtlich das Thema gewechselt. Wulfen würde bestimmt eine Begründung finden, die sie weitertrieb. Er hatte bisher immer einen Grund gefunden, um sie zum Nachgeben zu veranlassen. Sie wollte ihn ablenken, damit er vergaß, daß die Ansprache noch nicht beendet war. Vielleicht konnten sie dadurch bleiben, wo sie waren.

»Ich schwöre bei den Zwölfen, daß ich nicht weiß, woher sie gekommen sind. Warum willst du mir nicht glauben?«

»Weil ich es nicht kann!« Die angestaute Wut ließ sich nicht mehr zügeln. Sie mißachtete die Warnung, die sie sich Stunden zuvor selbst gegeben hatte. Sie wollte Wulfen reizen. Auf diese Weise würde sie endlich wissen, was sie von ihm zu halten hatte. »Ich habe gesehen, daß du es warst, obwohl du anscheinend nicht damit gerechnet hast. Die ganze Zeit erzählst du, du wüßtest von nichts oder ›Soll ich meine Notdurft in der Grabkammer verrichten?‹, aber ich weiß, daß du lügst! Du willst oder kannst es nicht zugeben, weil es dein verfluchtes Selbstbild zerschlagen würde. Der arme Wulfen, der nicht richtig zaubern kann, der sich aber soweit beherrscht, daß ihm nie ein Mißgeschick passiert. Nur hat der arme Wulfen mit einem Mal vier dämonische Seelenfresser erschaffen, die jetzt Jagd auf uns machen! Wer soll diese Geschichte noch glauben, Wulfen? Ich tue es nicht!«

Sie sah ihr eigenes Gesicht, wie es von einem der silbernen Spiegel verzerrt zu ihr zurückstarrte, ihren Ärger aber trotzdem deutlich sichtbar zur Schau trug. Wulfen übersah die Drohung darin.

»Ich habe es nicht getan! Was du erzählst, ist doch nur die Ausgeburt deiner krankhaften Phantasie. Du fürchtest dich zu Tode, und um einen Sündenbock für alles Übernatürliche zu finden, nimmst du ganz einfach mich. Ich hätte dir nie verraten sollen, daß ich mit einem Fluch beladen bin. Als nächstes wirfst du mir womöglich vor, daß ich den Spuk gerufen habe, der das Haus der Boroni zerstöre. Oder die Sumpfrantzen. – Für wen hältst du mich? Für einen zerstörerischen Halbgott, der es nur auf dich abgesehen hat? Wenn es so wäre, hätte ich mir wirklich einen besseren Ort aussuchen können, um mit dir herumzuhuren. Dafür ...« Narenas Ohrfeige unterbrach ihn. Sie holte mit dem Knie aus, um ihm eine weitere, schmerzhaftere Strafe für diese Beleidigung zuzufügen, doch er wich zurück. Die behelfsmäßige Fackel landete auf der Erde, ihr Licht erlosch, und das Glimmen des Stabes war nun Narenas einziger Anhaltspunkt in der vollkommenen Finsternis der Grabkammer.

Wulfens Schatten erschien an dem verlorenen Holz. Sie hörte das Reißen von Stoff, dann entzündete sich etwas an der Glut, wurde zu einer knisternden Flamme und brachte der Fackel neues Licht. An Wulfens Gewand fehlte der linke Arm. Die Reste brannten an der Spitze des Stabes.

»Mach das nicht noch einmal«, hörte Narena Wulfens gepreßte Stimme. »Ohne Licht werden wir irgendeine Falle auslösen und sterben. Das Holz reicht ohnehin nicht mehr lange.« Er warf einen Blick in den Gang, der zur Grabkammer führte. »In den anderen Räumen hat man vielleicht Holz verarbeitet. Wir sollten es dort versuchen.«

Narena brach innerlich zusammen. Sie hatte versucht, ihn zur Rede zu stellen, um ihn abzulenken. Doch sie hatte weder etwas erfahren, noch war Wulfen von seinem Plan weiterzugehen abgekommen. Sie hatte Angst vor dem, was vor ihnen lag, aber die wenigen Sekunden in Dunkelheit hatten ihr verdeutlicht, was sie andernfalls erwartete. Ohne Licht hatten sie keine Möglichkeit, die Seelensammler zu erkennen und ihnen zu entkommen.

Sie fragte sich, wohin sie entkommen wollten. Die Grabgewölbe würden nicht ewig durch die Erde führen, und es war anzunehmen, daß es nur einen Ausgang gab. Wozu sollten sie sich also die Mühe machen, nach einem Ausweg zu suchen?

»Wenn die Seelensammler die Quader nicht beiseite schieben, hat alles keinen Sinn. Wir kommen nicht mehr heraus.«

»Die Fallen wurden nicht erst angebracht, als der Tote in der Grabkammer lag. Die Anlage wird viele Jahre zuvor gebaut, damit dem Besitzer jederzeit ein Ruheort zur Verfügung steht. Wenn es keinen Weg gäbe, die Fallen zu umgehen oder nachträglich zu öffnen, wie konnten dann die Priester und die Trauernden aus dem Grab kommen, nachdem die Zeremonie beendet war? Es gibt einen Mechanismus, der den Ausgangszustand herstellt. Wir müssen ihn bloß finden.«

Sie haßte ihn für seine Zuversicht. In jeder Lage fiel ihm etwas ein. Es gab bei ihm immer ein ›Aber‹, das er dagegenhalten konnte. Ihre eigene Ansicht erschien ihr im Vergleich stets dumm und töricht. Narena hätte ihn dafür erneut schlagen wollen, doch sie wußte, daß es nichts änderte. Letztendlich hatte er trotz allem recht.

»Die Auslöser sind wahrscheinlich Berührungspunkte unter den Fliesen.« Er trat an die Türschwelle und faßte nach Narenas Hand. »Ich sage, wann wir loslaufen.« Sie hatte gerade genug Zeit, um zu begreifen, was er meinte, dann rief er etwas und zerrte an ihrer Hand. Überrumpelt hastete sie hinter ihm her, verfolgte das rußende Feuer, das im Luftzug zu erlöschen drohte, und stand mit einem Mal in einem zweiten Raum. In der Mitte war ein weiteres Standbild der Toten aufgestellt. Diesmal wirkte sie freundlicher, trug aufwendige Ballkleidung und lächelte versonnen. Sie machte eine einladende Geste.

Beklommen blickte sich Narena um. Etliche der Kacheln waren umgeklappt und im Boden verschwunden, aus dem überall lange, verrostete Dornen herausragten. Hätten sie sich vorsichtig und tastend in den Gang begeben, wären ihre Beine sofort durchbohrt worden.

»Die Technik ist alt. Vermutlich war sie nie sehr schnell, aber die Zeit wird das ihre dazugetan haben«, erklärte Wulfen ungefragt. Narena wollte es gar nicht wissen. Sie war froh, es hinter sich zu haben.

Winzige Truhen, wie Schmuckschatullen, standen in Nischen entlang der Wände. Sie hatten Beschläge aus Edelmetall und waren offensichtlich als Zierobjekte gedacht. Welche Grabbeigaben sie enthielten, war zu erraten, doch Narena hätte nie gewagt nachzusehen. Die Gewißheit, unschätzbare Reichtümer um sich zu haben, mochte sie zu etwas verleiten, was sie später bereuen würde. Die Anspannung, der sie ausgesetzt war, ihre Umgebung, die Seelensammler, die Fallen, der fehlende Schlaf, all das verwirrte sie zusehends. Noch vor wenigen Augenblicken hatte sie mit Wulfen gestritten, und jetzt tat sie, als wäre alles vergessen. Sie wünschte, es sei endlich vorbei. Dies war ein grausamer Alptraum, der sie tiefer und tiefer umfing, statt ihr allmählich die Rückkehr in die Wirklichkeit zu weisen, in die sie eigentlich gehörte.

Es wurde wieder heller in der Grabkammer, da Wulfen die letzten Flammen der Fackel benutzt hatte, um den Stab, den er zwei Tage zuvor im Wald geschnitten hatte, zu entzünden. In diesem Raum gab es nichts, das sich besser für eine Fackel geeignet hätte. Von der Statue und den Kästchen abgesehen war er völlig leer.

»Sollen wir hier nach dem Mechanismus suchen, den du erwähnt hast?«

»Nein. Er ist bestimmt in der Grabkammer. Die anderen Räume haben symbolische Bedeutung, und wie ich bereits sagte, würde es ein schlechtes Licht auf die Verstorbene werfen, wenn man in ihnen Fallen oder ähnliches angebracht hätte.« Er bemerkte Narenas fragenden Blick. »Die Kammer, durch die wir gekommen sind, ist das Bild der Welt, die vierte Schicht. Sie steht für die Macht und den Einfluß der Toten, für ihr Auftreten als Adlige. Die Zahl Vier ist für diese Kammer von besonderer Bedeutung, denn sie kennzeichnete Beständigkeit, eine feste Ordnung und dergleichen. In diesem Raum wird die Stellung der Toten innerhalb der Herrschaftsordnung dargestellt. Deswegen auch die schwere Rüstung; dieses Grab gehört einer Kriegerin.

Nach dem Bild der Welt kommt das Bild der Freunde. Es soll den Verstorbenen zeigen, wie er für diejenigen gewesen ist, die ihn kannten. Danach folgt das Bild der Nächsten und letztendlich das Bild der Götter, dort, wo der Leichnam aufgebahrt wird. – Laß uns weitergehen.«

Er öffnete einen Flügel der Tür, die zum nächsten Abschnitt des Ganges führte. Narena hörte das singende Geräusch von Metall oder einer Bogensehne und sah jenseits der Tür die Gestelle zweier Armbrüste. Wulfen keuchte.

Narena hatte erwartet, den Schaft eines Bolzens aus seiner Brust oder Seite ragen zu sehen, doch sie entdeckte keine Verletzung. Sie trat neben ihn und sah den Gang hinunter. Auf halber Strecke lagen die Reste eines Holzschafts und einer steinernen Spitze am Boden. Es sah aus, als wären sie während des Fluges zerbrochen.

Wulfens Atem ging schwer. Er stand neben ihr und blickte starr auf die Armbrust, die auf ihn zielte, sah zu dem Bolzen, den sie abgefeuert hatte. Das Entsetzen darüber, wie knapp er dem Tod entgangen war, hatte ihm jede Farbe aus dem Gesicht vertrieben. Er schien erst jetzt wirklich zu begreifen, was geschehen war.

Der Gang war nicht länger als drei Schritt. Am Ende standen die Schußwaffen, und dahinter öffnete sich ein Durchgang zur nächsten Kammer. Narena nahm Anlauf, überwand mit einem Satz die Distanz bis zu den Armbrüsten und nutzte den verbliebenen Schwung, um vollends in den Raum zu gelangen. Auf der zweiten Armbrust hatte noch ein Bolzen gelegen. Vermutlich wäre sie ausgelöst worden, sobald der andere Türflügel geöffnet wurde. Jetzt war der Bolzen heruntergefallen und lag gefahrlos unter den Gestellen. Narena vergewisserte sich, ob ein Magazin weitere Geschosse enthielt, doch sie konnte keine entdecken. Narena rief Wulfen zu, daß die Armbrüste keine Gefahr mehr darstellten.

Es dauerte eine Weile, bis sich Wulfen dazu durchrang, ihr zu folgen, aber schließlich standen sie beide in der Kammer, die jetzt Wulfens Fackel erhellte.

Der Raum maß nur vier Schritt in jeder Richtung. Wieder stand eine Statue in der Mitte, doch diesmal zeigte sie die Frau völlig unbekleidet. Sie schien schüchtern auf die Besucher herabzublicken, als wäre ihr deren Anwesenheit unangenehm, doch hatte der Bildhauer kein Anzeichen von Scham in ihren Ausdruck gelegt. Vielmehr zeigte sie offenherzig jeden Zoll ihres Körpers, als wären Wulfen und Narena tatsächlich die Nächsten ihres vergangenen Lebens gewesen.

Zu ihren Füßen standen zwölf Tiegel, jeder einem der Götter geweiht. Der größte von ihnen gehörte der Kriegsgöttin Rondra, dann folgten Praios und Travia. Die übrigen waren alle von derselben Größe. Offenbar hatten die bedeutenderen Götter in ihrem Leben auch reichere Gaben erhalten.

Aus dem Raum führte eine sanft ansteigende Treppe, über die man in die vierte Grabkammer gelangte. Das Licht von Wulfens brennendem Stab reichte nicht bis dort hinauf.

»Glaubst du, es gibt auf der Treppe weitere Fallen? Sie ist gerade einmal zwei Schritt lang. Sie gehört eher zu den beiden Räumen, als daß man sie als eigenständigen Gang bezeichnen könnte.«

Wulfen hatte den Schrecken noch nicht völlig überwunden. Seine Stirn war schweißnaß, und er rieb sich unsicher die Handgelenke. »Mag sein, daß es keine Falle mehr gibt. Aber genausogut könnte es eine geben. Wir sollten uns lieber vorsehen.« Er sah die Treppe hinauf. »Bisher sind wir einfach über alle Auslöser hinweg gerannt. Das Alter der Grabstätte hilft uns. Wäre sie unlängst angelegt worden, hätte uns längst etwas aufgehalten. Die Armbrüste beispielsweise. Ich hatte Glück, daß die Bolzen unter der Belastung zerbrachen.«

Narena nickte zustimmend und wandte sich wieder der Treppe zu, die es unversehrt zu überwinden galt. Der Höhenunterschied und die Stufen würden sie bremsen. Vielleicht würden sie fallen, wenn sie einen Absatz verfehlten und abrutschten. Trotzdem waren es nur wenige Schritte bis zum oberen Absatz, und was blieb ihnen schon anderes übrig? Sie mußten in die Grabkammer, um dort vielleicht die Quader am Eingang zu öffnen.

Diesmal führte sie Wulfen an den Anfang der Treppe und gab das Zeichen zum Start. Sie hasteten die Stufen hinauf, ohne daß etwas geschah, und sie erreichten die letzte Grabkammer, das Bild der Götter.

Sie bot kaum genügend Raum, um Narena und Wulfen gemeinsam aufzunehmen. An der Stirnwand stand wiederum eine Statue. Sie glich der Statue in der ersten Kammer, war jedoch nicht so fein gearbeitet wie die anderen. Es hatte fast den Anschein, als sei diese Statuette nur eine Hülle. Eine Hülle für den Leichnam der Kriegerin.

Auch diese Figur trug eine Rüstung, doch der Helm war einfacher gearbeitet, obwohl er stolze Hörner und Verzierungen trug. Er umrahmte das Gesicht, ohne es zu verbergen, und ließ so den friedlichen Ausdruck erkennen. Über dem Ruheplatz der Toten war eine Inschrift aus Zeichen, die Narena nicht kannte. Sie spürte die Bewegung an ihrer Seite, mit der Wulfen auf die Knie fiel, und neigte sich ebenfalls herab. Gemeinsam sprachen sie ein Gebet und baten Boron und den Leichnam um Verzeihung für ihr Eindringen.

Wulfens unmittelbare Nähe war ihr unangenehm. Sie berührten sich beinahe ständig an Armen und Schultern, genauso wie sie immer wieder an den Sarkophag stießen, sobald sie sich bewegten. Wäre ihr diese Berührung früher gleichgültig gewesen, als sie noch glaubte, Wulfen wäre nur ein flüchtiger Bekannter, mußte sie sich jetzt eingestehen, daß er mehr für sie gewesen war. Ein Mehr, auf das sie gern verzichtet hätte, selbst unter anderen Umständen. Jedesmal, wenn seine Körperwärme den kühlen Mantel ihrer Umgebung zerriß und sie berührte, wurde sie an ihr Vergehen erinnert. Nicht nur daran, was sie getan hatten, sondern auch daß es ihr gefallen hatte. Und warum. Hoffentlich fänden sie bald den Mechanismus, den sie suchten.

»Seltsam, daß sie Alt-Güldenländisch verwendeten statt die Sprache des Mittelreiches.« Wulfen stand auf und sah zu Narena herab. »Könntest du nach einem Hebel oder ähnlichem suchen, während ich versuche, die Inschrift zu entziffern? Ich möchte wissen, was sie bedeutet.«

Narena nickte zögernd. Er würde ohnehin darauf bestehen zu bleiben, bis er wußte, was dort geschrieben stand. Es hatte keinen Zweck, ihm zu widersprechen. Das hatte es nie gehabt.

Sie suchte zunächst die Wände ab. Anfangs begnügte sie sich damit, einen Blick auf jede Wand zu werfen. Als sie nichts entdeckte, klopfte sie mit dem Griff ihres Dolches gegen die Mauersteine. Wulfen las die Inschrift der Statue und rührte sich nur, wenn Narena gezwungen war, sich an ihm vorbeizuzwängen, um nicht auf die Treppe treten zu müssen. Sie entdeckte einen Stein, der sich hohl anhörte, und hob ihn vorsichtig mit der Klinge heraus. Dahinter befand sich ein Hebel.

»Ich habe den Mechanismus gefunden.«

»Einen Augenblick.« Wulfen sah nicht einmal zu ihr hinüber. »Ich bin gleich soweit. – ›Hier ruht Serina zu Ouvenmas, Hüterin der Ehre und der göttlichen Ordnung. Ihr Kampf gegen den Naaghot-Shaar fand ein rühmliches Ende. Möge sich ihr Leichnam jedem seiner Diener widersetzen, der bis zu ihr vordringt und ihre Ruhe stört. Die Zwölfe geben ihr die Kraft, das Schwert zu heben und zu strafen.‹«

»Schön. Eine Grabinschrift, die uns warnen soll. Das hätte ich dir vorher sagen können. Soll ich jetzt den Hebel umlegen oder nicht?«

»Aber warum ist sie auf Alt-Güldenländisch geschrieben? Und was ist der Naaghot-Shaar?«

»Das wirst du nie herausfinden, wenn wir hierbleiben und warten, bis das Feuer erlischt.« Sie legte die Hand auf den Hebel. »Kümmere dich um andere Dinge. Zum Beispiel könntest du dich fragen, ob die Seelensammler noch auf uns warten.«

Er riß sich von der Inschrift los und betrachtete den Mechanismus, den Narena gefunden hatte.

»Wenn die Quader und die Spieße in dem anderen Gang in ihren alten Zustand gebracht werden, brauchen wir bloß abzuwarten. Sollten die Seelensammler hereinkommen, werden sie die Fallen bestimmt auslösen. Wenn nichts geschieht, sind sie vermutlich nicht mehr da. Leg den Hebel um.«

Narena nickte bestätigend und folgte seiner Aufforderung. Der Hebel ließ sich nur schwer bewegen, fast so, als hingen Gewichte an ihm, doch schließlich kippte er nach unten und rastete ein. Aus der Dunkelheit hörte man in einiger Entfernung Quader über den Boden schleifen. Etwas knackte neben ihnen, doch als sie sich umsahen, entdeckten sie nichts. Die Kammer hatte sich nicht verändert. Das Geräusch war verstummt.

Wulfen stellte sich an die Treppe und hielt die Fackel weit vor sich, um den Gang auszuleuchten. Die Seelensammler würden schwer zu sehen sein, wenn sie kämen. Ihr schwarzer Körper würde sich in der Dunkelheit nicht abzeichnen, und ihre Schnelligkeit würde es ihnen erlauben, in dem Augenblick anzugreifen, in dem sie den Lichtkreis betraten. Narena sah, daß nicht nur sie den Dolch in der Hand hielt.

Eine Berührung in ihrem Rücken ließ sie zusammenzucken. Sie wirbelte herum und stieß die Waffe vor, doch der Stahl stieß nur auf den Deckel des Sarkophags. Erleichtert atmete Narena auf, doch sie erschrak erneut, als das Bild der Kriegerin langsam herumklappte. Eine knochige Hand, umwickelt mit vergilbtem, brüchigem Tuch, umfaßte die Kante der Deckplatte, drückte sie auf. Es kam Narena vor, als wären Ewigkeiten vergangen, bevor sie begriff, was geschah. Sie schrie vor Entsetzen, als ein dürrer Arm erschien und ein schartiges Breitschwert aus dem Sarg zerrte. Narena wich zurück, drückte Wulfen mit sich auf die ersten Treppenstufen. Die Mumie nutzte den freien Platz um vollends dem steinernen Abbild des Menschen zu entsteigen, der sie einmal gewesen war …

Ihr Körper war eingefallen, bot den um ihn gewickelten Tüchern nicht genügend Gegendruck, um sie zu halten. Sie rutschten herab, entblößten Knochen, die schwarz und brüchig geworden waren. Ein roter, faustgroßer Stein fiel durch die Rippen zu Boden, als hätte er auf diesen besonderen Augenblick gewartet, um von seinem angestammten Platz herabzufallen, an dem vor der Einbalsamierung das Herz gewesen war. Der Schädel verbarg sich unter den Tüchern. Die Kinnlade bewegte sich darunter, rutschte unruhig umher, als wolle sie den Stoff lösen. Schließlich griff eine Hand nach oben und zerrte den Kopf frei. Augen aus Aquamarin erschienen. Die Schädeldecke war gespalten und barg einen funkelnden Diamanten. Der Stoff fiel vollends herab, raubte der Kinnlade den Halt und riß sie mit sich. Sie schlug auf den Boden und zersprang.

Narena hörte Wulfens Aufschrei neben ihrem eigenen. Die Mumie gab ein kratzendes Grunzen von sich, als bemühe sie sich, etwas zu sagen, doch die verfaulten Stimmbänder verschluckten jedes Wort. Wütend schlug die Leiche das Schwert gegen den Sarkophag.

Das nächste, woran sich Narena erinnerte, war, daß sie neben Wulfen einen Gang entlang lief. Sie stürmten auf eine offene Tür zu, stolperten an einer Statue in prunkvollen Kleidern vorbei und hasteten über einen weiteren Gang, ließen das Muster aus farbigen Fliesen hinter sich. Sie eilten an der Kriegerin mit dem fauchenden Helm vorbei, ohne sie eines Blickes zu würdigen. Das Licht flackerte, als versuche es, mit aller Anstrengung am Leben zu bleiben. Narena sah einen hellen Umriß vor sich, rannte weiter die Treppe hinauf, stieß immer wieder mit Wulfen zusammen, der neben ihr lief, bis sie die Halle erreichten und der Platz geräumiger wurde.

Narena zwang sich anzuhalten, musterte die Umgebung. Der Leichnam konnte ihnen unmöglich in dieser Geschwindigkeit gefolgt sein. Er wäre gewiß längst auseinandergefallen. Die Seelensammler waren nicht zu sehen.

Wulfen stürmte weiter. Er hatte seine behelfsmäßige Fackel fallen gelassen. Erst am herausgerissenen Gittertor blieb er stehen, um auf Narena zu warten.

»Komm! Hier sind wir nicht sicher!« Er machte ein

paar Schritte nach draußen, um sie zur Eile zu treiben, und sie folgte ihm.

»Zum Haus auf dem Hügel! Hinter der Nebelwand!« Sie rannte voraus, bis er sich an den Rundbau mit dem Relief der Goblinschlacht erinnerte und zu ihr aufholte. Sie liefen die Straße entlang, folgten ihr die Anhöhe hinauf und sprangen durch die Nebelwand über das warme Wasser hinweg. Das Gebäude blickte trutzig auf sie herab, warf seine ganze Bedrohlichkeit in diesen einen Augenblick, doch Narena achtete nicht weiter darauf. Sie zerrte Wulfen zu dem offenstehenden Eingang und schlug hinter sich das Tor zu. Einer der Seelensammler grinste sie bläulich an.

*

Die gewölbten Außenmauern des Rundbaus zogen sich annähernd zehn Schritt in die Höhe und gingen in eine kupferne Kuppel über, die vom ständigen Einfluß des Wetters grün geworden war. Zwei Reihen von dürren Aussparungen im Gestein teilten das Gebäude in Stockwerke. Der Übergang schien für einen außenstehenden Betrachter fließend zu sein. Die Reliefs zeichneten ein bewegtes Bild über die gesamte Fläche, machten eine Abgrenzung zwischen oben und unten schwer, da es für die überlebengroßen Gestalten nur eine Ebene gab. Menschen kämpften von rechts gegen ein Heer aus Goblins, schlugen sich einen Weg durch ihren halb-animalischen Widerstand.

Im Inneren zog eine Galerie eine deutliche Grenze durch den Raum. Treppen zu beiden Seiten einer Rampe verbanden den Erdboden mit dem Balkon in etwa fünf Schritt Höhe. Die Rampe führte in einer schwungvollen Bewegung hinab in die Grabgewölbe, als wollte sie den Blick auf das schwarze Loch lenken, aus dem unvorstellbare Ungeheuer oder Monstren von einem Moment zum anderen erscheinen mochten, und das dennoch das Tor zu einem der heiligsten Orte der Welt darstellte. Es war, als bediene es sich seines Schreckens, um etwas unberührt Reines zu erhalten.

Die Geschichte des Bornlandes begann mit dem Auftreten eines Goblins, eines Herrschers, der die unwirtliche Wildnis zu einem Reich einte. Sein Volk aus rotbepelzten Halbmenschen fand eine Gesellschaftsform, in der den Weibchen höhere Bedeutung zugemessen wurde als ihren übrigen Artgenossen, und daher wurde der erste Staat zwischen den Flüssen Born und Walsach von einer Frau gegründet. Ihr Name war Kunga Suula, und sie legte den Grundstein für ein zivilisiertes Reich. – Allein die Distanz von annähernd tausend Jahren machte diesen Gedanken so weit erträglich, daß er von den Menschen akzeptiert werden konnte.

Die Sagen der Goblins beschrieben sie als Zauberin, als Beherrscherin weltlicher und arkaner Kräfte, als eine der ihren, die dennoch dem Tod zu trotzen vermochte und zwei Jahrhunderte ihr Volk regierte. Den Menschen erschien die Vermutung glaubwürdiger, die Nachfolgerin der ersten Kunga Suula habe ihren Namen als Titel übernommen und weitergegeben, bis die letzte dieser Reihe in der Schlacht von Wjassuula von der Welt genommen wurde.

Die gesammelte Kraft der Goblins hatte nicht vor den damaligen Grenzen menschlicher Siedlungen haltgemacht. Sie drohte selbst die Hauptstadt der Grenzmark Drachenstein zu überrennen.

Tiefer im Süden und in früherer Zeit hätten bereits einmal Goblins ein Land in Schutt und Asche gelegt, wäre nicht ein Orden von Kriegern und Rondra-Geweihten gegründet worden, der sich ausschließlich darum bemühte, dieser Gefahr Einhalt zu gebieten. Sein Gründungsort und Namensgeber war das Theater der Stadt Arivor gewesen.

Kaiser Gerbald war gezwungen gewesen, diesen

Orden nach Drachenstein zu berufen, um seine Untertanen zu schützen, und der ausgehandelte Preis für den Feldzug gen Norden war das Land jenseits des Borns gewesen. Die Theaterritter hatten ihren neuen Besitz geschleift, Wehrburgen gegründet, die sie als Ausgangspunkt nutzten, um über die Goblins herzufallen und ihr Reich zunichte zu machen. Die Kämpfe hatten siebzig Jahre gedauert, bevor die Heere in Wjassuula zur letzten Schlacht aufeinandertrafen. Die herrschende Kunga Suula war angesichts der gläubigen Krieger von Rondra ergriffen und über den Rand der Welt geworfen worden, noch bevor die Menschen sie erreichen konnten. Der Kampf hatte in einem blutigen Gemetzel unter den Verlierern geendet.

Die Macht des Theaterordens war bereits hundert Jahre später gebrochen, doch sein Erbe hielt sich als Grundfeste des Bornlandes. Die Nachfahren der Theaterritter hatten die Rechte des Adels erworben, indem sie die Einigung der Goblins zerschlugen und sie durch eine andere Ordnung ersetzten. Die Kunga Suula hatte ein unabhängiges, verbündetes Land geschaffen, wenn auch auf Kosten ihres eigenen Volkes.

Ebenso vergeblich war ein anderer Überfall aus den Schatten, der von einem erschrocken emporgerissenen Arm blockiert wurde. Die nächste Bewegung war schnell, zielte nach einer anderen Stelle, schlug gegen Narenas Seite und raubte ihr den Atem. Sie brach haltlos zusammen. Der Seelensammler wollte sich über sie beugen, tun, was immer er tun mußte, um ihren Geist in sich aufzunehmen. Tränen verschleierten ihren Blick, doch sie erkannte Wulfen, der seinen Dolch in den Rücken des Wesens stieß. Ein Irrlicht heulte auf. Der schwarze Körper wandte sich von ihr ab.

Mühsam zwang sie sich in die Höhe. Sie bekam keine Luft, hörte sich selbst röchelnd husten. Sie zückte ihre eigene Waffe. Die Schwere des Metalls zog ihre Hand herunter, machte es ihr unmöglich, die

Waffe zu führen. Narena sah an sich herab, hatte das Gefühl, alles würde schwanken, sich um sie drehen.

Eine Gestalt zischte an ihr vorbei. Sie erkannte nicht, wer es war, sah nicht mehr als Flecken, die in ihren Augen verschwammen und sich weigerten, ein zusammenhängendes Bild zu formen. Die Geräusche waren verzerrt. Die Töne des Irrlichts, die aus dem Seelensammler drangen, schienen aus allen Richtungen zu kommen, sirrten um Narena, als wären sie Wesen mit einem eigenen Willen. Ihr ungezügelter Reigen wirbelte um sie herum, verband sich zu einem Kreis, der seine Größe verlor, in sich zusammenfiel, bis er sich auf einen Punkt in ihrem Kopf richtete. Das Getöse raubte ihr beinahe die eben zurückgewonnene Fassung, doch die Laute waren jetzt klar. Sie hörte Wulfen um Hilfe brüllen, nahm die geisterhafte Stimme des Seelensammlers aus der gleichen Richtung wahr.

Wulfen lag auf der Erde. Seine Arme versuchten die Gestalt zurückzuhalten, doch sie wich ihm immer wieder aus und nutzte jede Gelegenheit, die sich bot, um ihrerseits nach Wulfen zu schlagen. Er hatte seinen Dolch längst verloren, war nicht in der Lage, danach zu greifen und gleichzeitig den Angreifer abzuwehren.

Narena strauchelte an den Kämpfenden vorbei und hob Wulfens Waffe auf. Mit einem Dolch in beiden Händen baute sie sich hinter dem Seelensammler auf, sammelte sich für einen günstigen Augenblick, sprang vor und zog die Klingen rechts und links über den Hals des Wesens. Die Schwärze gab nach, sog den Stahl in sich hinein, bis Narena von ihr abließ. Das Schimmern des Irrlichts drang durch die Wunden, und ein lautes Wimmern ertönte. Verzweifelt stieß Narena die Dolche in den Rücken des Seelensammlers, trieb sie in die Stellen, die einen Menschen getötet hätten, ohne darüber nachzudenken, daß diese Kreatur keinen vergleichbaren Körperbau haben mochte. Dennoch sank die Gestalt in sich zusammen, kippte über Wulfen und löste sich auf. Das Irrlicht riß sich schreiend los und floh aus dem Gebäude.

Narena sah keuchend auf Wulfen hinab, ohne sich zunächst bewußt darüber zu sein, daß sie den Kampf gewonnen hatten. Etwas lag noch immer unter ihr, wehrlos, aber es mochte jederzeit aufspringen und sie mit sich reißen. Die Dolche zitterten. Ihre Spitzen wiesen auf die Gestalt, die mit nur einer Regung ihren Tod wählen würde. Es gelang Narena endlich zu atmen. Ihr Blickfeld gewann die alte Klarheit zurück.

»Narena?«

Erst jetzt erkannte sie, wen sie bedrohte. Sie sah auf die Messer in ihren Händen, dann auf Wulfen. Sie fragte sich, ob sie tatsächlich bereit gewesen wäre, ihn zu töten.

»Narena? Du hast ihn getötet. Es ist vorbei.« Sein Tonfall war fragend, als wolle er abschätzen, ob sie die Lage begriff.

Sie steckte einen der Dolche weg, den anderen reichte sie Wulfen und wandte sich von ihm ab. Die Sonne warf Dreiecke durch die schmalen Scharten im Gestein, doch es blieb dämmerig in dem Grabmal. Für das unbelebte Gemäuer hatte sich nichts verändert, war nichts geschehen, aber Narena spürte die Erschöpfung in jeder Faser ihres Körpers. Sie hatte seit Ewigkeiten nicht geschlafen, und die Anstrengungen der vergangenen Stunden hatten sie völlig erschöpft, ihre letzten Kräfte verbraucht. Sie hätte augenblicklich einschlafen können, doch sie fürchtete sich. Die Umgebung bereitete ihr Unbehagen. Diese Insel war kein Ort für die Lebenden. Die Tage zwischen den Jahren waren keine Zeit für die Lebenden. Beides zusammen bedeutete Vernichtung. Sie hätten es viel früher erkennen müssen.

*

Narena hatte Stunden damit verbracht, auf einer Treppe zu sitzen und ins Leere zu starren. Vielleicht war sie eingeschlafen, doch sie hatte es nicht bemerkt, und der Schlaf hatte ihrem Körper nichts zurückgegeben. Sie fühlte sich, als wäre alles in ihr ausgelöscht, verbrannt, und jeder Muskel weigerte sich hartnäckig, auch nur eine Bewegung auszuführen.

Wulfen versuchte, sie wachzurütteln, doch Narena hatte ihn nicht beachtet. Er sollte sie endlich in Ruhe lassen. Er war schuld, daß sie die Tage des Namenlosen nicht in Drauhag verbrachten. Jetzt sollte er zusehen, wie er sie herausholte. Es war seine Sache. Mit ihrer Hilfe brauchte er nicht zu rechnen.

Er verließ den Rundbau, nachdem er es aufgegeben hatte, sich um Narena zu kümmern. Es verstrich einige Zeit, bevor er zurückkehrte, und er schien etwas mitzubringen. Narena brachte nicht genügend Interesse auf, um ihren Kopf zu drehen und zu sehen, was es sein mochte. Es war zu anstrengend, auf ein festes Ziel zu schauen. Die Unendlichkeit, in die sie sah, war ungleich angenehmer.

Der Geruch von gekochtem Gemüse und aufgewärmtem Pökelfleisch breitete sich aus, kroch unbemerkt an Narena heran und erinnerte sie an den Hunger, den sie verspürte. Mühsam löste sie sich aus ihrer Benommenheit.

Wulfen musterte sie unauffällig, entschied sich angesichts der Zielstrebigkeit, mit der sie sich dem Essen zuwandte, zu schweigen. Narena setzte sich weitab von ihm nieder und begann die Mahlzeit gierig in sich hineinzuschlingen. Er ließ sie in Ruhe, selbst als sie sich zum Schlafen hinlegte und ihm somit die erste Wache aufzwang. Es war ihr gleichgültig, was Wulfen tat oder nicht tat.

Er weckte sie vorsichtig. Die Nacht war hereingebrochen, vermutlich war es weit nach Mitternacht. Sie rieb sich die Augen, reckte sich, bis sie wach genug war, um nicht an Ort und Stelle wieder einzuschlafen, und ging dann zum Feuer hinüber. Wulfen wickelte sich in eine Decke und drehte sich von Narena weg.

Der Morgen näherte sich nur langsam, während sie Wache hielt. Es zeigte sich keine Veränderung in dem schwachen Licht von Mond und Sternen, das durch die Wolkendecke drang. Sie wußte nicht, ob es die Nacht selbst war, die sich weigerte, die Sphären zu verlassen, um der Sonne ihren Platz zu übergeben, oder ob es an der lustlosen Trägheit lag, mit der Narena in die Flammen starrte. Sie war so tief in sich selbst versunken, daß sie das Feuer erst im letzten Augenblick mit einem Stück Holz rettete. Sie besaß nicht genügend Aufmerksamkeit, um sich und Wulfen zu bewachen. Sogar eine Horde stampfender Riesen wäre unbeachtet herangekommen.

Als die Sonne endlich den Rand der Welt, der hinter den Nebeln der heißen Quelle verborgen war, zum Glühen brachte, hatte Narena sich wenigstens soweit zusammenreißen können, daß sie nicht länger dahindämmerte. Sie war wieder in der Lage, klare Gedanken zu fassen, obwohl sich ihre Regsamkeit auch weiterhin auf das Nötigste beschränkte.

Wulfen reckte sich, als die Dunkelheit zurückwich, und erwachte langsam. Sein erster Blick galt Narena. Sie nickte ihm zu. Das Sprechen fiel ihr schwer. Die Worte klangen steif, als hätte ihre Stimme vom mangelnden Gebrauch die Übung verloren. »Ich bin in Ordnung.«

Sein Lächeln versuchte aufmunternd zu sein, doch es war viel mehr vorsichtig und zurückhaltend. Als wüßte er nicht, in welchem Ausmaß Narena wieder durch menschliche Nähe belastbar war. Offensichtlich bemühte sie sich, selbstsicher zu wirken.

»Es sind nur noch zwei Tage, Narena. Das Schlimmste haben wir hinter uns.«

Sie sagte nichts. Statt dessen stocherte sie mit einem

Stock in der Glut herum. Die Spitze wurde erst grau von der Asche, dann färbte sie sich schwarz und entzündete sich. Narena zog den Stock zurück und drückte die Spitze gegen den Steinboden. Die Flamme erlosch.

»Was ist danach?«

»Was soll danach sein?« Wulfen runzelte die Stirn, als erwartete er eine Fangfrage. »Wir verlassen die Stadt der Toten. Was sonst?«

»Und wohin gehen wir? Nach Drauhag können wir nicht. Die Boroni wird uns die Schuld geben für das, was hier geschehen ist. Ich kann es ihr nicht verübeln. Ich bin mir selbst nicht sicher, ob ich uns nicht dafür verantwortlich mache.« Wulfens Schulterzucken reizte sie. »Meinst du etwa, daß es genauso schlimm gewesen ist, wie jedes Jahr? Das Haus der Geweihten wird wahrscheinlich jedesmal zerstört! Gräber werden immer von Lebenden betreten! Tote ständig in ihrer Ruhe gestört! Oder ist das zufällig unser Verdienst, Wulfen?«

»Dein Spott macht es nicht besser. Natürlich hat unsere Anwesenheit Auswirkungen. Aber woher willst du wissen, daß es nur schlechte sind? Die Frau, die wir verfolgt haben, hätte Schlimmeres anrichten können. Vielleicht tut sie es sogar noch, aber womöglich hindern wir sie auch an ihrem Vorhaben. Unsere Gegenwart kann sie stören, hat sie womöglich sogar vertrieben. Warum sonst haben wir keine Spur von ihr gefunden?

Es ist völlig normal, daß die ganze Welt verrückt zu spielen scheint, wenn das alte Jahr endet und das neue nicht fähig ist zu beginnen. Es ist widernatürlich. Der Namenlose hat die Gesetze der Zeit zerrissen. Seine Diener können ungehindert in diese Welt eindringen. Nicht nur hier, sondern überall. Wahrscheinlich treibt sie unsere Anwesenheit dazu, mehr Schaden anzurichten, als üblich, aber wir sind dafür nicht verantwortlich.«

»Wäre es dann nicht vernünftiger zu gehen?«

»Wir sind nicht im Mittelreich! Du kannst nicht einfach so tun, als wären es ganz gewöhnliche Tage. Der Namenlose nutzt seine ganze Kraft, um gegen die Ordnung der Zwölfgötter anzukämpfen. Dämonen, Untote und Geister sind nicht seine einzigen Diener. Es gibt kein Tier, das in dieser Zeit nicht außer Rand und Band ist. Ihr Wille ist nicht stark genug, um sich ihm zu widersetzen. Wenn wir die Stadt der Toten verlassen, werden wir nicht weit kommen. Das Bornland ist voll von Wölfen, Rantzen und Bären, die für gewöhnlich harmlos sind, aber während der Tage des Namenlosen über alles Menschliche herfallen, das sich in ihr Gebiet wagt. Wir sind hier sicherer.«

»Eine seltsame Sicherheit, wenn mindestens zwei Seelensammler in der Nähe sind, und eine beliebige Anzahl von anderen Geistern und Dämonen. Ich fühle mich geborgen wie in den Armen meiner Amme!«

Wulfen schnaubte. »Du würdest anders darüber denken, wenn auch nur einer deiner ›Dämonen‹ tatsächlich in diese Gattung fallen würde. Was wir bisher gesehen haben, waren Unholde, magische Kreaturen. Keines von ihnen war ein Dämon. Vielleicht war die Erscheinung, die aus dem Blitz entstanden ist, das Gebilde aus Feuer und Wasser, ein dämonisches Wesen. Wir können froh sein, daß wir es nicht erfahren haben. – Es bringt nichts, darüber Vermutungen anzustellen. Wir sollten uns besser überlegen, wie wir das Neue Jahr beginnen. Nach Drauhag zurückzugehen, wäre töricht.«

»Und trotzdem ist es die einzige Möglichkeit. Wir haben keine Vorräte und keine Pferde. Wir werden der Boroni ohnehin in die Arme laufen, wenn wir am ersten Praios die Toteninsel verlassen. Selbst wenn wir sie umgehen, wird sie bald danach sehen, was hier vorgefallen ist, und uns suchen lassen. Wir hätten die namenlosen Tage in Drauhag verbringen müssen.

Wahrscheinlich hat sich die Geweihte längst ein eigenes Bild über uns zurechtgelegt.«

»Wir werden Drauhag weiträumig umgehen. Am besten im Osten. Ilmenstein und Eschenfurt streiten sich seit Generationen um Drauhag. Der Wirt der *Wildgans* hat mir von einem alten Vertrag erzählt, der nicht eindeutig ist. Die Geweihte sucht sicherlich bei der einen oder anderen Partei um Hilfe. Folglich können wir weder nach Westen, noch nach Süden gehen. Im Norden gibt es keine festen Siedlungen. Uns bleibt nur der Weg nach Notmark. Von dort können wir über den Walsach nach Festum zurückkehren, ohne in die Nähe Ilmensteins oder Eschenfurts zu gelangen.«

Narena überdachte seine Pläne. Wulfen bot ihr eine Möglichkeit, die verzwickte Lage, in der sie steckten, geschickt zu meistern. Und er schien zuversichtlich, auch ohne Pferd und Proviant das Ziel erreichen zu können. Sie erinnerte sich an den Geldbeutel, den er immer noch bei sich trug. Das Gold mochte ihnen den Platz in einer Kutsche und später an Bord eines Flußschiffes sichern. Allmählich bekam sie wieder Zuversicht, das Bornland unbeschadet zu verlassen.

»Wir müssen also noch bis übermorgen durchhalten.« Narena stand auf, trat an eine der schmalen Öffnungen im Mauerwerk und sah hinaus. Die Blumen und die Weide gaben dem Hügel einen Anschein von Leben, als gehöre er nicht zur Stadt der Toten. Dennoch ließ sich nicht leugnen, wo sie waren. Der Rundbau selbst bot Erinnerungen genug. »Zwei weitere Tage in dieser Umgebung. Ich glaube, ich kann nie wieder einen Boronanger betreten, wenn wir diesen hinter uns gelassen haben. Ich würde hinter jedem Grabstein einen Seelensammler erwarten.« Sie warf noch einen Blick nach draußen und wandte sich Wulfen zu. »Haben wir eigentlich Wasser?«

Wulfen nickte – für Narena völlig überraschend. Es wäre nicht verwunderlich gewesen, wenn er nicht gewagt hätte, außer ihrer kläglichen Ausrüstung auch noch Wasser von der Quelle am Haus der Boroni zu holen. Narena hätte nicht einmal den Proviant geholt.

»Inzwischen hat es sich soweit abgekühlt, daß es nicht mehr schal und abgestanden schmeckt. Willst du einen Schluck? Es ist aus der heißen Quelle an der Nebelwand.« Er reichte ihr einen Becher, den er zuvor in den Eimer getaucht hatte. »Als ich unsere Sachen holte, hätte ich beinahe vergessen, daß wir so nahe am Wasser sind, obwohl ich darübergestiegen bin.«

*

Sie war in ein feuchtes Zimmer irgendwo unter der Erde gebracht worden. Mjeska saß lächelnd auf einem einfachen verstaubten Bett. Ihre Finger spielten mit einer Fluse, die sie zusammenrollten, auseinanderzogen, dann wieder um Zeige- und Mittelfinger flochten. Irgendwann riß der dünne Faden, und die Hände suchten nach einem neuen Spielzeug, während Mjeska starr auf die kahle Wand blickte. Sie hatte ein Muster entdeckt, das sich in den scheinbar willkürlichen Linien des Gesteins verborgen hatte. Sie konnte es deutlich erkennen, obwohl sie Ewigkeiten gebraucht hatte, bis es ihr aufgefallen war. Stolz erforschte sie das Bild, das sich vor wenigen Augenblicken das erste Mal bewegt hatte. Die Zeichnung eines Drachen mit viel zu großen Füßen und einem kupierten Schweif tanzte hinter einem Ball her, der über die Wand sprang und dabei immer wieder mit den Mörtelspuren des Mauergesteins zusammenstieß. Der Ball prallte davon ab, sprang in eine andere Richtung und zog somit den Drachen ständig hinter sich her. Die kleine Echse schnappte mit dem Maul, wenn der Ball in ihre Nähe kam, doch sie erreichte ihn allenfalls mit der Nase und erzeugte so neue Richtungsänderungen. Mjeska amüsierte sich köstlich, während sie dabei zusah. Sie fragte sich, warum sie so etwas früher nie gesehen hatte. Der Drache trat sich mit den Hinterbeinen auf die Vorderfüße und fiel sich überschlagend mit der Schnauze voran hin. Der Ball sprang über den Mörtel zum nächsten Stein, blieb dort liegen und schlug sich vor Lachen auf die Knie. Plötzlich hatte er Arme und Beine bekommen, jedoch keinen Kopf, und sprang kichernd auf und ab. Der Drache verkroch sich jaulend im Gestein.

Mjeska bedauerte, daß sie über ihn gelacht hatte. Es war nicht fair gewesen, ihn für seine Tolpatschigkeit auszulachen. Schließlich konnte niemand etwas für die Größe seiner Füße.

Sie weinte ein paar mitleidige Tränen, dann lenkte sie das Auftauchen einer kleinwüchsigen Gestalt ab, die sich neben ihrem Bett materialisierte. Sie hatte eine ungewöhnliche Pfeife im Mundwinkel hängen, die große Ähnlichkeit mit einer Maus besaß. Die Gestalt sog an ihrem Schwanz, als wolle sie die Innereien des Tieres durch einen Strohhalm schlürfen, sah dann zu Mjeska auf und griff in die Tasche ihrer gesteppten Jacke. Eine zweite Maus zappelte in der Hand des Fremden. »Möchtest du auch Mäuse melken?« Mjeska wußte nicht genau, ob sie wollte. Entscheidungen fielen ihr seit neuestem besonders schwer. Es war so umständlich, das Für und Wider abzuwägen. Lieber wäre es ihr gewesen, das Männchen hätte sie einfach gezwungen, es zu tun oder zu lassen. Was hatte es eigentlich gewollt? Mjeska hatte es bereits vergessen, und bevor sie die Gestalt fragen konnte, war sie verschwunden.

Ihr Leben hatte eine seltsame Wendung genommen. Mjeska wußte, daß es nicht immer so gewesen war wie jetzt. Früher hatte sie nie Drachen oder mäusemelkende Wesen gesehen, doch sie war außerstande zu sagen, wann dieses Früher geendet und das Jetzt begonnen hatte. Es war so und es konnte recht unterhaltsam sein, zu beobachten was geschah. Jedenfalls ersparte es ihr die mühselige Beanspruchung ihrer Entscheidungskraft, die sie in der Vergangenheit ständig benutzt hatte. Soviel wußte sie noch genau.

Irgendwo öffnete sich die Wand zu einer mannsgroßen Öffnung, aus der ein Gewand hereinspazierte. Über seiner Halsöffnung schwebte ein Ei mit Nase und einem Auge. Die Kutte näherte sich ihr, und das Ei folgte, als gehöre es dazu. Mjeska sah sie beide erwartungsvoll an.

Rogoff stellte den Teller, den er mitgebracht hatte, auf den Nachttisch und setzte sich zu der Frau aufs Bett. Der Ausdruck, der in ihrem Gesicht lag, schien auf etwas völlig anderes hinzuweisen als auf die Wirklichkeit. Er bezweifelte, daß sie ihn erkennen würde, selbst wenn er sie ansprach oder sie berührte. Die Droge, die er ihr verabreichte, war zuverlässig. Solange sie sie regelmäßig einnahm, würde sie zu keiner vernunftbegabten Handlung fähig sein.

»Setz dich still hin und iß.«

Sie kniete sich im Bett hin, sah an ihm vorbei auf irgendein Trugbild und begann zu kauen, bevor sie überhaupt etwas von dem Essen genommen hatte.

Rogoff schüttelte den Kopf. Im Augenblick hatte Mjeska allenfalls die geistigen Fähigkeiten eines Hundes und die Eigenständigkeit eines Bergmassivs. Er schob ihr einen Löffel Kaschka in den Mund, als sich eine Gelegenheit dazu ergab. Ein wenig blieb an ihren Lippen hängen, doch der Großteil gelangte an sein Ziel. Mjeska biß einmal auf den Stil des Löffels, dann begriff sie die Veränderung und stellte sich auf die tatsächliche Nahrungsaufnahme ein.

Sie aß, bis der Teller leer war. Er hatte sich keine große Mühe gegeben, den Brei aus Buchweizen zu würzen. Es war lediglich wichtig, daß sie genügend aß, um am Leben zu bleiben. Gleichzeitig versorgte er sie so mit einer gleichbleibenden Dosis der Droge. Er benutzte dazu Rauschgurken, die einfach unter das Essen zu mischen waren. Sie wuchsen ursprünglich im südlichen Teil Aventuriens, doch es gab auch Züchtungen, die im Bornland gediehen. Hier bekamen sie weniger Sonne, und vielleicht war das der Grund, warum sie eine geringfügig veränderte Wirkung besaßen. Neben der Sinnestrübung hatten gewöhnliche Rauschgurken eine kräftesteigernde und belebende Wirkung, doch die bornische Sorte bewirkte eher ein stumpfsinniges Ergeben in die Auswirkungen der künstlichen Euphorie.

Rogoff war es gelungen, die Wirkungsdauer der Droge mittels Magie zu verlängern. So brauchte er nur eine einzige Rauschgurke in zwei Tagen an Mjeska zu verfüttern. Er konnte es sich nicht leisten, daß sie auch nur einen einzigen Augenblick bei vollem Bewußtsein war. Es wäre zu gefährlich, Mjeska sich selbst zu überlassen. Der Namenlose sollte seine Kraft ungestört in den Körper der Frau übermitteln können, um das Kind zu formen. Wahrscheinlich war der Verborgene Herrscher in der Lage, selbst dann gegen den Willen eines Menschen anzugehen, wenn sein Bewußtsein zuvor nicht getrübt worden war. Aber Rogoff wollte es nicht darauf ankommen lassen, wie stark Mjeskas Glauben an die Zwölfgötter war und wieweit sie sich ihrer Bestimmung widersetzen konnte, wenn man ihr die Gelegenheit dazu gab.

Er hatte nach den Sternen gegriffen, als er dem Namenlosen dieses Geschenk angeboten hatte. Wenn es gelang, würde er eine unermeßliche Belohnung erhalten. Andernfalls würde seine Seele auf ewig in den Folterhöllen des Purpurnen um Gnade winseln. Das Wagnis war hoch, doch der Lohn würde höher sein. Er durfte nur keinen Fehler machen.

Mjeska winselte erschrocken auf. Eine Veränderung ihrer Verwirrung begann, und es war unverkennbar, daß sie diesmal beängstigend war. Die Frau kroch bis an den Rand ihrer Schlafstätte zurück und vergrub sich unter der Decke, während die aufgerissenen Augen jeden Winkel des Raumes musterten, unsichtbare Schreckgestalten verfolgend.

Rogoff wurde neugierig. Gefühle wie Angst oder Entsetzen zogen ihn magisch an, reizten ihn, spielten mit seinen eigenen Gefühlen und erzeugten seltsame Wirkungen. Es war ein sinnliches Verlangen, Teil dieser Alpträume und Schrecken zu sein. Das war die Art von Macht, die sein ständiges Ziel war und die er als Gegenleistung für seine Dienste zu erlangen hoffte. Nur wer die Welt in Panik versetzte, erlangte wirkliche Unsterblichkeit. Die Menschheit fürchtete sich noch immer vor der Rückkehr des Schwarzmagiers Borborad, obwohl sein Tod schon viele Jahrhunderte zurücklag. Trotzdem war seine Seele immer noch lebendig und spukte in den Ängsten dieser Zeit. Wenn es Rogoff gelang, ähnliches zu erreichen, würde er auf ewig in wildem Rausch durch die Sphären schwelgen und niemals wirklich sterben. Der Namenlose würde ihm diese Macht geben, sobald sein Kind geboren war. Diese Frau machte es möglich.

Er stellte sich an das Fußende des Bettes und betrachtete Mjeska. Sie schien ihn überhaupt nicht zu bemerken, blickte ängstlich an die Decke, als habe das Grauen dort ein Zentrum gebildet, das jederzeit über sie herfallen konnte. Selbstzufrieden riß er ihr die Decke weg. Sie wurde unruhig, versuchte irgend etwas zu finden, unter dem sie sich verstecken konnte, riß an dem Laken, auf dem sie saß. Rogoff hielt den Stoff fest und genoß das Gebaren der Frau, die unvermittelt die Arme gegen die Luft drückte, als würde sie sich gegen einen Gegner wehren. Wenige Augenblicke später sank sie bewußtlos zusammen.

Es sah aus, als wären ihre Träume mehr gewesen als eine Folge der Rauschgurke. Vielmehr schien es eine Vision gewesen zu sein, ein unmittelbares Einwirken des All-Herrschers, der begann, sein Kind zu prägen.

Es wäre ein gutes Omen für Rogoffs Pläne, und die Art und Weise, wie Mjeska dieses Ereignis erlebte, schien dies zu bestätigen. Die Vision trug die Handschrift des Purpurnen. Rogoff hatte deutlich gespürt, wie sehr er ein Teil dieses Schreckens hatte werden wollen. Der Mächtige Dunkle hatte sein Geschenk angenommen.

Mjeska erwachte langsam aus ihrer Benommenheit. Sie räkelte sich, als habe sie Stunden geschlafen, blieb dann liegen und ließ die Augen geschlossen. Leise summte sie ein Lied vor sich hin. Sie wirkte, als habe sie alles vergessen, was vor wenigen Minuten geschehen war.

»Sing lauter!« befahl Rogoff. Sie hatte keine schöne Stimme, und die Töne kippten, wenn das Lied schwieriger wurde, doch er wollte wissen, woran die Frau gerade dachte. Der dauerhafte Einfluß der Rauschgurke hatte Auswirkungen auf ihren Zustand, die bisher von niemandem erforscht worden waren. Die Psyche jenseits des Willens war weitgehend unbekannt, obwohl sie das Ziel aller Beherrschungszauber war. Wenn es gelang, sie soweit zu erkunden, daß sie unmittelbar angesprochen werden konnte, wäre es ein leichtes, in Zukunft jeden noch so willensstarken Menschen unter magische Gewalt zu zwingen. Es wäre eine Umwälzung des Zauberwesens, auch wenn er nicht glaubte, daß Mjeska allein die entscheidenden Hinweise liefern würde. Er würde später weitere Forschungen betreiben.

*

»Hörst du das?« fragte sie Wulfen. Narena meinte eine schwache Melodie zu hören, die plötzlich durch die Stille der Toteninsel sickerte, als wäre sie Sand in einer Uhr. Sie hatte den Eindruck, es wäre Gesang, doch es war nur eine Ahnung. Worte waren nicht zu verstehen, nicht einmal herauszufiltern. Der Großteil des Geräusches war ein nicht von einander zu trennendes Auf-und-Ab von leisen Tönen. Narena stand auf und schritt durch das Gebäude, um eine Richtung zu suchen, in der die Melodie lauter wurde. Wulfen sah sie mit gerunzelter Stirn an.

»Was soll denn sein?«

Sie antwortete nicht, besann sich weiter darauf, den Ursprung zu finden. Schließlich blieb sie vor der Rampe stehen, die in die Grabkammer führte. Es konnte nicht sein, daß der Gesang hierher kam. Sie waren schon fast einen Tag hier und hatten nichts aus den Gewölben unter ihnen gehört. Sie mußte sich täuschen. Narena ging erneut in dem Rundbau umher, doch so ungern sie es sich eingestand, die Geräusche kamen aus der Dunkelheit jenseits der abfallenden Ebene.

Plötzlich stand Wulfen neben ihr. »Was suchst du?«

Sie legte den Finger an den Mund und wies auf die Rampe. Sie wartete, bis er es ebenfalls hörte, und fragte dann, wofür er die Töne hielt.

»Es könnte ein Lied sein. Es ist zu schwach, um es zu erkennen.« Er ging ein paar Schritte auf die Rampe zu und blieb im Halbschatten stehen. »Aber es kommt eindeutig von unten.«

Sie wollte ihm folgen, erinnerte sich aber an die Fallen, auf die sie in der anderen Grabkammer gestoßen waren. »Du solltest lieber wieder hochkommen. Du weißt nicht, welche Mechanismen du auslöst, wenn du da unten bist.«

Wulfen beachtete ihre Warnung nicht. Die Melodie wurde geringfügig lauter.

»Gesang. Ich denke, daß dort jemand singt. Es könnte eine Frau sein. Vielleicht die, wegen der wir hergekommen sind.«

»Du willst doch nicht etwa nach ihr suchen?« Narena konnte es nicht fassen. Ein Tag und zwei Nächte trennten sie vom neuen Jahr. Sie hatten länger außerhalb jeder bewohnten Gegend überlebt, als Narena es für möglich gehalten hatte, und jetzt mußten sie tatsächlich noch eine Spur finden, die sie zusätzlich in Gefahr brachte. Hätte diese Person sich nicht eine andere Grabstätte aussuchen können, in der sie ihr Unwesen trieb? Sie hatten die ganze Zeit nichts von ihr bemerkt, und so kurz vor ihrem Ziel mußten sie wieder auf sie stoßen. Wulfen würde keine Ruhe geben, bevor sie die Frau gefunden hatten. Er würde solange auf Narena einreden, bis sie gar nicht mehr anders konnte, als ihm in die Grabkammer zu folgen.

Der Blick, mit dem er sie ansah, schien alles zu bestätigen, was sie gerade dachte, und sie gab auf, bevor er etwas sagen konnte. »Es ist unsere Pflicht, ich weiß. Wir werden sterben, aber es ist unsere von den Göttern gegebene Pflicht.« Sie hatten ohnehin kein Recht mehr zu leben, warum also darauf bestehen, den Tod unnötig vor sich herzuschieben? Sie hatte die ewigen Streitereien mit Wulfen satt. Mehr als sich zu fügen vermochte sie nicht mehr aufzubringen.

Wulfen schien diese ungewohnte Ergebenheit zu verstören, doch das Ergebnis war ihm offensichtlich wichtiger, als Narenas Beweggründe zu verstehen. Er holte einen brennenden Scheit aus dem Feuer sowie einige Hölzer, die noch nicht entzündet waren, und lief an Narena vorbei auf die Rampe zu. Sie atmete einmal tief durch, um ihre Abneigung auszudrücken, und ging ihm hinterher.

Der Boden fiel steil ab, und sie spürte deutlich den Druck ihres eigenen Gewichts, das sie nach unten zog. Die Mauern wurden höher, erhielten schließlich ein Dach, als sie ausreichend gewachsen waren. Die Luft wurde kühler, doch diese Veränderung war eher geringfügig. Auffälliger war, daß die Fackel mit einem Mal eine völlig andere Art von Licht und Schatten warf. Der Feuerschein erhellte die nächste Umgebung, huschte über die Fugen im Gestein hinweg, ohne sie zu erhellen. Wandernde Flächen von Halbdunkel flackerten an der Grenze zur Finsternis, sprangen von einem Ort zum anderen.

Sie gewannen zusehends an Tiefe, ohne das Ende der Rampe zu erreichen. Manchmal vermittelte ein Flackern vor ihnen oder ein nicht paßgenau eingesetzter Stein den Eindruck von Gefahr, doch sie kamen ungehindert voran. Erst als das Gefälle an einem ebenen Gang endete, hielten sie an, um sich genauer umzusehen. Die Melodie war jetzt deutlich zu einem Gesang geworden, doch die Worte wollten sich noch immer nicht zu erkennen geben. Dennoch konnten sie davon ausgehen, daß es eine weibliche Stimme war, die sie hörten.

Der weitere Weg verbarg sich hinter der Reichweite der Fackel, doch der Übergang war am Ende der Rampe als deutlicher Abschluß sichtbar. Alles schrie nach einer Falle, obwohl nicht mehr als diese Linie am Boden darauf hindeutete. Es gab keine Unebenheiten im Gestein und keine hervorstehenden Quader. Der Tanz der Schatten mochte vieles verschlucken, was sie bei ausreichender Beleuchtung entdeckt hätten. Die schwarzen Formen huschten umher, als wären sie mit einer wichtigen, unergründlichen Aufgabe beschäftigt, die sie in alle möglichen Richtungen auseinander- und zusammentrieb. Nur ein einziger Fleck am Boden ruhte wie ein Aufseher.

Wulfen wandte sich zu Narena um und schuf neue Lichtspiele. »Sollen wir versuchen weiterzugehen?« Der Schatten am Boden hatte sich nicht verändert, obwohl alles andere der Bewegung der Fackel folgte. Narena kniete nieder.

Der Fleck dehnte sich in unregelmäßiger Form vom Fuß der Rampe aus, wurde breiter und lief in knapp einem Schritt Entfernung wieder zusammen. Grob betrachtet war er rund, doch die Ränder wirkten eher, als wären sie das Ergebnis einer ausgelaufenen Flüssigkeit. Wulfen ging neben Narena in die Hocke.

»Blut?« fragte sie ihn.

Er zuckte mit den Schultern, stand auf und nahm ein Stück Holz in die freie Hand. »Geh lieber etwas zurück.«

Als er den Scheit ausstreckte und über die Kante der Rampe hielt, war ein metallisches Klacken zu hören. Stäbe sprangen von allen Wänden hervor und stießen gegen das Holz, das polternd zu Boden fiel. Wulfen stolperte erschrocken zurück. Narena wollte nach ihm sehen, aber er winkte ab. Anscheinend hatte er sich nicht verletzt.

Die Stäbe hatten sich bereits wieder zurückgezogen, und obwohl Narena sich sicher war, daß jeweils drei Speere aus den Wänden, der Decke und dem Boden auf die Mitte des Durchgangs gezielt hatten, konnte sie keine Öffnungen im Mauerwerk finden. Es sah aus, als hätte es nie eine Falle gegeben, die ausgelöst worden war.

Narena holte sich ein weiteres Holzstück von Wulfen und hielt es an einer anderen Stelle in den Gang. Die Speere hatten sich wie ein Kreuz in der Mitte getroffen, und so blieben am Boden und an der Decke jeweils zwei Bereiche frei, in die kein Stab eingedrungen war.

Die Falle wurde erneut ausgelöst, doch die Speere stießen an dem Holz vorbei, trafen sich erneut zu einem Kreuz und sprangen wieder in ihre Verstecke im Gestein zurück. Auch jetzt ließen sich die Löcher, aus denen sie gekommen waren, nicht erkennen.

Sie versuchte es ein zweites Mal an der selben Stelle, doch wieder traf kein Speer das Holz. Dieser Weg schien sicher zu sein, wenn sie dicht über den Boden krochen und nicht in die Mitte des Ganges kamen.

»Kannst du weitergehen?« fragte sie Wulfen, der

ihre Frage mit einem Nicken beantwortete. Sie schoben sich auf dem Bauch durch den ungefährlichen Bereich, den Narena ausgemacht hatte.

Auf der anderen Seite der Falle steckte Wulfen das Holz ein, das er verloren hatte, und beugte sich über die Blutlache.

»Es sieht nicht so aus, als wäre das Blut besonders alt. Vermutlich nur ein paar Tage, wenn es von der Frau stammt.«

»Anderenfalls wären wir wohl einfach weitergegangen.« Sie sah sich nochmals nach einem Hinweis auf die Falle um. »Warum sind die Speere nur zu sehen, wenn der Mechanismus ausgelöst wird?«

»Vielleicht wurden die Führungen mit einer Illusion versiegelt, die sie in der Wand versteckt. Der Auslöser der Falle muß ebenfalls magisch sein. Anders kann ich es mir nicht erklären, wieso sie auf jede Bewegung in ihrer Reichweite hervorschnellen.« Wulfen zuckte mit den Schultern. »Jedenfalls reicht es hier nicht, schnell zu sein, um den Fallen zu entkommen. Wir können nur hoffen, daß die Frau, die wir suchen, alle Mechanismen ausgelöst hat und wir ähnliche Hinweise wie hier finden.«

Narena sah ihn mißbilligend an. »Wenn sie in jede Falle getappt wäre, würde sie wohl kaum noch singen! – Gibst du mir eine Fackel?«

Mit zwei Lichtquellen tasteten sie sich weiter durch den Gang. Sie fanden keinerlei Anzeichen, die auf weitere Hindernisse schließen ließen, bis sie eine Abzweigung im Gang erreichten. Der Weg gabelte sich T-förmig in zwei Richtungen, und der Gesang schien in gleicher Lautstärke von beiden Seiten zu kommen.

Sie entschieden sich für die rechte Abzweigung. Nach wenigen Schritten bog der Gang ab und führte wieder in die Richtung, in die auch die Rampe gewiesen hatte. Die muffige Luft roch plötzlich beißend. Am gegenüberliegenden Gangende, das im Dunkeln lag, bildete sich ein bläuliches Licht.

Narena erwartete, die Stimme eines Irrlichts zu hören, statt dessen wurde das stumme Glühen größer und baute sich zu einer Kugel von einem Schritt Durchmesser auf. Bevor sie einen Entschluß fassen konnte, sprang die Kugel voran und hüpfte blitzschnell durch den Gang, der von einer Sekunde auf die andere gleißend hell erleuchtet war.

Narena warf sich unwillkürlich zu Boden, doch Wulfen schien zu keiner Bewegung fähig. Er riß die Arme hoch, als wolle er die Kugel abwehren. Die Fackel fiel zu Boden. Das knisternde Licht warf sich gegen ihn. Blitze sprangen von ihm ab, schlugen in die Wände und rissen Staub und Mörtel heraus. Die Kugel prallte von einem Schirm zurück, der sich um Wulfen bildete, verschwand in der Richtung, aus der sie gekommen war, und zerschlug gleißend auf dem Gangende. Das Licht erlosch.

Wulfen röchelte, als Narena sich von dem Schrecken erholte. Ihre Augen gewöhnten sich langsam an das zurückkehrende Halbdunkel. Wulfen lag auf der Erde. Die Hände hingen seltsam in der Luft, als wollten sie jede Berührung vermeiden. Sie kroch hinüber, legte die Fackeln beiseite und griff nach Wulfens Unterarmen.

Er riß sich brüllend los, bevor sie überhaupt begriff, was vor sich ging. Sein Gesicht spiegelte Schmerz und Haß wider. Sie nahm eine der Fackeln und hielt sie in die Nähe seiner Hände.

Die Lichtkugel hatte Wulfens Haut verbrannt, wo sie ihn getroffen hatte. Die Hände sahen aus, als wären sie bis aufs rohe Fleisch zersetzt. Wo noch Haut vorhanden war, stand sie in großen Blasen von den Handflächen ab. Die Verbrennungen zogen sich über das Gelenk hinweg die Unterarme hinauf, bis sie an den Ellbogen derart gering wurden, daß sie nicht mehr als eine Rötung darstellten. Der Stoff von Wulfens Kleidung war auf seltsame Weise bis hinauf zu den Schultern verwirrt worden. Ohne eine einzige Flamme oder Stoffreste, die sich in die Wunden gebrannt hätten.

»Verschwinde!« schnauzte Wulfen sie an. »Laß mich in Ruhe!«

Narena sah ihn irritiert an. Sie konnte ihn kaum hier liegen lassen. Er brauchte einen Medicus.

»Ich komme alleine zurecht! Geh vor! Ich komme nach.« Seine Anweisungen waren bestimmt, als wüßte er genau, welche Auswirkungen sie hätten. Er machte nicht den Anschein eines Schwerverletzten, der keinen Überblick über seinen Zustand hatte. Vielmehr schien er sich dessen zu schämen, was ihm geschehen war.

Narena stand auf und ging zurück, bog um die Ecke und ließ sich dort nieder, um zu warten. Die Gefahr, in weitere Fallen zu tappen, war zu groß, um alleine weiterzugehen. Wenn Wulfen alleingelassen werden wollte, war es besser, in bekannten Bereichen der Grabstätte zu bleiben. Außerdem war sie in der Nähe, falls er es sich anders überlegte.

Sie vermutete, daß er Magie anwenden wollte und nur gewartet hatte, bis sie nicht dabei war. Er hatte gesagt, daß er nicht gerne auf Zauberei zurückgriff und daß es ihm unangenehm war, es zugeben zu müssen. Vielleicht gelang es ihm, sich selbst zu heilen, wenn sie ihm dabei nicht im Weg war. Er hatte die Kugel abgewehrt, obwohl sie ihn – angesichts der Verletzungen, die sie ihm bei der kurzen Berührung zugefügt hatte – hätte vernichten müssen. Narena hegte keinen Zweifel, daß er sich mit magischen Mitteln dagegen gewehrt hatte. Nur deshalb konnte er noch am Leben sein.

Es vergingen lange Minuten, in denen Narena Wulfen wispern hörte. Er wiederholte ständig die Worte einer Formel, die sich in den Rhythmus des Liedes einzuflechten schienen, das aus dem vor ihnen liegenden Teil des Grabgewölbes drang. Die Ausdauer, mit der diese Frau sang, ohne jemals nachzulassen oder abzusetzen, war ungewöhnlich. Narena konnte sich nicht vorstellen, warum jemand über einen so langen Zeitraum ein und dasselbe Lied sang. Es mochte die Idee eines Irrsinnigen sein oder die eines beschwörenden Magiers. Wer könnte den Unterschied benennen? Unter normalen Umständen hätte sie Wulfens Forderung, ihn zu verlassen, nicht ernst genommen, hätte sie nicht beachtet, wie sie wohl die fixe Idee eines sturen Kindes oder eines bockigen Greises nicht beachtet hätte. Doch Wulfen war kein gewöhnlicher Mensch. Sie selbst war kein gewöhnlicher Mensch, solange sie bei ihm war.

Wulfen kam zu ihr. »Ich wollte nicht grob sein. Ich konnte mich nur nicht beherrschen.« Er sah mitgenommen aus, erschöpft, aber die Wunden an seinen Armen und Händen waren geheilt. Die Haut sah ungewohnt aus, zu frisch, um darüber hinwegzutäuschen, daß sie wenige Minuten zuvor völlig zerstört war. Die Härchen an den Armen fehlten, und auf Wulfens Fingerknöcheln fehlte das Muster aus Linien und Furchen. Doch dies schien der einzige Hinweis auf seine Verbrennungen zu sein.

»Hast du noch Schmerzen?«

Er schüttelte den Kopf. Er sah aus, als wolle er ihr erklären, wie sie das Vorgefallene zu verstehen hatte, wie er den Kugelblitz überlebt und seine Verletzungen geheilt hatte, doch er schwieg.

Im Aufstehen sagte sie belanglose Worte. Sie würde ihn nicht um Antworten bitten. Es war ihr lieber, wenn sie nicht wußte, wie alles vonstatten gegangen war. Tiefere Einsichten in die Magie, die Wulfen und die Fallen des Grabmals beschworen hatten, würden sie nur weiter verängstigen. Wenn sie erfuhr, was alles hätte geschehen können, hätte ihre Phantasie mehr Spielraum und würde ihre Ängste nur verstärken. Je weniger sie wußte, desto besser.

Das Gangende, aus dem die Lichtkugel gekommen war, war von Geröll überhäuft. Die abgeleitete Magie war in die Wand eingeschlagen, hatte Steine herausgesprengt, die die mysteriöse Falle hinter sich verborgen hatten. Narena bemerkte eine Art Rohr, das zuvor dort eingelassen und nun in einem zur Erde geneigten Bogen verformt war.

Narena und Wulfen stiegen über die verstreuten Trümmer der Wand hinweg. Der Gang hatte hier eine Biegung vollzogen, als hätte er sie um einen Raum herumgeführt, der innerhalb seiner Windungen lag. Das Gangstück beschrieb einen weiteren Halbkreis und führte auf der anderen Seite zu seinem Ausgangspunkt zurück. Eine Kreuzung führte tiefer in die Gewölbe und endete in der anderen Richtung vor einer Tür. Der Gesang schien durch die Fugen des Holzes zu kommen, sich hindurchzuschlängeln und dabei jede Klarheit und Verständlichkeit zurückzulassen. Obwohl die Sängerin nur noch wenige Schritt entfernt war, schienen die Worte nicht mehr als ein Flüstern zu sein. Narena fragte sich, wie das Lied bis an die Erdoberfläche dringen konnte.

Die nächsten Schritte führten sie dichter an die Kreuzung heran. Ein erst unterschwelliger, dann stechender Geruch stieg auf, der so weit an Dichte gewann, daß er beinahe süßlich war. Zu ihrer Rechten lag das Ende des Ganges, und auf den Bodenquadern lagen die Reste einer Leiche. Asseln und Maden krochen darüber, suchten sich das beste Stück Fleisch heraus und wirbelten gleichzeitig die Ausdünstungen des Kadavers in die Höhe. Es waren nicht mehr als zwanzig, vielleicht dreißig Insekten, doch hatten sie den Toten bereits schwer entstellt.

Der Körper lag auf dem Bauch, hatte Arme und Beine weit von sich gestreckt, als wären sie auseinandergezogen worden. Von ihnen liefen winzige, dünne Stahlseile in verschiedene Richtungen zu den Wänden.

Sie hatten sich um die Extremitäten des Mannes gewickelt und mit kleinen Haken darin verkrallt. Das Rückgrat war gebrochen. Anscheinend hatten die Seile ihn ergriffen und heftig zurückgerissen. Die gegenläufige Bewegung von Armen und Beinen sowie der plötzliche Widerstand mußten ihm die Wirbelsäule gesprengt haben. Narena vermutete, daß er nicht mehr gespürt hatte als einen Ruck, bevor er starb.

Sie sah Wulfen, der die Hand an den Mund hob, aber sie selbst blieb annähernd gefühllos beim Anblick der Leiche, die von Ungeziefer zerfressen wurde und langsam verrottete. Sie war sich sicher, daß das Entsetzen nachkommen würde. Es würde sie einholen, wie der Wolf ein verletztes Reh einholen mußte, das ihm für wenige Augenblicke entkommen war. Die Auswirkungen würden um so schlimmer sein. Vermutlich würde sie früher oder später wahnsinnig werden.

Wulfen hatte die Verletzungen offensichtlich schneller überwunden, als sie die Überraschung über den magischen Angriff.

Wulfen wirkte desorientiert und verloren. Seine Stimme zitterte kläglich. »Was hat er hier gewollt?«

»Was wird er schon gewollt haben?« stieß Narena wütend hervor. »Was die meisten wollen, wenn sie unerlaubt ein Grab betreten! Er hatte es auf die Beigaben abgesehen! Es ist ...« Sie unterbrach sich, weil ihr der Tonfall aufgefallen war, mit dem sie sprach, und redete dann sanfter weiter. »Es ist sein verdientes Schicksal.« Sie sah auf den Kadaver herab und erkannte, daß es ein Mann von ungefähr zwanzig Jahren gewesen sein mußte. Er trug einen dünnen Bart, aus dem ein Gelege von Asseln lugte.

Narenas Empfindsamkeit kehrte zurück. Sie konnte die anrollende Übelkeit fühlen. Der Druck steigerte sich wie der Umfang einer Schweinsblase, die langsam aufgepustet wurde. Mühsam wandte sie sich um und richtete ihr Augenmerk auf die geschlossene Tür.

»Sehen wir später nach ihm«, verlangte sie gepreßt. Gleichzeitig drückte sie die Klinke herunter. Sie hörte noch eine Warnung von Wulfen, dann schwang die Tür auf und gewährte Zugang zu dem Raum, den Narena bereits vermutet hatte.

»Zeit des Bösen, Zeit der Sünden – Werden Sphären sich entzünden – Wenn die Kämpfe sich verkünden«, sang eine unsaubere Stimme. Ein fröhlicher, beinahe alberner Unterton schwang darin mit, doch es gelang ihm nicht, die Drohung des Textes zu vertuschen.

»Namenloses Rufen, Singen – Durch der Erde Gräber dringen – Alle hin zum Throne zwingen.«

Die Einrichtung des Raumes, den sie betrat, war völlig zerstört. Wandteppiche waren herabgerissen, Statuetten zerschlagen. Splitter von Glas und Kristall lagen zwischen Resten zerbrochener Waffen. Zwei Schritte vor ihr ragte ein Podest aus den Trümmern. Was auf ihm gestanden hatte, war nicht mehr zu erkennen. Ein scharfkantiger Stumpf war von der Verwüstung verschont geblieben. Seine Umrisse zeigten abwehrend in die Höhe.

»Wird ein Drache sich erheben – Will im Schlafe nicht mehr leben – Wird dem Purpur Kräfte geben.«

Alles, was das Zimmer enthalten hatte, lag in Trümmern auf dem Boden. Unnütze Reste ehemaligen Wohlstandes, die ahnen ließen, was vorgefallen war, und dennoch die Ursache der Zerstörung nicht erhellten.

Narena suchte nach der Sängerin, wollte endlich die Frau finden, um ihrer Aufgabe ein Ende zu setzen. Sie würde sie notfalls mit Gewalt nach oben schleifen und dafür sorgen, daß sie keinen weiteren Schaden anrichtete. Was sie hier getan hatte, war schlimmer als Grabplünderung. Sie hatte es nicht einmal auf die Schätze abgesehen, um sich selbst ein angenehmeres Leben zu ermöglichen. Sie hatte die Grabstätte sinnlos entweiht, als bereite es ihr Freude, gegen die Götter zu freveln.

»Zeit des Bösen, Zeit der Sünden – Werden Sphären sich entzünden – Wenn die Kämpfe sich verkünden.«

Narena trat auf die Schutthaufen, um den Raum besser auszuleuchten. Die Sängerin war nicht zu sehen. Narena stand inmitten der schändlichen Zerstörung, hörte die Stimme, doch der Raum blieb leer. Sie tastete in der Luft herum, als wäre es nur eine Sinnestäuschung, aber es blieb dabei.

Außer ihr war niemand anwesend.

»Namenloses Rufen, Singen – Durch der Erde Gräber dringen – Alle hin zum Throne zwingen.«

*

Mjeska lag auf dem Tisch, und Rogoff stand dabei, um zu beobachten, wie sie von der Wirkung der Rauschgurke erwachte. Es könnten Schwierigkeiten bei der Rückkehr des Bewußtseins auftreten. Soweit er wußte, war noch niemand über eine solch lange Zeit hinweg mit Rauschgurken behandelt worden.

Die Frau lag gefesselt auf dem Rücken. Rogoff hatte sie entkleidet und eine Decke über sie geworfen, um eine Auskühlung zu verhindern und sich nicht erst während der Geburt um Mjeskas Kleidung kümmern zu müssen.

Hoffentlich war das Kind gesund. Der Einfluß der Droge mochte ihm geschadet haben, ebenso die lange Zeit, die es im Mutterleib gewesen war. Seine Zeugung lag bereits zwölf Monate zurück.

Mjeska verkrampfte sich, drückte unbewußt gegen die Fesseln. Die Wehen hatten in der letzten Nacht eingesetzt, doch am heutigen Morgen hatten sie sich soweit gesteigert, daß Mjeska deutliche Schmerzen verspürte, die von der nachlassenden Wirkung der Droge noch gemildert wurden. Keuchend sank Mjeska zurück.

Rogoff trat aus dem Bannkreis des Namenlosen heraus und verließ das Zimmer. In der Küche wartete die alte Janka, die sich schlürfend über aufgewärmtes Met hermachte. Man sagte, sie sei senil, nicht mehr gänzlich Teil dieser Welt, und vermutlich stimmte es auf gewisse Weise. Sie zog ziellos durch die Wälder, tauchte mal hier, mal dort auf, um zu betteln oder unzusammenhängende Geschichten zu erzählen. Sie vergaß ständig, wo sie war und was sie hier sollte, doch sie stellte keine unangenehmen Fragen über Rogoffs Arbeiten oder die Statuen, die herumstanden. Dennoch hielt er es für angebracht, die Figur des Dreizehnten Gottes zu verdecken.

Janka war die einzige, die Mjeska bei der Geburt helfen würde, ohne seinem Vorhaben im Weg zu sein. Und sie war die einzige, die niemand vermissen würde, wenn sie nicht zurückkehrte.

»Die Wehen kommen jetzt öfter«, sagte er, als er hereinkam.

»Was? Ja, ja. Das ist ganz natürlich.« Sie kicherte und trank erneut vom Honigwein. Es war fraglich, ob sie wirklich wußte, was er gesagt hatte. Eine Hebamme hätte zuverlässigere Dienste geleistet, aber die Umstände machten es unmöglich, eine Zwölfgöttergläubige an Mjeska heranzulassen. Selbst wenn er eine Hebamme hätte zwingen können, würde sie das Kind eher umbringen, als ihm zu gehorchen. Er mußte sich mit Janka zufrieden geben. Sie wußte trotz allem besser Bescheid als er selbst.

»Was hältst du davon, das Met mitzunehmen und Mjeska zu besuchen? Du erinnerst dich daran, daß du sie entbinden sollst?«

Sie nickte heftig, weil er ihr den Krug und den Becher weggenommen hatte, stand schwerfällig auf und lief hinter ihm her. Erst als er die Tür, die zu der

Schwangeren führte, von innen verschlossen hatte, gab er ihr das Met zurück. Die Alte lächelte ihn dankbar an und trat dann zu Mjeska, die nur wenig Interesse an ihrer Umgebung oder auch an ihren Wehen zeigte. Sie war weiterhin eine Gefangene ihrer Einbildungskraft, und das würde wohl noch einige Zeit so bleiben. Die letzten Monate hatte sie in einer Art Winterschlaf verbracht, in dem sie so gut wie keine Lebenszeichen von sich gegeben hatte. Sie begann gerade erst, ihren üblichen Rhythmus wiederzufinden. Wahrscheinlich würden die Schmerzen der eigentlichen Geburt ihren Kreislauf vollends zurückholen. Doch solange würde sie vermutlich nur dahindämmern. Die Zauber, die Rogoff über sie geworfen hatte, lockerten sich nur langsam.

Der Tiefschlaf war nötig gewesen, um die Geburt des Kindes auf die Tage des Namenlosen zu verzögern. Zeugungs- und Geburtsstunde waren schicksalbestimmend, und Rogoff mußte dafür sorgen, daß keiner der Zwölf Einfluß auf das Neugeborene nahm, damit seine Pläne mit dem Kind nicht gefährdet waren. Er würde es dem Herrscher der Herrscher weihen. Seine Kräfte würden auf das Kind übergehen und Rogoff zu ungewöhnlicher Macht verhelfen. Es mußte jenseits der Zeit gezeugt und geboren werden.

Die Schwangerschaft zu verlängern, war leichter gewesen, als er anfangs angenommen hatte. Die naheliegendste Möglichkeit wäre gewesen, das Wachstum des Kindes zu bremsen, seine Entwicklung zu beschränken, doch auf direktem Wege gab es dazu keine Möglichkeit.

Er hatte lange geforscht, bis er zu diesem Schluß gelangt und schließlich auf einen Elfenzauber gestoßen war, der ihm weiterhelfen konnte.

Es war eine Formel, die eigentlich zur Heilung verwendet wurde. Der Tiefschlaf sollte Krankheiten hemmen und vor Erfrierungen schützen, doch Rogoff hatte ihn entsprechend abgewandelt. Er sah es als gutes Zeichen, daß ihm die verfälschte Nutzung des Zaubers gelungen war. Jetzt hing es nur noch von der Gesundheit des Kindes und dem Können Jankas ab, ob seine Pläne aufgingen.

Als die nächste Wehe kam, krampfte sich Mjeska zusammen, preßte ächzend ihren Unterleib zusammen. Ein Schwall von Flüssigkeit schoß heraus, spritzte über den Tisch auf den Boden und bildete schließlich mehrere gelblich-grüne Flecken einer trüben Feuchtigkeit.

»Bald. Es geht voran«, murmelte Janka, als sie eines der bereitgelegten Tücher nahm und die Nässe vom Holz und Mjeskas Beinen abtupfte. »Es ist das Fruchtwasser, wißt Ihr. Das Kind wird bald kommen. Nicht mehr lang.«

Rogoff wartete gespannt, doch nichts geschah. Die Wehen folgten unverändert eine auf die andere, und seine Anspannung steigerte sich zusehends.

Die Alte trank weiter, während sie auf die Schwangere achtete. Sie wirkte nicht beunruhigt. Für sie schien alles wie gewohnt zu sein. Aber sie hatte sich auch nicht einmal gefragt, warum Mjeska gefesselt war. Er zweifelte, ob er ihren Fähigkeiten Vertrauen schenken konnte. Das Geschehen schien an ihr vorbeizuziehen, und dennoch nahm sie gelegentlich daran teil, fühlte im Körper der jungen Frau nach etwas, das für den Druiden nur schwer nachzuvollziehen war. Anschließend legte sie eine bedeutungsschwere Miene auf und nippte am Met.

Nach einer Stunde konnte er es nicht mehr mit ansehen. Die Kanne mit Honigwein war beinahe leer, dennoch riß er sie Janka wütend aus der Hand und brüllte sie an.

»Wenn du so weitersäufst, bist du keine Hilfe mehr! Reiß dich endlich zusammen, Weib!«

Sie zuckte lediglich mit den Schultern. »Beruhigt Euch. Es kommt. Langsam, bedächtig. Habt Geduld.«

Er schnaubte, doch sie beachtete ihn nicht. Sie tupfte Mjeska die Stirn ab und legte die Hand auf ihren Bauch.

Der Atem der Schwangeren ging inzwischen kräftiger. Ihre Lider fielen ständig zu, doch dazwischen gelang es ihr, die Umgebung wahrzunehmen. Sie wirkte verstört, obwohl sie sich an den Ort erinnern mußte. Noch reichte ihre Wahrnehmung nicht aus, um sie auf das Kind in ihrem Körper aufmerksam zu machen – sie schlief zwischen kurzen Wachphasen immer wieder ein oder schwelgte mit verdrehten Augen in Hirngespinsten – trotz alledem kehrte sie allmählich in die Wirklichkeit zurück.

»Was machst du da, Janka?« fragte Rogoff barsch.

Erneut kicherte sie hintergründig. »Kommt her. Könnt mir behilflich sein. Legt Eure Hände hierher und fühlt.« Sie führte seine Handflächen auf den gewölbten Bauch, in dem sein Kind wartete. Er spürte, wie sich die Muskulatur spannte. Die Bauchdecke wurde hart, und Mjeska stieß einen Schmerzenslaut aus.

»Spürt Ihr es? Könnt mir sagen, wenn es passiert. Das ist eine große Hilfe!« Sie zog die letzten Worte in die Länge, als wolle sie sie betonen.

Rogoff war sich nicht sicher, ob sie es ernst meinte oder ob sie ihn nur beschäftigte, damit er Ruhe gab. Die Wehen machten sich auch ohne die Berührung deutlich bemerkbar. Trotzdem gehorchte er ihr für eine Weile. Er war neugierig, wie sich Mjeskas Zustand entwickelte.

Er hielt die Hände eine Viertelstunde auf Mjeskas Körper, konnte sie atmen, sich bewegen fühlen, spürte manchmal ein sanftes Strampeln aus dem Inneren und immer wieder die Anspannung der Wehen. Es schien sich nichts zu ändern. Die Wehen kamen nicht häufiger und veränderten sich nicht. Er ließ wieder von der Frau ab.

»Ruf mich, sobald das Kind kommt«, befahl er Janka. Das Met nahm er mit und schloß das Zimmer ab.

*

Beinahe sechs Stunden war nichts geschehen. Er hatte in regelmäßigen Abständen nach dem Rechten gesehen, schon um die Alte im Auge zu behalten. Mjeska war inzwischen in der Lage, die Augen offen zu halten. Sie begriff, was in dem letzten Jahr geschehen war, und die Erkenntnis warf sie in die Dunkelheit zurück, der sie gerade entkommen war. Sie hechelte nach Luft, und an ihren Handgelenken zeigten sich rote Striemen, wo sie gefesselt worden war. Die Augen waren geweitet, und auf der Stirn stand Schweiß. Das Gesicht war krebsrot angelaufen, und die Glieder zitterten.

Er legte ihr die Hand auf Schläfen und Brust. »Seit wann fiebert sie?«

»Tut sie das? – Nein, nein, ist nur die Anstrengung. Habt Ihr noch Met?«

»Ich weiß, wann jemand Fieber hat! Du kannst mich nicht für dumm verkaufen, Janka!«

Eine Wehe überrollte Mjeska, ließ sie aufschreien und machte eine Antwort überflüssig. Das Fieber war nebensächlich. Das Kind war wichtiger, und sobald sie die Geburt hinter sich hatten, war es gleichgültig, ob Mjeska krank war. Es reichte, wenn sie überlebte. Wenn das Kind überlebte.

Mjeska preßte gegen den Körper in ihr, doch es zeigte sich keine Veränderung. Der Druck ließ nach, und sie fiel nach Atem ringend zurück. Janka steckte zwei Finger in Mjeskas Unterleib und nickte.

»Ich kann das Köpfchen fühlen. Ist gleich soweit. Bin mir ganz sicher.« Sie zog die Hand zurück und tätschelte Mjeska den Bauch. »Es wird ein strammes Kind. Ist groß geworden, während du es getragen hast.

Du bist schon lange schwanger, nicht wahr? Hast es fast hinter dir.« Das Schweigen, das ihr gegönnt wurde, schien Janka nicht weiter zu beunruhigen.

»Geht es dem Kind gut? Gibt es Schwierigkeiten?«

»Noch ist es gesund. Kann nicht mehr lange drin bleiben, aber es kommt. Es dauert schon lang, aber es kommt. Keine Angst, Ihr bekommt ein kräftiges Kind.«

»Du haftest mit deinem Leben dafür.«

Ihr unvermitteltes Lächeln wirkte heiter, beinahe spöttisch. »Tue ich das nicht immer, wenn die hohen Herren einen Bastard zur Welt bringen wollen? Vertraut mir. Seid nicht der erste, der die alte Janka rufen mußte.« Kichernd fügte sie hinzu: »Bin immer gut genug, die Folgen vom Besuch eines Herren bei seiner Magd zu mildern. Laufe nicht immer nur im Wald herum. Nicht immer.«

Janka täuschte sich mit ihrer Einschätzung, aber sie bestätigte damit, daß sie sich keinerlei Vorstellung von den wahren Umständen der Geburt machte. Sie verstand die Anzeichen nicht, die jeden Menschen mit einem Funken mehr Geisteskraft auf Rogoffs Absichten hingewiesen hätten. Wenn er sich einer Sache sicher sein konnte, dann Jankas Unverständnis.

Mjeskas Flüstern lenkte ihn von der Alten ab. Sie verlangte widerwillig nach Wasser, strafte sich mit Selbstverachtung, weil sie gezwungen war, den Druiden um Hilfe zu bitten. Er konnte nachvollziehen, daß sie ihn lieber nicht beachtet hätte, ihre Lage verdrängt hätte, um sich nicht eingestehen zu müssen, in welche Rituale sie verwickelt war. Bisher hatte sie als unbeteiligter Dritter beiläufig das Geschehen betrachtet, sich vermutlich eingeredet, die Wehen, die Schwangerschaft, alles wäre Einbildung, ein weiterer Tagtraum. Die Worte, die sie aussprach, und der Durst bewiesen jedoch, was Wirklichkeit war. Sie mußte sich für diese Schwäche hassen, aber sie war nicht stark genug, sie länger zu unterdrücken. Janka gab ihr vorsichtig zu trinken.

Rogoff trat neben sie und senkte den Kopf an ihr Ohr. »Erinnerst du dich, wer der Vater ist? Du weißt, daß ich nur der Träger war, der Bote. Der wirkliche Vater ist ein anderer. Du wirst seine Macht zu spüren bekommen, glaube mir. Der Mutter seines Kindes gibt er vielleicht eine ganz besondere Stellung in seiner Sphäre. Was meinst du?« Er wollte sie leiden sehen. Ihre körperliche Anstrengung war ein Teil davon. Ein Teil, den sie unter Umständen nur beiläufig ertragen mußte, sollten Tiefschlaf, Rauschgurke und Fieber die Schmerzen eindämmen. Die Wahrheit ließ sich nicht so leicht verdrängen. Sie mußte Mjeska selbst dann noch verfolgen, wenn sie in Wachträume zurückfiel. »Wahrscheinlich möchte er sich einmal selbst mit dir vergnügen. Es kann keine Genugtuung sein, nur zuzusehen.«

Mjeskas Kopf zuckte vor, hieb gegen Rogoffs Nase und warf ihn fluchend zurück. Er hielt sich den schmerzenden Knochen, wartete auf eine schwache Blutspur. Mjeska warf ihm einen verächtlichen Blick zu. Die Nase schwoll an, doch sie blutete nicht.

»Dürft nicht so nah an sie heran. Die Wehen machen sie manchmal rasend. War bestimmt keine Absicht, Herr. Nehmt es ihr nicht übel.« Jankas Fürsorge war köstlich. Ihre Unwissenheit über das Verhältnis zwischen der Schwangeren und Rogoff mußte unerschütterlich sein. Selbst Mjeska verdrehte herablassend die Augen, bevor sie sich erneut mit einer Wehe gegen den Körper in ihr stemmte. Die Hände verkrallten sich in die Fesseln. Der Stumpf des abgetrennten Daumens verfehlte dabei absonderlich sein Ziel.

Während Rogoff sie betrachtete, sah, wie die angestaute Luft der Lungen das Gesicht verfärbte, die Wangen aufblähte, die Augenlider herunterpreßte, konnte er den Gedanken nicht verdrängen, daß Mjeska ihm ähnelte. Sie waren beide geringfügig verstümmelt, hatten Bestandteile ihrer Gestalt – freiwillig oder unfreiwillig – einem Gott geopfert. Sie hingen beide fest an ihrem Weltbild, auch wenn sich diese feindlich gegenüberstanden, und mit der ihnen eigenen Kraft und Sturheit hielten sie an ihrem Haß fest, bekämpften sich auf kindische Weise und konnten dennoch nichts am Lauf der Dinge ändern. – Glücklicherweise befand Rogoff sich auf der richtigen Seite des Schicksals, auf der, die die Fäden in der Hand hielt.

Seine Gedanken hielten ihn eine Weile gefangen. Er beobachtete das Fortschreiten der Geburt ohne große Anteilnahme. Er hoffte, daß nicht Unvorhergesehenes geschah, wartete gespannt auf das Kind, das ihn soviel Mühe gekostet hatte. Aber er war lediglich ein Zuschauer. Er verstand wenig von dem, was er sah, und er konnte noch weniger tun. Janka gab ihm zu verstehen, er solle Wasser aufsetzen, und er ging hinaus, ohne sich um das Warum zu kümmern. In der Küche setzte er einen Topf auf den Herd, füllte ihn mit Wasser und entfachte das Feuer. Die über die Glut gestreute Asche hatte genügend Hitze bewahrt, um Reisig und schließlich neue Holzscheite zu entzünden.

Als er zurückkam, sah ihn Janka kopfschüttelnd an. Es war – wie er erwartet hatte – nichts geschehen. Die Wehen waren nun schon seit über sieben Stunden regelmäßig, ohne eine Wirkung zu haben. Rogoff konnte nicht einschätzen, ob dieser Zeitraum ungewöhnlich war. Er kam ihm lediglich endlos vor.

»Helft mir. Legt die Hände hierher. Ich zeige es euch.« Sie wollte seine Arme führen, doch er hielt sie zurück.

»Was ist los?«

»Das Kind hätte kommen müssen, doch es will nicht. Ihr müßt ihm helfen. Die Mutter ist zu schwach. Drückt mit ihr gegen das Kind. Bitte, sie schafft es nicht allein.«

»Warum eilt es plötzlich so? Wir warten schon den ganzen Tag.«

»Die Preßwehen rauben ihm die Luft. Wenn es noch länger dauert, wird es sterben. Ihr müßt mir helfen! Tsa steh uns bei.«

Rogoffs Schlag traf sie unvorbereitet. Sie taumelte zurück und sah den Druiden groß an.

»Wag es nicht, den Namen der Zwölfgötter zu benutzen, solange du hier bist! Du verdirbst alles, törichtes Weib! Du richtest mich zugrunde! Kümmere dich um das Kind und halt den Mund.«

Sie zögerte.

»Zeig mir, wohin ich greifen soll. Hier?«

Janka weigerte sich noch immer.

»Tu es! Dein Leben ist nur so viel wert wie das des Kindes.«

Ihre Augen wurden plötzlich klar, sahen ihn haßerfüllt an, doch der Moment verstrich ungenutzt, und die alte, tumbe Frau, die sie vorher gewesen war, kehrte zurück. Sie legte seine Hände von der Oberkante gegen Mjeskas Bauch. Die Daumen stießen gegeneinander, und die übrigen Finger wiesen hinab.

»Drückt vorsichtig und nur während der Wehen. Preßt abwärts und gerade. Ihr dürft keinesfalls ungleichmäßig drücken! Versteht ihr? Drückt gerade! Nur so bekommen wir das Kind heraus.«

Sie ließ ihn stehen und wandte sich wieder an das Fußende des Tisches. Mjeska bäumte sich wieder auf.

»Jetzt!«

Rogoff steigerte seine Berührung erst vorsichtig, dann erinnerte er sich an die Anstrengung, die Mjeska dem Kind entgegen warf, und drückte kräftiger zu. Er preßte mit aller Gewalt gegen die Wölbung.

Mjeska schrie auf, brüllte ihren Schmerz heraus. Sie versuchte, seine Hände von sich abzuschütteln, doch die Bewegung verstärkte die Qualen und zwang sie ruhigzubleiben.

»Weg! Meine Rippen!« Sie flehte mehr, als daß sie ihn anschrie.

Die Wehe hielt an, und Rogoff wollte nicht aufhören. Das Kind mußte heraus. Er hatte keine Lust mehr zu warten. Er hatte ein ganzes Jahr nur gewartet, und jetzt ergab sich für ihn die Gelegenheit selbst einzugreifen, seinen Weg zur Macht zu beschleunigen. Er hatte nicht vor, sich von Schmerz und Angstgefühlen Mjeskas abhalten zu lassen. Besessen stemmte er gegen das Kind, drückte es voran. Mjeska schrie immer wieder auf, obwohl sie längst keine Luft mehr bekam.

Die Wehe verebbte, und Janka wies ihn an aufzuhören. Mjeska lag reglos auf dem Rücken, hechelte in schweren Zügen nach Atem und war nicht mehr in der Lage, ihrer Wut auf den Druiden Ausdruck zu verschaffen. Sie sah aus, als würde sie sich in der trügerischen Vorstellung erholen, alles hinter sich zu haben. Janka schüttelte jedoch den Kopf, als Rogoff sie nach den Fortschritten fragte.

Kurze Zeit später drückte er wieder gegen Mjeskas Unterleib, dieses Mal ohne derart zögerlich zu sein. Sie kreischte schon, als er bloß die Hände auf die Haut legte, doch als er die Wehe unterstützte, verstummte sie. Sie starrte verkrampft zur Zimmerdecke und versuchte, den Schmerz zu unterdrücken, indem sie die Zähne aufeinanderbiß.

Rogoff spürte, wie etwas unter dem Druck nachgab. Schreiend machte sich Mjeska Luft, verstummte nicht mehr, bis auch diese Wehe nachließ. Wo die Hände auf ihr gelegen hatten, war die Haut blau angelaufen, und auf der Spur einer Rippe entstand ein geröteter Fleck. Prüfend tastete Rogoff danach, und Mjeska stöhnte schmerzerfüllt auf.

»Noch einmal. Das Kind ist schon zu sehen. Nicht mehr weit. Noch einmal.«

Sie warteten auf die nächste Wehe, und Rogoff

wandte Jankas Griff erneut an. Die gebrochene Rippe störte ihn nicht. Er konnte fühlen, wie das Kind sich bewegte, daß es langsam nach unten geschoben wurde. Mjeska wimmerte nur noch, schluchzte, doch als der Schub ihrer Anspannung nachließ, konnte Rogoff einen Teil des Kopfes sehen, der sich von innen gegen die Schamlippen geschoben hatte. Die Rundung der Schädeldecke prägte ein seltsames Bild, dehnte die dünnen Hautschichten nach außen und ließ erst jetzt das Blut zurückströmen, das sie während der Wehe herausgepreßt hatte.

»Soll ich weitermachen?« fragte er die Alte.

»Nehmt ein Tuch und taucht es in heißes Wasser. Bringt es mir. Wir werden es brauchen.«

Rogoff hastete aus dem Raum und befolgte die Anweisung.

Er hatte den Kopf gesehen. Sie standen dicht vor der Geburt. Er mußte sich bereitmachen, das Kind in Empfang zu nehmen und die Beschwörung zu beginnen, die seine Weihe sein würde.

Er gab Janka den feuchten Stoff, und sie legte das Tuch gegen den Unterleib der Schwangeren, bedeckte damit den schmalen Grat zwischen Scheide und Darmausgang. Rogoff sah ihr aufmerksam zu. Er begriff nicht, welchen Nutzen das für die Geburt haben sollte, aber die Alte schien sich dessen gewiß zu sein. Sie hielt den Stoff gegen den Damm, drückte sanft dagegen, als wolle sie ihn geschmeidig kneten.

Der Kopf des Kindes schob sich erneut vor, färbte das bremsende Gewebe weiß, als er sich dagegenstemmte. Mjeska preßte ächzend. Trotz Jankas Behandlung kam das Kind nicht heraus. Das Tuch verharrte weiterhin an seiner Stelle.

»Gebt mir ein Messer. Schnell!« Die Alte streckte die freie Hand fordernd dem Druiden entgegen und deutete auf den Dolch an seinem Gürtel.

Rogoff zögerte, ihrer Aufforderung nachzukommen.

Was wollte sie mit der Waffe? Hatte sie vielleicht begriffen, was sie nicht erkennen sollte? Wenn sie wußte, was für ein Kind sie zur Welt brachte, mochte sie genauso handeln, wie jede Hebamme oder Geweihte. Sie durfte das Kind nicht töten. Andernfalls wäre alles verloren.

»Gebt es schon her! Ich werde ihr nichts tun!«

Er zog den Dolch und reichte ihn Janka an der Klinge aus Obsidian. Sie nahm das Tuch beiseite und setzte das Messer an den bleichen Damm. Ein kurzer Schnitt riß ihn entzwei. Der Schädel rutschte heraus. Janka ließ die Waffe fallen, führte den Kopf mit beiden Händen, so daß das kleine Gesicht zum linken Bein seiner Mutter sah. Dann senkte sie ihn, und die obere Schulter erschien. Die untere folgte, als sie den Kopf anhob. Der Rest des Kindes drang hervor und wurde von der Alten entgegengenommen. Ihm folgte ein Restschwall des Fruchtwassers.

Die Haut des Neugeborenen war bleich und blau angelaufen. Sie pellte sich an einigen Stellen vom Körper ab, als hätte sie an Festigkeit verloren. Rogoff bezweifelte, daß es noch lebte.

Janka senkte sich über das Gesicht, umschloß Mund und Nase des Kindes mit ihren Lippen und sog einmal daran. Sie spukte etwas Schleim auf den Boden und wischte dem Neugeborenen die Atemwege mit dem Zipfel eines Tuches aus.

Es atmete immer noch nicht, hing leblos in den Armen der Alten. Rogoff brach innerlich zusammen. Seine Bemühungen waren vergebens gewesen. Er hatte das Äußerste versucht und besaß nun nichts mehr, das seinen Pakt mit dem Namenlosen besiegeln könnte. Die Strafe würde gnadenlos sein. Er hätte sich die Mühe machen müssen, eine echte Hebamme unter seine Gewalt zu bringen. Nur so hätte er eine gefahrlose Geburt sicherstellen können. Inzwischen war es zu spät, um etwas zu bereuen.

Erneut lag Jankas Mund über dem Gesicht des Kindes. Doch diesmal schien sie Luft in seine Lungen zu pumpen. Der Brustkorb hob und senkte sich, während sie über dem Neugeborenen war, aber als sie von ihm abließ, um zu sehen, ob es von alleine atmete, endete die Bewegung. Die Alte legte ihre Hand über dem Praiospunkt des Kindes auf die Brust und drückte dreimal sanft darauf, bevor sie die Beatmung fortsetzte und erneut das Herz massierte.

Ein Rucken ging durch den kleinen Körper, der hustend ins Leben zurückkehrte. Dann begann er zu schreien. Seine Arme bewegten sich geschwächt. Jankas Lächeln war eindeutig. Am Rande seiner Aufnahmefähigkeit hörte Rogoff ein Fluchen vom Kopfende des Tisches. Mjeska begann zu weinen. Für sie mußte die Welt untergegangen sein.

Janka band die Nabelschnur an beiden Seiten ab und trennte sie schließlich mit dem Obsidiandolch durch. Dann wandte sie sich dem Dammschnitt zu. Das Blut hatte eine große Lache gebildet und tropfte bereits von der Tischkante herab. Kleine rotschwarze Klümpchen lagen darin, als hätte sich Fleisch aus der Wunde gelöst.

Bevor Janka etwas unternehmen konnte, zog der Druide sie beiseite und legte die Hand auf die Schnittverletzung. Gleichmäßig bündelte er Mjeskas Lebenskräfte in dem Gewebe, unterstützte sie mit seiner Magie und brachte die Blutung zum Stillstand. Es vergingen einige Minuten, bis sich die Wunde schloß. Die Alte hatte ihn mit großen Augen beobachtet. Das Kind lag an ihrer Schulter.

Rogoff nahm es entgegen. Erst jetzt brachte er es fertig, sich das Geschlecht anzusehen. Der Junge zappelte in langsamen, unsicheren Bewegungen auf dem Arm des Druiden. An mehr als einem Finger waren die Nägel bereits ins Fleisch gewachsen. Auch an den Zehen konnte er ähnliches sehen.

Mjeska hatte während der Heilung vereinzelte Nachwehen gehabt, die jedoch kaum die Heftigkeit der Geburtswehen erreicht hatten. Die abgetrennte Nabelschnur hatte jegliches Pulsieren verloren. Janka zog vorsichtig an dem Ende, das zu Mjeska führte. Auf Rogoff machte es den Eindruck, als hätte sie mit ihrer Vorgehensweise keinen Erfolg, doch bei der nächsten Wehe drang ein dunkelroter Klumpen, zwei Hände groß, hervor, in den die Nabelschnur mündete. Er fiel auf das Holz und spritzte platschend Blut in alle Richtungen. Die eine Seite bestand aus dicken Wölbungen und Wulsten, die andere hatte eine dünne Schicht aus weißer Haut, unter der sich wie die Linien eines Kohlblattes Adern abzeichneten. Es mußte die Nachgeburt sein, obwohl der Druide noch keine gesehen hatte. Die alte Frau würde jetzt wahrscheinlich versuchen, die Plazenta ins Freie zu schaffen, um sie unter einem Rosenstrauch oder Satuariensbusch zu vergraben und es so vor Dämonen und bösen Geistern zu schützen. Sie folgte damit einer gängigen Tradition, doch er konnte nicht zulassen, daß sie den Beherrscher der Welt um einen Teil seines Kindes betrog.

Rogoff betrachtete das Neugeborene, als wäre er ein Vater, der sich nicht von seinem Sohn losreißen konnte, und richtete seine Aufmerksamkeit auf die astralen Kräfte seines Innersten. Janka hob gerade den Mutterkuchen auf, als der Druide sich zu ihr umdrehte, ein freundliches Gesicht aufsetzte und ihr dann unvermittelt einen Klaps auf die Stirn gab.

Sofort sah sie ihn mit gerunzelter Stirn an, drehte sich verwirrt um die eigene Achse, als wüßte sie nicht, wo sie war. Rogoff beachtete sie nicht weiter. Sie war nun nicht mehr in der Lage, ihm in die Quere zu kommen. Ihre ohnehin mangelnde Geisteskraft hatte er zusätzlich umnebelt. Er führte sie in eine Ecke des Raumes, nahm ihr die Plazenta ab und legte sie zurück auf den Tisch, an die gefesselten Füße Mjeskas.

Dann entfernte er das Tuch von der amethystbesetzten Statue, räumte alle herumliegenden Kleinigkeiten, die für die Geburt notwendig gewesen waren, beiseite, nahm den Ritualdolch wieder an sich und legte zuletzt die eigene Kleidung ab.

Mjeska liefen Tränen die Wangen hinab und versickerten in den Haaren auf dem Tisch. Sie wußte, daß ihr Schicksal besiegelt war. Sie verstand die Anzeichen für eine neue Beschwörung, war sich ihrer eigenen bedeutsamen Teilnahme an Rogoffs Plänen bewußt. Ein Rest ihres Willens mußte noch an ihrem alten Leben festhalten, hoffen, daß alles gut werde, aber sie wußte mit Gewißheit, daß es anders kommen würde. Sie war nicht unschuldig.

Rogoff mußte sich in das Zentrum des Bannkreises begeben. Der Tisch stand ihm dabei im Weg, und er war gezwungen, unter ihn zu kriechen. Demütig legte er sich auf den kalten Boden, umschloß mit beiden Händen den Griff des Dolches und richtete ihn auf seinen Gott.

Bei seiner Andacht verstrichen lange Minuten. Er stimmte sich Stück für Stück in die jenseitigen Sphären ein, rief den Purpurnen mit unausgesprochenen Worten näher an sich heran, ebnete ihm eine gedankliche Verbindung in diese Welt. Ein Kälteschauer verkündete seine Ankunft.

Der Druide kletterte unter dem Tisch hervor und stellte sich an seinen gewohnten Platz, dem Namenlosen gegenüber, Mjeska als Barriere zwischen ihnen. Nochmals kniete er unterwürfig nieder, dann stand er auf und griff mit der Linken nach dem Mutterkuchen.

»Am Shihayazad, dem fünften Tag, flehe ich um deine Aufmerksamkeit. Knechter der Verblendeten, Meister der Erleuchteten, betrachte die Geschenke, die dich ehren sollen. Sieh her!«

Ein wuchtiger Stoß mit dem Dolch trieb die Klinge durch die Nachgeburt hindurch in das Holz. Ein

Schimmern ging von der Waffe aus. Gleichzeitig schwoll ein irisierendes Summen an. Die Plazenta schrumpfte zusammen, vertrocknete in Berührung mit dem Obsidian. Das Rot des Blutes wurde aufgesogen, stieg im Dolch empor, verfärbte ihn. Kurz danach war nur die Waffe geblieben.

»Mit dieser Klinge schicke ich die Mutter deines Sohnes zu dir, übergebe sie deiner Willkür. Gib diesem Kind die Kraft, deinen Willen zu verkünden! Laß es zum diesseitigen Erschaffer deiner Pläne werden! Ermögliche ihm, der Übersetzer zu sein, der deine Macht an den hinderlichen Schranken vorbei in diese Sphäre bringt! Ich ...«

»Wie kannst du es wagen, mich zu hintergehen?« Janka war aufgestanden und hatte ihn unterbrochen. Der Zauber, der sie verwirren sollte, schien verflogen und statt dessen war ein wacher Ausdruck in ihren Augen. »Das Versprechen war eindeutig, Zauberer!«

Rogoff begriff nicht, was sie von ihm wollte. Sie hätte nicht einmal bei Verstand sein dürfen.

»Du sagtest, wir könnten das Kind haben. Wir!« Sie fuchtelte wild mit den Armen. Gleichzeitig näherte sie sich dem Kreis der geketteten Zwölf. »Doch du hast es vergessen, kannst dich nur an dein Bündnis mit dem Purpurnen erinnern. Mir steht die versprochene Belohnung zu, und ich werde sie mir holen!«

»Was willst du?« Jankas Verhalten war ihm unerklärlich.

»Was ich will? Gib mir die Hälfte des Kindes, die mir zusteht. Der Purpurne sollte es sich mit mir teilen, doch er hat es sich zur Gänze genommen. Du hast es nicht verhindert! Es ist deine Pflicht, mich auszuzahlen, Zauberer!«

»Wer bist du? Janka?«

Sie blies wütend durch die Nasenflügel.

»Janka! Welch ein Kleingeist du bist! Welchen Wert hat diese jämmerliche Sterbliche? Ihr Geist ist schwächer als der eines Hundes! Ein Pakt mit ihr hätte keinerlei Bedeutung.«

Das seltsame Verhalten der Frau mißfiel Rogoff. Er war verwirrt und fühlte sich von dieser Wendung überrannt. Es war gefährlich, die Beherrschung über eine Anrufung zu verlieren. Jede Sekunde, die er mit der Alten sprach, konnte ihn die Seele kosten.

»Verschwinde!« schrie er und warf einen Teil seiner Zauberkraft nach ihr. Flammen züngelten, brannten durch die Luft auf den gebrechlichen Körper zu. Sie fraßen sich in die Kleidung, zerrten sie entzwei und sprangen auf das Fleisch über, das sich in Fetzen auflöste und von Janka abfiel.

Sie zeigte keine Anzeichen von Schmerz, lachte, während sie verbrannte, und unter den Flammen erschien ein zweiter, metallisch funkelnder Körper.

Das Feuer verlosch, erstickte, als der arkane Fluß versiegte. Rogoff stand eine Gestalt aus fingernagelgroßen, blinkenden Schuppen gegenüber, die sich hin und her zu bewegen schienen. Sie krabbelten aufwärts, dann wieder zum Boden, schoben sich übereinander und untereinander weg. Fühler und Beinchen stachen aus ihnen heraus, erzeugten scharrende Geräusche, Kratzen und Schaben.

Rogoff erkannte die Wahrheit. Das Wesen, das Janka gewesen war, hielt sich aus Abertausenden von Insekten zusammen. Käfer, Spinnen, Würmer, Heuschrecken, sie alle bildeten die Reste menschlicher Formen, während sie in ständiger Bewegung blieben. Und immer noch lachte die Gestalt. Die Stimme hatte sich verändert, war sirrend, kratzend geworden, als wäre sie selbst ein Insekt. Aus dem Kopf wuchs ein sechsendiges Geweih.

»Begreifst du nun, Sterblicher! Ich bin Rahastes, der Plagende! Der, dessen Hörner die Namen Invasion, Freßsucht, Maßlosigkeit, Vernichtung, Hunger und

Tod tragen. Befehlshaber der Unfruchtbarkeit. Der, den du betrogen hast.«

»Ich … Niemals! Ich habe dich nicht betrogen!« stotterte der Druide. Sein Ritual war beinahe verloren. Die Anwesenheit des Dämons machte jede Fortsetzung sinnlos, bis er sich von ihm befreit hatte.

»Du schworst mit deinem Leben, das Kind würde uns gehören. Mir und dem Purpurnen. Das waren deine Worte, Zauberer! Erinnerst du dich? Du sagtest: ›Ich schwöre es mit meinem Blut und mit meinem Leben.‹ Ich denke, da der Purpurne seine Hand fest auf die Schultern des Knaben gelegt hat, werde ich den Preis fordern, den du mir zum Ersatz versprochen hast.«

Der Druide hörte nicht mehr zu. Er versuchte sich auf einen Bannspruch zu besinnen, um den Dämon dorthin zurückzuschicken, wo er hingehörte. Rogoff sammelte seine Kräfte, bemühte sich trotz der Ausführungen Rahastes' und der störenden Insektengeräusche, die nötige Willensstärke aufzubringen. Er hatte nur einen Versuch, um den Sechsgehörnten, der von Janka Besitz ergriffen und sie getötet hatte, in seine Sphäre zurückzuwerfen.

»Ich verlange dein Blut und dein Leben, Sterblicher! Es ist ein kläglicher Ersatz. Du wirst meinen Zorn zu spüren bekommen.«

Die arkanen Muster bildeten sich, verknüpften sich mit dem Bannkreis und warteten auf ihre Auslösung. Rogoff brauchte die Linien nur noch zu verlassen, den Umkreis übertreten, und ein magischer Wirbel würde den Dämon erfassen und durch die Linien des Bannkreises zurück in die Niederhöllen werfen. Vielleicht gelang es dem Druiden, die Beschwörung des Namenlosen zu wiederholen und unbeschadet abzuschließen. Noch war es nicht zu spät.

»Worauf wartest du? Geh deinem selbstgewählten Schicksal entgegen.«

Rogoff trat vor, ging auf den zweibeinigen Haufen Ungeziefer zu, als würde er gehorchen. Er machte sich bereit, den Zauber zu wirken, und ließ die Statuen hinter sich.

Der Dämon spritzte auseinander, warf sich in Millionen Einzelteilen gegen den Druiden, der entsetzt die Arme hochriß. Die Wucht des Aufpralls warf ihn zu Boden. Winzige Beine tappten über seine nackte Haut, liefen darüber, kribbelten, kitzelten ihn. Etwas drang in seine Nase, bevor er es wegschlagen konnte. Er wollte es hinauspusten, doch mit dem Luftholen stürzten andere Insekten in seinen Mund, eroberten seinen Rachen in einem Gewaltmarsch. Seine Ohren füllten sich mit tosendem Rasseln, beißendes Jucken kroch seinen After hinauf, bohrte sich tiefer in seinen Körper, um ihn von innen heraus zu verzehren. Wild schlug er um sich, doch der Gegner war überall, stach mit winzigen Stacheln zu, deren Gift sich zu einer tödlichen Dosis vereinten. Angstschreie waren nicht mehr möglich. Mit Husten und Würgen versuchte er, seinen Hals freizubekommen.

»Das ist erst der Anfang, Zauberer!« sagte ihm eine knisternde Stimme im Kopf. »In dieser Welt magst du sterben. Wo ich herkomme, gibt es kein Vergehen!«

Rogoffs Körper löste sich unter den Insekten auf, verschwand und machte Platz für eine Dämonengestalt, die sich neu formierte. Sie hatte Mutter und Kind nicht vergessen. Sie wollte sich davon holen, was sie immer bekommen konnte.

Mjeska war nicht mehr in der Lage zu schreien. Rahastes schritt langsam auf sie zu, zeigte ihr genüßlich die ganze Häßlichkeit seiner Statur, bevor er seinen Zusammenhalt verlor und Myriaden von Heuschrecken durch den Raum flogen. Kreisend bildeten sie einen Wirbel, formten die Spitze einer Angriffsfront und stießen auf das Zentrum des Bannkreises zu.

Rahastes erreichte den Tisch nicht. Entlang der

Linien im Boden bildete sich ein purpurnes Licht, strahlte in die Höhe und umschloß den Weiheplatz des Namenlosen in einer durchscheinenden Säule.

Die Insekten prallten daran ab, wurden zurückgeworfen und fielen gebrandmarkt zur Erde. Die Heuschrecken wandelten sich in dicke gepanzerte Käfer, die einen zweiten Ansturm wagten. Die erste Kolonne verglühte an der Säule. Rahastes' Kreischen zerriß die Geräusche des Ungeziefers, zerrte sie mit sich empor und verschluckte sie jenseits der Welt in seine eigene Sphäre.

*

»Was geht hier vor?« Wulfens Stimme schallte durch den zerwüsteten Raum, unterwanderte den Gesang, der keine Quelle hatte.

»Woher soll ich das wissen? Du bist doch derjenige, der etwas von Magie versteht! Zauberei, Geisterspuk, was weiß ich? Es ist niemand hier!«

Er schritt über die Trümmer hinweg, ging durch das Zimmer, als würde er dadurch die Sängerin finden, die es nicht gab. Wenn es überhaupt die Stimme der Frau war, die sie suchten, dann war sie eine Zaubererin, benutzte ihre Kräfte, um sie in die Irre zu führen oder gar in einen Hinterhalt zu locken.

»Laß uns gehen, Wulfen. Es ist zu gefährlich. Vielleicht ist es eine Falle!«

Er drehte sich zu Narena um und bedachte sie mit einem mißbilligenden Blick.

»Wie sollte die Stimme eine Falle sein? Sie besitzt keine Existenz. Sie ist nur eine Illusion und kann uns nichts anhaben.«

»Aber daß wir hier sind, ist gefährlich!« Narena kreischte förmlich. Sie wollte nicht in diesem Grab bleiben. Schlimm genug, daß sie sich nicht geweigert hatte, Wulfen zu begleiten, aber jetzt gab es keinen Grund mehr für ihre Anwesenheit. Sie würden die

Frau nicht finden. Sie war vermutlich gar nicht hier.
»Erinnerst du dich nicht mehr an die Leuchtkugel, die dich traf? Wer sagt dir, daß dieser Raum nicht ebenfalls gesichert ist? Verdammt, ich will nach draußen! Ich gehe auch ohne dich.«

»Du bist nicht bei Sinnen, Narena. Der Rückweg ist nicht weniger gefährlich als der Hinweg. Nur weil wir bisher alle Fallen überwunden haben, bedeutet das nicht, daß es keine weiteren gibt. Wenn wir aufbrechen, müssen wir zusammen gehen.«

»Dann komm endlich! Ich beschwöre dich bei den Zwölfen, Wulfen, komm mit! Wir können nichts anderes tun!«

Statt zu antworten, trat er zu ihr und legte ihr beide Hände auf die Schulter.

»In Ordnung, die Stimme war nur eine Illusion. Doch was ist mit der Leiche im Gang? Der Mann ist erst seit ein paar Tagen tot, sonst wäre noch weniger von ihm übriggeblieben. Er kann das Grab erst nach dem Jahresende betreten haben. Verstehst du, was das bedeutet? Kein gewöhnlicher Grabräuber würde es wagen, während der namenlosen Tage eine Ruhestätte zu plündern. Er würde wie jeder vernünftige Mensch zu Hause bleiben und sich einschließen. Der Mann, der dort draußen liegt, war ein Anhanger des Namenlosen.«

»Warum bist du dir so sicher? Es könnte ebensogut einen anderen Grund haben.«

»Und welchen? Narena, ich verstehe, daß du es nicht wahrhaben willst. Es bedeutet, daß wir weiter in das Gewölbe eindringen müssen, um nachzusehen, ob noch andere hier sind. Mir gefällt die Vorstellung genauso wenig wie dir.«

»Dann laß uns gehen. Bitte! Ich will nicht mehr. Wir haben so viele Dinge zu Ehren der Götter getan. Wir haben uns stets bemüht, ihre Gesetze zu achten, aber das geht zu weit. Willst du es mit einer ganzen

Gruppe von Kultisten aufnehmen? Glaubst du wirklich, daß unsere Gegenwart irgend etwas ändern würde?

Meiner Meinung nach wäre es sinnvoller, der Boron-Geweihten einen Hinweis zu hinterlassen, wo sie die Anhänger des Gottes ohne Namen suchen muß.

Abgesehen davon glaube ich nicht einmal, daß der Tote wirklich ein Anhänger des Namenlosen gewesen ist. Es könnte ebensogut ein Ungläubiger gewesen sein, der sich nicht um unsere Verbote kümmert. Bitte, laß uns verschwinden.«

Wulfen ließ sie los und sah sie grimmig an.

»Du willst es nicht begreifen, nicht wahr? Ich bin mir sicher. Komm, ich beweise es dir. Bestimmt finden wir einen Hinweis, wenn wir die Kleider des Mannes durchsuchen.«

Narena war zu überrascht, um ihn zurückzuhalten. Die Vorstellung, mit bloßen Händen den von Maden zerfressenen Leichnam zu berühren, schnürte ihr den Hals zu. Die Berührung eines Toten, sein weiches, kaltes Fleisch zu spüren, dieses Gefühl würde sie auf ewig verfolgen. Sie würde niemals wagen, einen Leichnam anzufassen. Das war Sache der Boronis.

»Wulfen!« schrie sie ihm hinterher, aber er ließ sich nicht beirren. Durch die offenstehende Tür sah sie, wie er sich über den Toten beugte. Sie rannte ihm hinterher, wollte ihn zurückreißen, doch als ihr der Verwesungsgeruch entgegenschlug, blieb sie wie gelähmt stehen und sah Wulfen bei seiner grausigen Tätigkeit zu.

Er hatte die Kleidung des Mannes geöffnet, was durch die Fangfesseln erheblich erschwert wurde. Er griff der Reihe nach in die verschiedenen Taschen und holte schließlich etwas daraus hervor.

»Da hast du es, Narena! Das ist der Beweis!« Er wollte ihr seinen Fund in die Hand drücken. Sie wich zurück, konnte ihr Entsetzen nicht besiegen. Der

Schlag in Wulfens Gesicht war lediglich Ausdruck ihrer Angst.

»Faß mich nicht an! Hörst du! Du hast mich einmal berührt, und ich verabscheue, was wir getan haben. Laß mich endlich in Ruhe!« Ihr Brüllen ging in ein Wimmern über. Sie sank zu Boden und überließ sich ganz dem aufbrandenden Weinkrampf. Wulfen stand zögernd vor ihr und wartete.

»Verzeih«, brachte sie schließlich hervor. »Wir sind beide verantwortlich für das, was wir taten. Ich kann dir nicht die alleinige Schuld geben.« Sie benötigte eine Weile, um sich gänzlich zu beruhigen. »Es ist also ein Kultist. Dann müssen wir unseren Frevel sühnen, indem wir die Bande aufstöbern und ihren Machenschaften ein Ende bereiten. Was meinst du?«

Er hielt ihr die Hand entgegen, um sie auf die Beine zu ziehen. Kurz starrte sie auf die Finger, die die Leiche berührt hatten. Wenn sie den Zirkel des Namenlosen vernichten wollten, konnte sie sich keinen hinderlichen Aberglauben leisten. Ob sie wollte oder nicht, sie mußte tun, wozu die Umstände sie zwangen. – Sie griff nach Wulfens Hand und zog sich hoch. Gemeinsam stiegen sie über den Leichnam hinweg und folgten dem weiteren Verlauf des Ganges. Sie wollte gar nicht wissen, was er bei der Leiche gefunden hatte.

Zehn Schritt weiter teilte sich der Gang erneut. Die Bauweise ähnelte dem Raum, den sie hinter sich gelassen hatten, jedoch ragten an dieser Stelle Stahlspitzen aus der Wand, die denen stark ähnelten, die bereits einen Mann getötet hatten. Hier hatten sie kein Opfer gefunden oder waren auf unbekannte Weise abgewehrt worden. Narena bezweifelte, daß der komplizierte Mechanismus, der diese Falle steuerte, fehlerhaft arbeitete.

Sie beeilten sich, die Spitzen zu umgehen.

Diesmal entschieden sie sich für den linken Gang, was ein ebenso großer Fehler sein mochte, wie es zuvor der rechte gewesen war. Narena hoffte, daß sie Glück hatten und die Fallen bereits ausgelöst worden waren. Wortlos einigten sie sich darauf, daß Wulfen voranging. Seine Fackel erhellte den Weg vor ihnen, während Narena ihr Licht senkte, um den Boden abzusuchen.

Vorsichtig tasteten sie sich durch den Gang. Narena ging halb in der Hocke, um besser sehen zu können, worauf Wulfen zulief. Der Boden hatte einige Unebenheiten, doch nirgendwo war ein Auslöser zu entdecken.

Narena stieß gegen Wulfen, der unvermittelt stehengeblieben war. Die Fackel streifte seine Kleider, doch ein paar Funken konnten dem Gewebe nichts anhaben.

»Der Gesang hat aufgehört«, sagte er. Die Hitze des Feuers schien er gar nicht zu bemerken.

Narena lauschte in die Richtung, aus der sie gekommen waren, doch das Lied war verstummt. Sie überlegte, ob ihr die Veränderung Mut oder Angst machen sollte. »Was macht das schon? Irgendwann mußte es enden. Es war ohnehin nicht wirklich.« Ihre Stimme klang überzeugter, als sie selbst es war. Die Anspannung, die sie schon seit Tagen begleitete, hatte sich in einem Zittern gebündelt. Die Fackel lag unruhig in ihrer Hand, und die schwache Bewegung ließ das Feuer verstärkt rußen.

Wulfen gab sich nicht so schnell mit ihrer Erklärung zufrieden. Er wartete auf eine weitere Veränderung, doch letztendlich sah er ein, daß es nichts brachte, noch länger in dem Gang herumzustehen. Er schüttelte verwirrt den Kopf. Sie setzten ihren Weg fort.

Als der Gang erneut der Form eines von ihm umschlossenen Raumes folgte, gingen sie auf eine Kreuzung zu. Die Tür zu dem Zimmer stand offen, und der Fackelschein offenbarte ein heilloses Durcheinander.

Bei näherer Betrachtung unterschied sich der Zustand dieser Kammer nicht viel von der vorherigen. Die Einrichtung war zerschlagen, Schmuckkästchen lagen geplündert auf der Erde herum. Das Bildnis des Verstorbenen hatte jemand aus der Verankerung gerissen. Es war umgekippt und beim Aufprall auf den Boden zersplittert. Die größeren Bruchstücke lagen beinahe in der alten Anordnung nebeneinander, die kleineren waren über den Raum verteilt.

Das Besondere an diesem Zimmer war jedoch ein klaffendes Loch an der Stelle, wo zuvor die Statue gestanden haben mußte. Dunkel wies es mit anderthalb Schritt Durchmesser in die Tiefe, und an der ihnen zugewandten Seite meinte Narena die Sprosse einer Leiter zu erkennen.

Wollten sie durch den Schacht klettern, waren die Fackeln mehr als hinderlich. Solange sie sie in der Hand hielten, würden sie nur mühsam vorankommen. Eine Fackel hinabzuwerfen, würde nur etwas bringen, wenn sie nicht während des Falls ausging, und dann würde sie auf Wulfen und Narena aufmerksam machen, bevor sie überhaupt unten waren.

»Soll ich zuerst gehen?« fragte Wulfen flüsternd.

»Willst du etwa ohne Beleuchtung hinabklettern?«

»Hast du eine bessere Idee? So kann ich mich wenigstens umhören, bevor wir Licht herunterbringen. Wenn jemand in der Nähe ist, werde ich es herausfinden.«

»Und wie willst du mir klarmachen, daß ich nachkommen kann? Du kannst nicht nach mir rufen!«

»Du wartest einfach, bis ich dich hole. Solange hältst du dich mit den Fackeln möglichst weit vom Schacht entfernt auf. – Ich bin gleich wieder da.«

Ohne auf ihre Zustimmung zu warten, rutschte er auf den Rand des Schachts und ließ die Beine in die Dunkelheit sinken. Die Füße fanden Halt auf den Sprossen, und er kletterte hinab. Offenbar ging er davon aus, daß er die Führung in die Hand genommen hatte, und Narena mußte zugeben, daß es stimmte. Sie hatten nicht ein einziges Mal getan, was sie wollte. Wulfen setzte seinen Willen jedesmal auf irgendeine Weise durch.

Sie hatte beide Fackeln übernommen und legte sie außerhalb des Raumes ab. Sorgsam achtete sie darauf, daß das Licht von der Zimmerwand abgeschirmt wurde. Sie blieb in dem Durchgang stehen, sah abwechselnd auf den Schacht und die Gänge hinter sich, um sich zu vergewissern, daß sie alleine war.

Wulfen kam schneller zurück, als sie erwartete hatte. Seine Hand griff aus dem Loch heraus, und er zog sich halb empor. Er winkte Narena zu sich heran.

»Vier oder fünf Schritt tiefer ist ein zweiter Raum. Er scheint ebenfalls zur Grabstätte zu gehören. Ich konnte nicht viel herausfinden, aber man hat ihn genauso geplündert wie die oberen Räume. Gehört habe ich nichts.

Vermutlich ist es ungefährlich, eine Fackel hinunterzuwerfen, aber ich wäre gerne unten, um sie gegebenenfalls zu löschen. Ich klettere wieder hinunter. Zähle bis zwanzig und wirf dann eine Fackel. Wenn du nachkommen kannst, winke ich dir damit.«

Narena nickte und wandte sich ab, um eine Fackel zu holen. Wulfen verschwand im Schacht.

Zum vereinbarten Zeitpunkt ließ sie die Fackel in das Loch fallen. Das Licht wurde schnell kleiner, flackerte bedrohlich und spie dicke schwarze Fäden aus. Narena konnte nicht sagen, ob es Dunkelheit war, die nicht erhellt wurde, oder ob es Rußfäden vom Feuer waren. Die Bewegung endete abrupt, ein dumpfes Knacken ertönte. Narena sah Wulfen, wie er die Fackel aufnahm und in dem Raum am Ende des Schachtes verschwand. Kurz darauf kehrte er zurück und gab ihr das Zeichen nachzukommen.

Sie holte die zweite Fackel und warf sie hinab. Die Flamme erlosch, doch Wulfen mochte sie entzünden, bevor Narena unten war. Solange noch ein Feuer brannte, brauchten sie sich keine Sorgen um das Licht zu machen. Sie hatten noch genügend Holz bei sich.

Die Leitersprossen waren stumpf und verrostet. Das Metall hinterließ ein unangenehmes Beißen in den Handflächen, als hätten sich einzelne Späne in die Haut gebohrt. Narena kletterte an den eisigen Streben hinab. Die Kälte, die zunächst nur an ihren Händen zu spüren war, stieg allmählich am Körper empor und umschloß sie auf dem Weg nach unten.

Wulfens Fackel signalisierte ihr, daß sie den Fuß des Schachts erreicht hatte. Sie löste sich von dem Metall und sah sich in der Kammer um. Truhen und Kisten hatten hier gestanden und Spuren in dem Staub hinterlassen, der sich seit dem Begräbnis angesammelt hatte. Sie waren geraubt oder gleich an Ort und Stelle geplündert worden, doch mit weniger Wut und Vernichtungswillen als im oberen Raum. Anscheinend hatte man dort mehr nach dem Schacht als nach Schätzen gesucht.

Die Wände waren mit verblaßten Ornamenten verziert, die sich entlang des Felsens zogen. An einer Stelle – Narena schätzte, daß es die Nordwand war – hatte man einen Tunnel ins Gestein geschlagen. Die Ränder des Durchbruches waren ungleichmäßig und grob behauen. Wer immer ihn geschaffen hatte, hatte sich nicht darum bemüht, es ordentlich zu tun. Vielmehr sah es so aus, als wäre er erst nachträglich und überhastet angelegt worden. Herausgeschlagene Steine lagen auf dem Boden, bildeten einen Geröllhaufen. Wulfen stand davor und blickte in den Gang.

»Das ist kein ursprünglicher Teil des Grabes. Er gehört zu keinem der vier Bilder.« Er klang erschüttert und zugleich fasziniert von ihrer Entdeckung. »Und er kann unmöglich in den letzten Tagen gehauen worden sein. Dafür ist er viel zu lang, und es müßte mehr herausgeschlagener Fels hier liegen. Jemand hat das Gestein bereits weggeräumt.«

Seine Fackel beleuchtete den Eingang des Tunnels und verlor sich dann in der Tiefe. Es sah aus, als führe er nicht nur weiter hinab, sondern auch von der Toteninsel fort. Unter keinen Umständen war er Bestandteil der Grabstätte.

Narena mußte sich eingestehen, daß sie trotz der ungewissen Erwartungen erleichtert war, den Boronanger zu verlassen. Für sie bedeutete es ein gutes Omen, und sie würden den Todesgott nicht länger erzürnen. Wenn sie tatsächlich die Gelegenheit erhielten, einen Teil ihrer Frevel zu sühnen, dann war dies der Weg dazu. Endlich verstießen sie nicht mehr gegen die zwölfgöttlichen Gebote.

Sie entzündete ihre Fackel und trieb Wulfen dazu an, in den Tunnel zu gehen. Er bemühte sich, seine Füße vorsichtig aufzusetzen, doch das Knirschen von Stein auf Stein war nicht zu vermeiden. Hoffentlich wurden sie nicht schon erwartet, wenn sie das Ende des Ganges erreichten.

Nach dem Mörtel, auf den die Ornamente gemalt waren, kamen Reste von Ziegelsteinen zum Vorschein. Danach begann der gewachsene Fels. Hier hatte das Gestein den Erbauern mehr Widerstand geboten, als sie erwartet haben mußten, und ihre Anforderungen an den Gang waren rapide gesunken. Die Deckenhöhe schrumpfte von anfangs fast zwei Schritt rasch so weit, daß Narena und Wulfen auf den Knien rutschen mußten. Das Vorankommen verzögerte sich zusätzlich, weil es schwierig war, die Fackeln mitzuführen, ohne sich daran zu verbrennen. Eine Zeitlang war es möglich, das Holz mit einer Hand zu halten, aber manchmal war es notwendig, die Fackeln über Unebenheiten hinwegzuwerfen und sie später wieder aufzunehmen. Jedesmal betete Narena darum, daß sie Wulfen die Flammen nicht gegen die Beine schleuderte.

Der Gang endete nach fünfzig Schritt unvermittelt in einer Höhle. Wulfen legte die Fackel ab, ließ sich umständlich über die Kante sinken und verschwand aus Narenas Blickfeld. Sie hörte, wie die Schuhe beim Aufprall ein Echo erzeugten. Anscheinend lag der Boden der Höhle einige Schritt tiefer.

Sie kroch näher an die von Wulfen zurückgelassene Fackel, spähte über den Rand des Tunnels nach unten und entdeckte einen Schatten, der ihr zuwinkte. Sie ließ erst die eine, dann die andere Fackel fallen.

Die Höhle war nicht höher als sieben Schritt, doch sie hatten sie nahe der Decke erreicht. Der Boden der Höhle lag etwa vier Schritt unter Narena. Feuchter Glanz lag auf der ebenen Fläche, die sich von der Wand zwanzig Schritt nach Norden zog. An der breitesten Stelle maß sie ungefähr drei Schritt. Irgendwo tropfte es regelmäßig, und das Echo warf hallende Töne durch die Finsternis.

Narena hangelte sich über den Abgrund. Die Enge des Tunnels behinderte sie, zwang sie zu umständlichen Verrenkungen. Die Beine stießen immer wieder an die Tunnelwand und konnten nur mit Kraft oder einem erneuten Versuch befreit werden. Die Spitzen des Gesteins schnitten in die Kleider und scheuerten an den Armen, während sie nach Halt suchte. Bevor sie sich fallen ließ, fiel ihr Blick auf den winzigen Gang, durch den sie gekommen waren. Der fehlende Fackelschein machte es unmöglich, etwas zu erkennen, doch die Erinnerung spiegelte ihr die Vorstellung eines hohlen Wurmstiches vor, der als winzige Röhre durch das Gestein verlief. Sie stieß sich von der Felswand und ließ sich fallen. Die Füße trafen überraschend früh auf den Boden. Der Aufprall schien einen höllischen Lärm zu erzeugen und gab den Stoß ungemindert an sie weiter. Sie spürte den Druck bis in den Magen. Sie mußte die Hände zu Hilfe nehmen, um nicht umzufallen.

Wulfen half ihr auf und gab ihr die Fackel zurück. Er musterte sie, um herauszufinden, ob sie sich verletzt hatte, aber sie verneinte stumm. Die Knöchel schmerzten geringfügig. Es würde schon aufhören.

Sie wunderte sich, daß sie keine Gesteinsreste vom Tunnelbau in dieser Höhle fand. Natürlich konnte man sie ebensogut weggeschafft haben wie das übrige Geröll, aber in Narenas Vorstellung von den Bauarbeiten war diese Höhle mit einem berstenden Durchstich des Tunnels erobert worden. Die letzten Schläge einer Spitzhacke hatten Splitter und Steine schrittweit davongeschleudert. Sie sah keinen Sinn darin, daß jemand eine Höhle derart sorgsam aufräumte, daß man keine Spuren davon entdecken konnte. Selbst Staub schien sich nur geringfügig abgesetzt zu haben.

Sie hatte keine Zeit, diese Gedanken weiter zu verfolgen. Wulfen zerrte sie mit sich. Er gab ihr mit Zeichen zu verstehen, die linke Höhlenwand nach einem Ausgang abzusuchen, während er sich die rechte Seite vornahm. Nachdem sie sich der Nordwand zugewandt hatten, fanden sie einen Spalt, der tiefer in das Höhlensystem führte.

Die Öffnung war nicht sehr breit. Ein Kind hätte hindurchschlüpfen können, doch für einen Erwachsenen bedeutete es einige Anstrengung. Narena übernahm hier die Führung. Da sie kleiner als Wulfen war, kam sie schneller voran. Sie hatte das Gefühl, ersticken zu müssen. Der Fels schien sich auf sie zuzuschieben, sich an ihren Körper anzupassen und die Breite des Spalts zu verändern. Es war, als wolle das Gestein sie zurückhalten, sie hinauspressen. Es gab ihr eindeutig zu verstehen, daß sie jenseits dieser Schwelle nicht erwünscht waren. Die Schwärze auf der anderen Seite erzeugte beklemmende Ängste. Sie konnten unversehens in einen Hinterhalt geraten. Wenigstens mußten sie hier nicht mehr mit Fallen rechnen.

Als sie den Spalt hinter sich gelassen hatte, ließ sie

sich von Wulfen die Fackeln reichen und sah sich um, während er nachkam.

Die Höhle auf dieser Seite war von unbestimmbarer Größe. Die Decke senkte sich zur Mitte hin ab, hing wie ein mit Wasser gefülltes Ledertuch an einer Halterung, die im Dunkel nicht zu erkennen war. Die Wölbung stützte sich auf Hunderte von Säulen, die aus dem Boden und von der Decke gewachsen waren. Tropfen lösten sich von ihnen, fielen in regelmäßigen Abständen auf die Gesteinsspitzen am Boden und spritzten dort auseinander. Die Säulen verteilten sich über die gesamte Höhle, standen in unregelmäßigen Abständen und bildeten dennoch eine undurchdringliche Wand, hinter der sich ein ganzes Heer verstecken konnte. Narena sah vielleicht dreißig, fünfunddreißig Schritt weit, danach stieß sie in jeder Richtung auf eine Wand aus Tropfsteinen. Das Echo, das in dem ersten Gewölbe herrschte, war hier verschwunden. Diese Höhle schien Geräusche eher abzudämpfen.

»Meinst du, daß wir etwas finden?« fragte sie Wulfen. Er hatte ein paar Schürfwunden an den Händen und im Gesicht.

»Wir sollten wenigstens suchen.« Sein Blick streifte zwischen den Tropfsteinen umher. »Außerdem will ich wissen, was es mit diesem Höhlensystem auf sich hat. Ist es nicht seltsam, daß es sich so nahe der Stadt der Toten befindet und bei der Anlage der unterirdischen Gräber nicht entdeckt wurde?«

Sie hatte diese Antwort erwartet. Der eigentliche Sinn der Frage erschöpfte sich darin, den Klang einer menschlichen Stimme zu hören.

Sie blieben dicht beisammen, um sich in dem Gewirr von Gestein nicht in der Abzweigung eines Ganges oder einer Säulenreihe zu verlieren. Narena hielt annähernd geradlinig auf die gegenüberliegende Seite der Höhle zu. Der Tiefpunkt der Decke bot eine gute

Orientierungshilfe. Sie brauchten nur dem Gefälle des Gesteins zu folgen, um ihr Ziel zu erreichen.

Hinter den vorbeiziehenden Felsgebilden öffneten sich neue Einblicke auf den weiteren Weg. Die Höhle hatte in ihrer Mitte nur eine geringe Höhe. Die Decke näherte sich bis auf wenige Handbreit dem Boden. Dünne Wasserbahnen rannen an ihr herab, sammelten bisweilen Tropfen an den Felsspitzen, gelangten jedoch zum Großteil tiefer in die Höhle. Eine dünne Schicht aus Feuchtigkeit überzog das Gestein, und als sie näher kamen, konnten sie die Bewegung zu einem Bassin verfolgen, das von der Mitte des Deckengefälles aus gespeist wurde.

Ohne es bemerkt zu haben, zog es sowohl Wulfen als auch Narena darauf zu. Vermutlich war es bei ihm nicht anders, aber sie mußte sich eingestehen, daß sie Durst hatte.

Die letzte Strecke mußten sie kriechen, um weiterzukommen. Die Fackeln hatten sie zurückgelassen, doch der Feuerschein spiegelte sich im Wasser des Beckens.

Das Bassin hatte eine Tiefe von etwa zwei Handbreit, wie durch das kristallklare Wasser deutlich zu erkennen war. Das Wasser war eiskalt und ließ sich nur in sehr kleinen Schlucken trinken. Es war sehr erfrischend.

Als Narena sich zurückziehen wollte, stieß sie einen Kiesel in das Becken. Er schlug plätschernd auf die Wasseroberfläche auf und sank dann gemächlich schwebend hinab. Narena konnte es sich nur so erklären, daß das Bassin tiefer war, als es durch die ungewöhnlich klare Flüssigkeit den Anschein hatte.

Vom Zentrum aus weiterzugehen stellte sich als weniger einfach heraus. Sie konnten nur ungefähr die Richtung halten. Die Umwege um die Säulen vereitelten jeden Versuch, sich zu orientieren, und es war unmöglich zu sagen, welche Richtung geradeaus war. Sie würden nicht an den Spalt zurückgelangen, ohne es zu bemerken, aber jeder beliebige Punkt an der gegenüberliegenden Höhlenwand konnte zu ihrem Ziel werden.

Als sie das Ende des beschwerlichen Weges zu Gesicht bekamen, fiel ihnen ein Durchgang auf, aus dem ein schwacher Lichtschimmer drang. Die Tropfsteine versperrten weitere Einblicke, doch dahinter mußte sich eine bewohnte Höhle anschließen.

Wulfen wandte sich um, ging einige Schritt zurück und legte dort das Holz ab, das er getragen hatte. Narena folgte ihm und reichte ihm eine Fackel. Einen der Scheite stellte er mit den beiden Fackeln hinter einer Felssäule gegeneinander und erzeugte so ein kleines Feuer, das unauffällig brennen würde, bis sie zurückkamen. Wären sie mit Fackeln zum Ausgang der Tropfsteinhöhle gegangen, sie wären nicht lange unentdeckt geblieben.

Narena deutete an, daß sie sich trennen sollten, um sich von zwei Seiten dem Durchgang zu nähern. Sie wartete, bis Wulfen gegangen war, dann bewegte sie sich in der entgegengesetzten Richtung auf die Wand zu.

Leise voranzukommen, war mit einigen Schwierigkeiten verbunden. Es gab an manchen Stellen Geröll und lose Steine. Überall war der Felsboden feucht und glitschig. Narena bemühte sich, jeden Schritt mit Bedacht zu setzen, aber manchmal war es besser, einen schnellen Ausfallschritt zu machen, der leise Geräusche verursachte, als der Länge nach hinzufallen. Diese Ungeschicklichkeiten wären vermeidbar gewesen, doch sie war es nicht gewohnt, sich anzuschleichen. Ein geübter Dieb hätte hier mehr Erfolg gehabt.

Entweder schien Wulfen weniger Schwierigkeiten zu haben, oder die Höhle schluckte mehr Laute, als sie erwartet hatte. Jedenfalls hatte sie nichts von ihm gehört, bis sie sich zu beiden Seiten des Tores gegenüberstanden. Ein länglicher, flackernder Lichtschein wurde auf den Boden geworfen.

Narena hörte Schritte, die ein tappendes Echo erzeugten. Jemand räusperte sich, und von weit weg waren Fetzen eines Gesprächs zu hören.

Sie wagte nicht, um die Ecke in die angrenzende Höhle zu sehen. Was war, wenn jemand den Eingang beobachtete? Was, wenn jemand zufällig herüberblickte? Wulfen wollte es versuchen, doch sie wies ihn mit einer warnenden Geste zurück. Er zögerte kurz, beachtete sie nicht weiter und spähte in die Höhle. Ohne ihr mitzuteilen, was er entdeckt hatte, kroch er durch das Tor und entschwand ihren Blicken.

Innerlich verfluchte sie ihn, doch blieb ihr nichts anderes übrig, als ihm zu folgen.

Sie bemerkte eine Balustrade, hinter die sich Wulfen kauerte, überwand die anderthalb Schritt Entfernung und ließ sich neben ihn fallen. Er schenkte ihr ein aufmunterndes Lächeln, das sie grimmig von sich wies. Den Schrecken, den er ihr eingejagt hatte, spürte sie zu deutlich am Pochen ihres Pulses. Jetzt, wo sie am Ziel ihrer Suche waren, war das unterschwellige Unbehagen einer inneren Erregung gewichen. Für Überrumpelungen und andere Spielchen hatte sie keine Kraft übrig.

Von ihrem augenblicklichen Standort aus konnte Narena nur die Balustrade und einen Teil der Torwand überblicken. Sie lag auf glattpoliertem Stein, der im Halbdunkel wie Basalt aussah. Die Wand und die zwei Ellen hohe Balustrade, die in einen Abstand von anderthalb Schritt in die Höhe ragte, bestanden aus demselben Gestein. Die Geräusche, die Narena vernahm, schienen von unten zu kommen. Offenbar befanden sie sich auf einem Balkon oder einer Galerie.

Die Höhle hatte an der Torwand ein rundes, schachtähnliches Gepräge. Der Fels stieg vor ihnen empor und verschwand scheinbar in der Dunkelheit, ohne ein Ende gefunden zu haben. Auch die Wand war poliert und völlig eben. Die Höhle wirkte nicht wie ein natürlicher Teil der Erde, eher wie ein Ort, der nachträglich geschaffen worden war. Der Stein war überall von gleicher Farbe und Maserung und zeigte keine Spuren von Steinmetzarbeiten. Vielmehr vermittelte er das Gefühl, als sei dies sein Urzustand, durch göttliche Schöpfung geformt und geprägt. Selbst der Durchgang war zu vollkommen und ebenmäßig, um eine Laune der Natur zu sein. Er ähnelte dem gebogenen Portal einer Stadtmauer oder eines Palastes.

Sie krochen den Balkon entlang, der sich in einer Windung nach rechts zog. Bald bemerkten Wulfen und Narena einen Teil der Höhlenwand, der die glatte Oberfläche zugunsten einer Palisade von Pfeilern aufgegeben hatte, von denen jeder einzelne einen sechseckigen Grundriß zu haben schien. Sie waren bis zur Hälfte in die Wand eingelassen, so daß nur die vordere Hälfte sichtbar war. Sie reihten sich wie die Pfeifen einer Orgel auf und zogen sich von unten an der Galerie vorbei in die Höhe. Der Balkon endete an ihnen, verlor sein steinernes Geländer und ging in eine Treppe über. Die Stufen waren aus den Pfeilern herausgehauen worden, verliefen als mannshohe Aussparungen entlang der Wand in die Tiefe. Wenn sie dort hinabsteigen wollten, mußten sie sich zuvor vergewissern, daß niemand in ihre Richtung sah.

Diesmal richtete sich Narena auf, um über den Rand der Balustrade zu sehen.

Die Halle war eine gewaltige Hohlröhre. Der Boden befand sich fünfzehn Schritt unter ihnen und wurde von einem kreisförmigen Band aus sechseckigen Pfeilen gebildet. Nur die Eingangswand besaß einen Bereich, der abweichend gestaltet war. Ansonsten schossen die kantigen Gebilde an jeder Seite der Halle in die Höhe, als wären sie eine Palisade gegen das Felsmassiv hinter ihnen.

Der Höhlenboden war in unzählige Parzellen unterteilt. In einigen brannte Licht, andere wiederum lagen im Dunkeln, und nur selten sah man eine menschliche Gestalt.

Die Mauern der Räume wurden von denselben Pfeilern gehalten wie die Wände der Halle, nur waren diese niedriger. Manchmal erreichten sie die Größe eines Menschen, andere waren doppelt so hoch. Es war schwer, eine Ordnung darin zu erkennen. Zunächst schien es reine Willkür, doch je länger sich Narena damit beschäftigte, desto mehr verstand sie das Schema der Architektur.

Die Mitte der Höhle bildete ein Rundbau. Sein Inneres wurde von einer Basaltplatte verdeckt, die auf den begrenzenden Pfeilern lag, doch aus den Ritzen und Fugen dazwischen drang Licht.

Um dieses Zentrum herum lief in einigem Abstand ein Pfeilerkreis, deren Zwischenraum immer wieder von Sechskantwänden durchbrochen wurde, die strahlenförmig auf die Mitte zuliefen. An den Schnittpunkten verloren die Pfeiler ihre gewohnte Höhe und wuchsen zehn Schritt empor.

Jetzt entdeckte Narena weitere Bahnen, die sich wie Zwiebelschalen umeinander legten und von den Linien der Querwände geschnitten wurden. So entstanden außen große, weite Räume, während sie mit wachsender Nähe zum zentralen Rundbau kleiner wurden.

Allmählich gewann die Draufsicht Ähnlichkeit mit einer halbierten Zwiebel, auf die man einen vielstrahligen Stern gemalt hatte. Alles lief um den Mittelpunkt herum und gleichzeitig auf ihn zu, als wäre dort ein Thronsaal oder ein Heiligtum, dem der Baumeister mit seiner Bauweise Verehrung schenken wollte.

Insgesamt schien aus acht Kammern Licht. Narena ging davon aus, daß zu jedem erhellten Raum mindestens eine Person gehören mußte. Außerdem mochten einige Räume als Schlafkammern genutzt und nicht beleuchtet sein. Vielleicht wechselte sich jeweils eine Schicht mit der anderen ab. Dann wären wenigstens sechzehn, eher aber zwanzig Menschen in der Halle. Narena bezweifelte, daß sie etwas tun konnten, um sie von hier zu vertreiben.

Sie sank wieder in ihr Versteck zurück und berichtete Wulfen leise, was sie gesehen hatte. »Wir können sie kaum alle hinausjagen«, schloß sie.

»Sie würden ohnehin zurückkommen, sobald wir weg sind. Selbst wenn wir sie vertreiben könnten. Die einzige Möglichkeit ist, die Ursache zu beseitigen, derentwegen sie hier sind. Wenn es ein Tempel ist, muß es ein Heiligtum geben, etwas, worauf ihre Beschwörungen gerichtet sind. Das müssen wir vernichten.«

»Bist du wahnsinnig? Wie willst du soweit kommen? Das Zentrum liegt mindestens fünfzig Schritt von der Höhlenwand entfernt. Man wird uns entdecken, bevor wir etwas erreicht haben! Was dann? Sollen wir sagen, daß wir einfach nur vorbeigekommen sind, um ihre Weihestätte zu zerstören? Was ist, wenn sie den Namenlosen zur Hilfe rufen?«

»Gib ihnen keine Gelegenheit dazu! Wozu trägst du den Dolch mit dir herum? Töte jeden, der dich sieht!«

Narena sah ihn mit schreckensstarren Augen an. Sie war zu überrascht, um ihm eine Antwort auf diesen irrsinnigen Vorschlag zu geben.

»Hast du Hemmungen, einen Anhänger des Namenlosen niederzustechen? Es sind Gottlose, Vogelfreie! Mitleid haben sie nicht verdient. Alles, was getan werden muß, um sie aufzuhalten, ist gerechtfertigt.« Sein Flüstern war eindringlich, fast beschwörend. »Ist es soweit gekommen mit euch Neureichern, daß ihr sogar den Verruchtesten Gnade gewähren wollt? Sind euch die Gesetze verlorengegangen, die jeden Ketzer zum Tode verurteilen?«

»Es sind zwei verschiedene Sachen, jemanden zu verurteilen und das Urteil selbst zu vollstrecken! Ich bin mir nicht sicher, ob ich das kann. Ich weiß, daß sie es verdient haben, aber ich bezweifle, daß ich in der Lage bin, jemanden zu töten.«

Narena schwieg, nach Worten suchend, die erklären konnten, was sie fühlte. Der Gedanke, einem Menschen den Dolch in den Leib zu stoßen, hemmte sie soweit, daß sie eher bereit war wegzulaufen, als den entscheidenden Stoß tatsächlich auszuführen. Es würde niemandem helfen, wenn sie jetzt vorgab, es tun zu können.

»Ich kann es nicht! Ich bin mir ganz sicher, und es ist mir gleichgültig, was du jetzt von mir denkst. Ich würde es nicht fertigbringen. Wir sollten lieber versuchen, gar nicht erst gesehen zu werden, als es darauf ankommen zu lassen, jemanden umzubringen.«

Wulfen zuckte mit den Schultern.

»Wir sollten uns trennen. Dann können sie uns nicht beide zugleich aufhalten.«

Es schien fast so, als würde er diesen Vorschlag nur machen, weil sie Hemmungen zeigte. Sein Blick hatte etwas abschätzendes, mißtrauisches. Vielleicht war die Idee richtig, unabhängig davon, worüber sie vorher gesprochen hatten. Aber auf Narena machte es einen anderen Eindruck. Sie sah Wulfen nur an und wartete, daß er eine Entscheidung traf.

Er drehte sich um, spähte über die Balustrade und lief die Treppe hinunter. Ohne sich nach ihr umzusehen, rannte er am Fuß der Wand entlang und verschwand in den Schatten.

Eine Weile war Narena wie vor den Kopf gestoßen. Wulfen hatte ein an Verfolgungswahn grenzendes Bedürfnis, den Göttern gehorsam zu sein. Die Anwesenheit der Kultisten schien ihn rasend zu machen, und vielleicht sah er jeden, der nicht ebenso bedingungslos den Zwölfen diente wie er, bereits als Feind seines Seelenheils an. – Sie hoffte inständig, daß sie es bald hinter sich hätten.

Als sie schließlich selbst in den Kessel hinabsteigen wollte, wurde sie auf zwei Frauen aufmerksam, die nahe der Treppe in ein Gespräch vertieft beieinander standen. Ihre Unterhaltung beschäftigte sie genügend, um nicht zum Balkon hinaufzusehen, aber sobald Narena die Stufen betrat, würden sie sie entdecken. Ihr blieb nichts anderes übrig, als zu warten.

In der Zwischenzeit wurde ihr bewußt, daß sie keinerlei Plan hatte. Sie ahnte nicht einmal, wie sie vorgehen sollte, um das Zentrum der Anlage zu erreichen. Am sinnvollsten war es wohl, die Bereiche zu meiden, in denen Feuer brannten. Doch dazu mußte sie die Höhle zur Hälfte umrunden und auf der gegenüberliegenden Seite in den Säulengang eindringen.

Würde Wulfen denselben Weg wählen, oder achtete er nicht darauf, die Nähe der Kultisten zu meiden? War er tatsächlich besessen genug, seine Entdeckung in Kauf zu nehmen, um ihre Frevel eigenhändig zu büßen?

Narena hörte Schritte und lugte über das Balkongeländer nach unten. Eine Frau betrat den äußeren Kreis der Pfeiler, die andere war bereits nicht mehr zu sehen. Narena beobachtete die Umgebung eine weitere Weile und schob sich dann auf die Treppe zu. Mit Unbehagen betrat sie die erste Stufe, eilte leicht geduckt hinunter und zog sich dann einige Schritt entfernt in einen Schatten zurück, um erneut zu beobachten.

Sie spürte, daß ihre Hände zitterten. Am liebsten wäre sie geblieben, wo sie war, mit dem Rücken an den Fels gepreßt, als Teil einer in Dunkelheit getauchten Wand, aber sie war hier nicht sicher. Genausowenig wie mitten in der Anlage. Ein flüchtiger Blick mochte über sie hinwegstreifen, aber sobald jemand vorbeikam, würde man sie entdecken. Sie hatte nur zwei Möglichkeiten. Eine davon war zu fliehen, Wulfen und die Anhänger des Namenlosen ihrem Schicksal zu überlassen und zu hoffen, daß sie vergessen konnte, was die Götter ihr am Tage ihres Todes vorhalten würden.

Der Weg um den Wall aus sechskantigen Steinen war langwierig. Narena kam nur umständlich voran, weil sie bemüht war, keine Geräusche zu verursachen. Die Wände des äußeren Ringes waren durch größere Spalten unterbrochen, breit genug, um einen Arm hindurchzuschieben. Sie konnte jederzeit entdeckt werden, wenn in den beleuchteten Räumen, an denen sie vorbeikam, Menschen waren. Der Lichtschein fiel bis an den Rand der Höhle, und sie mußte sich beeilen, um diese Bereiche ungesehen zu durchqueren.

Einmal sah sie etwas, das ihrer Vorstellung von einem alchimistischen Labor glich. Aufgeschlagene Bücher lagen vor Apparaturen aus Glas, Ton und Porzellan. Manche waren mit grellbunten Flüssigkeiten gefüllt, andere waren leer. Narena sah einen vorbeihuschenden Schatten durch die Fugen des Raumes und eilte weiter.

Die Anlage hatte von hier unten ein gänzlich anderes Aussehen bekommen. Die innere Ordnung, die Narena zuvor erkannt hatte, schien verlorengegangen. Die Steinquader standen ungleichmäßig nebeneinander. als wären sie ein schlecht gearbeiteter Wall aus Holz, zwischen dessen Pfählen sich Risse und Dehnungsfugen gebildet hatten. Zwar standen die Pfeiler immer völlig gerade, aber Dicke und Länge der einzelnen Kanten schwankten stark. Bisweilen schien eine Seite zu groß, eine andere dafür zu klein. Ein Steinmetz hätte solche Ungenauigkeiten gewiß nicht geduldet. Vielleicht bestätigte gerade dies den Eindruck, daß die Anlage eher gewachsen als gebaut war. Es mußte ein schöpferischer Geist hinter dieser Arbeit stecken, aber er hatte sich nicht üblicher Bautechniken bedient, sondern die Kräfte des Gesteins selbst dazu angetrieben. Dieser Ort mußte eine besondere Bedeutung haben, etwas, nach dem die Kultisten gesucht hatten, auf das sie so wenig verzichten konnten, daß sie sich in die unmittelbare Nähe und den Machtbereich eines Boronschreins wagten, um es zu bekommen.

Die Nordseite der unterirdischen Halle lag fast vollständig in Finsternis. Narena konnte sich freier bewegen, brauchte sich nicht ständig an der Wand entlangzutasten. Dennoch versuchte sie, keine Geräusche zu verursachen.

Die Säulenreihe war zu einer Wand aus Schatten geworden, hinter der sie in einiger Entfernung die Galerie und den Ausgang der Höhle sehen konnte. Sie hoffte, daß sie es bis dorthin schaffen würden, nachdem sie das Heiligtum des Namenlosen zerstört hatten.

Sie näherte sich den Gesteinsbildungen und spähte durch sie hindurch. Das Innere des anschließenden Raumes schien leer zu sein. Narena schob sich hinein, sah sich kurz um, ging dann weiter auf den Mittelpunkt der Anlage zu. Die Strahlen des Sterns mußten sie unweigerlich dorthin führen.

Die nächste Querwand folgte nach acht Schritten und war ebenso durchlässig wie die vorhergehende. Narena betrat eine Vorratskammer, soweit sie dies auf den ersten Blick beurteilen konnte. Kleinere Kisten und Fässer waren hier gestapelt worden. Ihr Inhalt mußte den Kultisten für einige Tage genügen, bevor sie gezwungen waren, an die Oberfläche zurückzukehren. Narena war es schleierhaft, wie die vielen Menschen nach dem Beginn des Jahres unbemerkt an der Boroni vorbei wollten, aber für länger als eine Woche würden die Vorräte bestimmt nicht ausreichen.

Ein Rascheln hinter ihr ließ Narena herumfahren. Sie sah den Schemen eines Körpers, der sich in den Raum hineinschob. Er kam denselben Weg wie sie und musterte die Umgebung lange, ohne Narena zu bemerken. Sie wunderte sich, warum die Person keine Fackel bei sich trug, und schob sich gleichzeitig näher an die Vorräte heran. Vor dem dunklen Hintergrund war sie nur schwer auszumachen. Vielleicht ging die Gestalt vorbei, ohne sie zu bemerken.

»Narena?« Unter normalen Umständen wäre aus der Frage ein Ruf geworden, doch es wurde nur ein gepreßtes Hauchen. Dennoch erkannte sie Wulfens Stimme. Sie machte sich mit einer Armbewegung bemerkbar.

»Was tust du hier? Ich dachte, du wärst schon viel näher am Zentrum.«

»Ich kam nicht weiter. Es waren zu viele Leute auf meinem Weg. – Ich habe dich gesehen, als ich hergekommen bin.«

»Ist das deine Art zu sagen, daß wir es doch zusammen versuchen sollten?«

Sie sah sein Nicken nur undeutlich, dann nahm er ihre Hand und zog sie aus dem Versteck hervor. Gemeinsam wandten sie sich dem nächsten Durchgang zu.

Der folgende Abschnitt war bereits deutlich schmaler. Die Pfeilerreihen rückten näher zusammen, je weiter sie sich dem Mittelpunkt näherten. Die Nachbarräume lagen ebenfalls im Dunkeln, doch auf der rechten Seite leuchtete gelegentlich ein Flackern auf. Es schien heranzukommen, obwohl es durch den Wald von Pfeilern nur schwer auszumachen war.

Narena sah sich suchend nach einem Versteck um, doch die Kammer, in der sie jetzt waren, besaß keinerlei Einrichtung. Zu den Vorräten zurückzukehren, war sinnlos. Dort würde man eher nachsehen, als in einem ungenutzten Raum. Hallende Schritte waren zu hören. Das Licht wurde heller. Wulfen und Narena duckten sich aneinandergekauert in die hinterste Ecke des Raumes. Ein wenig Glück mochte ausreichen, um sie zu schützen.

Wulfen war bei weitem nicht so verängstigt wie sie. Sie brachte es kaum fertig zu atmen. Ihr Blick lag gebannt auf dem Lichtschein und verfolgte seine Bahn, während Wulfens Augen ruhig das Umfeld erforschten. Er lauerte, wartete ab, während sie darum betete, es möge nichts geschehen. Es waren nur Kleinigkeiten, die sie in ihrem Bemühen nicht aufzufallen unterschied. Abweichungen, die das Anpirschen eines Raubtieres von dem Verstecken seiner Beute unterschieden. Narena fühlte sich angesichts der Zurückhaltung Wulfens wie ein verschrecktes Reh oder Kaninchen, obwohl sie beide dasselbe taten.

Das Licht wurde durch den näher am Zentrum liegenden Kreis getragen. Die Person, die sich näherte, entpuppte sich als ältlicher Mann, der an ihrem Versteck vorbeiging, ohne sich umzusehen. Er grübelte offenbar über etwas nach. Seine Finger zählten ständig Dinge ab, die nur in seiner Vorstellung vorhanden waren. Bald darauf durchquerte er eine der Strahlwände und war nur noch selten in den Zwischenräumen zu erkennen. Narena entspannte sich, je weiter er sich entfernte.

Nachdem der Lichtschimmer völlig verschwunden war, lösten sie sich aus dem Versteck und durchquerten die Trennwand in den nächsten Kreis. Es war bereits die dritte Schale, die um den Kern lag. Narena hatte bei der Betrachtung der Anlage vergessen zu zählen, wie viele solcher Schalen es gab, doch sie schätzte die Entfernung noch auf dreißig Schritt.

Sie beeilten sich voranzukommen. Die Sichtweite war auf wenige Schritt beschränkt, doch sie hatten bisher schon vor dem Betreten einer Kammer erkennen können, ob diese leer war. Sie gingen davon aus, daß es zunächst so bleiben würde.

Durch einen ungenutzten Raum kamen sie bis in den vierten Kreis. Die Wände zu beiden Seiten waren bis auf drei Schritt herangekommen, doch die Längsausdehnung betrug sechs Schritt. Vor ihnen versperrten die Pfeiler den Weg, die sich zu einer Palisade verdichtet hatten. Der Raum war nur nach drei Seiten hin offen, und sie mußten sich für eine der beiden verbleibenden Richtungen entscheiden.

Wulfen wollte nach links, doch Narena erinnerte sich, daß sie dort ein erleuchtetes Fenster gesehen hatte, und wies bestimmt nach rechts. Sie war überrascht, als sich Wulfen ihrer Anordnung fügte. Ihr fiel nach kurzem Überlegen keine andere Gelegenheit ein, bei der er das getan hätte. Allerdings mußte sie sich eingestehen, daß sie ihn vermutlich zu streng beurteilte. Die Vergangenheit vor den Tagen zwischen den Jahren schien eigenartig verzerrt und halb vergessen, als hätte es sie nie wirklich gegeben. Wie immer Wulfen damals gewesen war, sie konnte sich nicht daran erinnern. Sie wußte nicht einmal, wie sie selbst gewesen war. Ihr bisheriges Leben war in den letzten Tagen völlig bedeutungslos geworden.

Sie zwängten sich durch zwei weitere Gesteinsreihen, bevor sie einen Weg in den sechsten Kreis fanden. Von dort konnte es nicht mehr weit bis in das Zentrum sein. Die Pfeiler waren noch dichter aneinandergerückt. Mitunter ließ sich nicht einmal mehr eine Hand durch die Zwischenräume stecken. Von hier aus wollten sie sich wieder nach links begeben, um tiefer in die dunklen Bereiche der Anlage zurückzukehren. Zum Glück blieben die Seitenwände der Kammern, die Strahlen, genauso offen wie zuvor. Offensichtlich hatte man diese Pfeiler bewußt mit Durchgängen versehen. Andernfalls wären die Räume nur noch durch Klettern zu erreichen gewesen.

Narena übernahm die Führung. Gemeinsam suchten sie nach einem Ausgang, der sie näher in die Mitte der Anlage bringen würde, und betraten die nächste Kammer, wenn sie nichts gefunden hatten.

Narena zwängte sich durch eine der endlosen Säulenreihen und ließ sich, als der schmalste Punkt des

Durchgangs überwunden war, in den anschließenden Raum gleiten.

Etwas sprang sie von der Seite an, umklammerte sie mit einem schnellen Griff und hob sie einen Spann in die Höhe, so daß sie den Boden unter den Füßen verlor.

»Hab ich dich, Lotha!« hörte sie eine männliche Stimme. Narena wurde herumgedreht und landete mit dem Rücken an einem kantigen Stein. Die Gestalt preßte sich gegen sie. »Warum zierst du dich so? Ich b ...«

Der Druck ließ nach, und Narena rutschte ein Stück abwärts, bevor sie wieder Halt fand. Der Mann wich zurück. Sein Schatten richtete sich vor ihr auf. Mit den Armen versuchte er nach dem Rücken zu greifen, während er sich von Narena abwandte. Sie konnte ein leises Röcheln hören, als bekäme der Mann keine Luft. Beide zugleich entdeckten Wulfen, der auf der gegenüberliegenden Seite des Raumes stand.

Der Mann versuchte zu schreien, sank krächzend zu Boden. Narena konnte trotz der Dunkelheit erkennen, wie sich sein Brustkorb heftig bewegte, ohne sich aufblähen zu können. Die Arme glitten ziellos umher, versuchten nach irgend etwas zu greifen, doch Narena und Wulfen befanden sich außer Reichweite.

Unfähig, sich zu rühren, beobachtete Narena, daß die Regungen der Gestalt am Boden schwächer wurden. Die dünnen Töne, die sie machte, drangen kaum an ihr Ohr. Sie verstand noch immer nicht, was vorgefallen war. Wulfen war auf der anderen Seite geblieben und blickte starr auf den Mann hinab. Etwas steckte in seiner rechten Hand, doch sie konnte nichts Genaueres erkennen. Sie rätselte, was es sein mochte, versuchte das Geschehen vor ihren Füßen nicht zu beachten. Eine einfache Frage hätte alles geklärt, hätte ihr Gewißheit verschafft. Aber wenn sie ehrlich zu sich selbst war, hatte sie längst begriffen. Wulfen hatte ihr eindeutig gesagt, was er für den Fall ihrer Entdeckung geplant hatte.

Der Mann starb, während Narena – nur halb bei Sinnen – auf ihn hinabstarrte. Es dauerte eine Ewigkeit. Irgendwann nahm er die Hände an den Hals. Wie ein Fisch, den man mit einer Angel an Land gezogen hatte, schnappte der Mund nach Luft. Obwohl sie wußte, daß Wulfen seinen Dolch benutzt hatte, sah es eher aus, als würde er ersticken und nicht verbluten.

Er schien das Geschehen zu begreifen, zu wissen, daß es nicht nur um sein Leben, sondern auch um die Sicherheit der anderen ging. Er benötigte Luft zum Atmen und um Alarm zu schlagen, um seine Freunde aufmerksam zu machen. Doch es gelang ihm nicht; er war nicht einmal in der Lage zu husten.

Vermutlich war er schon lange tot, als Narena sich von dem Anblick losriß. Sie hatte Mitleid mit dem Menschen, der dieser Mann hätte sein können, nicht mit dem, der er gewesen war. Die wenigen Worte, die er gesprochen hatte, hatten wie ein Scherz geklungen. Er mußte Narena für jemand anders gehalten haben. Sie hoffte, daß niemand auf das jähe Ende seiner Stimme gehört hatte.

Wulfen beugte sich zu der Leiche hinab, schnitt die Kehle durch und riß ein Medaillon von dem durchtrennten Hals, bevor das ausströmende Blut es erreichte.

Nachdenklich hielt er es Narena vor Augen und holte ein zweites aus seiner Tasche, das dasselbe Symbol aus sich überkreuzenden Linien zeigte und von dem Leichnam stammen mußte, den sie im Grabgewölbe gefunden hatten. Offenbar hatte er erwartet, daß Narena ihm Vorwürfe machte.

Sie nahm die Amulette und warf sie auf den reglosen Körper. Es wäre ihr unmöglich, es selbst zu tun, aber sie hatte nie behauptet, daß die Anhänger des Namenlosen ein solches Ende nicht verdienten.

Narena verließ den Raum in der Annahme, daß Wulfen nachkam, ohne weiter auf das Thema einzugehen. Sie wollte es vergessen. Sie hatten jetzt andere Sorgen.

*

Als die Reiter über die Straße ins Innere Drauhags preschten und die Pferde gewaltsam zum Stehen brachten, hatte sich bereits der halbe Ort hinter angelehnten Türen und Fensterläden zusammengefunden. Neugierige Augen jeglichen Alters starrten auf die zwei Dutzend Fremde, die es wagten, zwischen den Jahren zu reisen.

Die Reiter trugen schwere Kettenhemden und gepanzerte Hosen. Darüber hatten sie alle denselben Waffenrock geworfen, der ein aus Goldfäden gewebtes Sonnensymbol auf ihre Brust legte. Der feine, weiße Stoff war mit dem Schlamm und Staub der vergangenen Tage beschmutzt. Schweiß hatte weitere Flecken um die Achseln und auf den Rücken gemalt. Unter den Kettenhemden mußte klamme Feuchtigkeit stehen.

Die Männer hatten viel von der Würde verloren, die sie ausstrahlen wollten, dennoch erkannte die Boroni unschwer ihren Rang. Der Bannstrahl des Praios war stets unverkennbar. Sein Auftreten sollte ermahnen und herausfordern zugleich. Der blinde Eifer, mit dem sie gegen jede verbotene Magie vorgingen, war sprichwörtlich. Ibren fragte sich, was sie nach Drauhag führen mochte, und trat auf den offenen Platz hinaus, um dem Dorf eine Vorsprecherin zu sein. Eine Geweihte würden die Bannstrahler als Gesprächspartner anerkennen.

Bislang war es der Truppe nicht gelungen, die Pferde zur Ruhe zu bringen. Die Tiere tänzelten unruhig umher, drehten sich um sich selbst, als glaubten sie nicht, daß sie nach dem langen Ritt, der hinter ihnen liegen mußte, endlich rasten konnten.

Die Boroni näherte sich den Männern, soweit es die Pferde zuließen, und wartete ab. Man würde sie zur Kenntnis nehmen und sie ansprechen, wenn es nötig war. Andernfalls wäre jedes Wort von ihr überflüssig und ein Bruch des Schweigegelübdes.

Einer der Gruppe rief sein Pferd brutal zur Ordnung und führte es dann durch den Pulk. Seine Begleiter machten ihm bereitwillig Platz. Hochaufgerichtet, mit stolzer Herablassung blickte er zu der Geweihten hinab.

»Werdet Ihr uns eine einfache Mahlzeit und einen Platz am Feuer zur Verfügung stellen? Es wird nicht lange dauern, bis wir weiterziehen.«

Ibren nickte und bedeutete ihm, ihr zu folgen. Es wäre ein schrecklicher Fehler gewesen, ihnen die Unterkunft zu verweigern. Gleichgültig, was die Götter von Reisenden hielten, die nicht auf den Beginn des Jahres warten konnten, die Bannstrahler waren der irdische Arm Praios'. Ihnen zu widersprechen, hieß dem Sonnengott die Stirn zu bieten.

Sie führte die Männer in die *Wildgans*, wo genügend Raum und Vorräte vorhanden waren, um sie zu bewirten. Das stumme Bitten der Gastleute, die Geweihte möge die Fremden in ein anderes Haus bringen, wies sie mit einem beschwörenden Blick von sich. Deutlicher zu werden, wäre gefährlich für die Wirte geworden. Sie konnte nur hoffen, daß die Eheleute ihre Abneigung zurückhielten, bis die Inquisition Drauhag verlassen hatte. Das ganze Dorf mußte seine Vorbehalte vergessen. Sie alle wußten, daß es kein gutes Omen war, wenn die Bannstrahler zu dieser Zeit erschienen.

Der Anführer hatte zwar gesagt, der Orden wolle Drauhag bald wieder verlassen, aber seine Vorstellung von ›bald‹ konnte eine ganz andere sein als die Ibrens. Neugierig fieberte sie dem Augenblick entgegen, an dem er ihr eröffnen würde, weswegen er gekommen war. Danach zu fragen, war ihr verboten.

Er setzte sich an einen Tisch und forderte sie auf, ihm Gesellschaft zu leisten. Währenddessen führten seine Leute die Pferde in den Stall.

»Darf ich Euren Namen erfahren, Geweihte? Sofern Ihr nicht vollständiges Schweigen gelobt habt.«

Sie antwortete mit wenigen Worten.

»Ich selbst bin Losan Tannhauser. Diese Gemeinschaft untersteht meinem Befehl. Der Festumer Hochgeweihte vom Tempel des Neuen Lichts hat uns beauftragt, die hiesige Bevölkerung zu schützen. Ihr habt mir in allen Ordern Folge zu leisten, soweit es in Eurer Macht steht.« Er sah sie an, als erwarte er eine Antwort. »Ist das deutlich genug?«

Ibren nickte, gab sich aber unbeeindruckt.

»Wie weit ist es bis zur Toteninsel?«

»Beritten wenige Stunden.« Sie konnte sich kaum zurückhalten zu fragen, was sie dort wollten.

Tannhauser nickte. »Gut. Der Weg ist befestigt?«

»Ihr werdet ihn nicht verfehlen können«, erwiderte sie ausweichend. Der Pfad würde trotz der Feuchtigkeit der vergangenen Tage sicher sein. Der Wald nahm das Wasser rascher auf als der lehmig-sumpfige Boden in der Nähe der Sümpfe.

»Es wäre besser für Euch, uns zu unterstützen. Der Grund für unser Kommen fällt in Euer Aufgabengebiet. Es könnte Euch Nachlässigkeit vorgeworfen werden, wenn Ihr uns nicht nach bestem Wissen helfen wollt.« Die Worte klangen wie eine Drohung. Tannhauser redete weiter, als wäre nichts vorgefallen. »Zum Jahresende hat der Sonnengott dem Tempelvorsteher in Festum eine göttliche Vision geschenkt, die auf die Stadt der Toten hinweist. Gleichfalls wurde das Bild eines Knaben gezeigt, der vor einigen Jahren der Obhut der Geweihten entwich und seitdem verschwunden ist. Zuletzt erschien das Zeichen des dreizehnten Gottes. – Wir glauben, daß sich alle Zeichen noch heute zusammenfinden werden. Sobald sich meine Leute gestärkt haben, brechen wir auf, um das Schlimmste zu verhindern.

Solltet Ihr Hinweise zurückhalten, fällt die Schande auf die Hüterin der Toteninsel zurück. Das seid doch Ihr, nicht wahr, Ibren?«

Die Tür zum Schankraum öffnete sich und ließ die übrigen Männer in Rüstungen herein. Still und mit eiserner Zucht nahmen sie an den Tischen Platz. Die Gastwirte beeilten sich, das Essen aufzutragen, aber mehr als Brot und Sauergemüse war in der Eile nicht zuzubereiten gewesen. Die Bannstrahler nahmen es wortlos hin. Wenn sie die Strecke von Festum herauf in weniger als fünf Tagen hinter sich gebracht hatten, dürften sie keine Gelegenheit gehabt haben, Ansprüche zu stellen. Es war verwunderlich, daß sie sich überhaupt noch unter dem Gewicht des Kettengeflechts und der Langschwerter an ihren Gürteln aufrecht halten konnten.

»Ich vermute, daß es hier nicht genügend Pferde gibt, um sie gegen unsere Tiere auszutauschen. Wir haben in Firunen das letzte Mal gewechselt.«

Sie schüttelte den Kopf. Die Bauern besaßen nur wenige Arbeitspferde, die auch im ausgeruhten Zustand nicht schneller waren als die erschöpften Rösser der Bannstrahler.

Tannhauser runzelte die Stirn, wandte sich dann dem Teller zu, den ihm die Wirtin gebracht hatte, und biß große Stücke vom Brot ab. Das Gemüse schob er mit dem Löffel hinterher und kaute mit prallgefülltem Mund. Anschließend schob er das Essen beiseite und rief einem der Männer einen Befehl zu.

Der Bannstrahler verschwand aus dem Haus. Tannhauser sah unverwandt zu Ibren, bis sie ihm wieder den Kopf zudrehte.

»Die Beschreibung des Jungen ist etliche Jahre alt. Die Vision gab keinen näheren Aufschluß über sein jetziges Aussehen. Haare und Augen sind schwarz wie der Schatten Borons. Damals hatte der Knabe Schwierigkeiten, seine ungezügelten magischen Fähigkeiten zu unterdrücken, und wurde deshalb im Tempel unterwiesen. Ob es ihm inzwischen gelungen ist, ist nicht bekannt, aber vermutlich ist er nie zu einer kräftigen Statur gekommen. Angeblich hat er sich mehr für Bücher als für Waffen interessiert.

Habt Ihr in den letzten Tagen jemanden gesehen, auf den dies zutreffen könnte? Vermutlich sind nicht mehr viele Pilger hier gewesen.«

»Ein Mann und eine Frau. Sein Name war Wulfen. An ihren kann ich mich nicht erinnern.«

»Sind sie in Drauhag?«

»Sie haben zum Reinigungsfest ihre Waffen abgegeben, sind aber überraschend verschwunden. Ich hatte keine Möglichkeit, ihnen zu folgen, ohne das Dorf in Gefahr zu bringen.«

Der Anführer der Bannstrahler schnaubte, ertränkte aber jede weitere Meinungsäußerung in einem kräftigen Schluck Bier. Dann richtete er sich auf und winkte seinen Männern zum Aufbruch.

»Ich habe Euch ein Pferd holen lassen, falls Ihr uns begleiten wollt.«

Ibren wußte, daß es keine Frage des Wollens war. Ihre Pflicht gebot es, die Ordensleute zu unterstützen. Und genauso wichtig war es, die Drauhager vor etwaigen Launen der übermüdeten Bannstrahler zu bewahren. Je schneller Ibren sie aus dem Ort führte, desto besser für alle Beteiligten.

Sie begleitete Tannhauser hinaus und bestieg das ihr zugewiesene Pferd. Es war das beste des Dorfes, aber gegen die anderen behielt es stets den Makel eines Arbeitsgauls. Um Ibren herum sprangen die Männer in den Sattel, die die restliche Zeit ihres Aufenthalts genutzt hatten, um einen weiteren Löffel Gemüse zu sich zu nehmen und mit Bier hinunterzuspülen. Sie konnte keinen Argwohn über den plötzlichen Aufbruch in ihren Augen sehen. Offensichtlich war es ihnen ebenso ernst wie ihrem Anführer.

Von den Bewohnern Drauhags beobachtet verließen die Reiter den Ort. Die Boroni war eine verschwindend kleine, schwarzgekleidete Gestalt unter den weißen Kriegern. Auf dem Rücken des unedlen Pferdes wirkte sie zusätzlich fehl am Platz. Doch niemand achtete darauf. Sie wurde als schwächster Teil der Truppe in die Mitte genommen und mußte sich dem Tempo anpassen, das die Bannstrahler vorgaben. Wären ihre Reittiere ausgeruht gewesen, wäre es unmöglich gewesen mitzuhalten.

Hügel und Wälder rauschten schneller an Ibren vorbei, als sie es für möglich gehalten hatte. Sie war es gewohnt, diese Strecke zu Fuß zurückzulegen. Der erhöhte Ausblick, die Geschwindigkeit und der gleichmäßige Trab des Pferdes gaben der Reise ein gänzlich anderes Gepräge. Gelegentlich erkannte sie Einzelheiten der Umgebung erst wieder, wenn sie dicht an ihr vorüberzogen.

Die Männer hatten seit dem Aufbruch kein Wort gewechselt. Tannhauser ritt vor Ibren an der Spitze der Gruppe und folgte dem Weg, ohne die Ortskenntnisse der Geweihten zu beanspruchen. Sein speckiger Mantel wehte hinter ihm, sprang im Luftzug auf und ab. Der Geruch von tagealtem Schweiß stieg Ibren in die Nase und setzte sich dort fest.

Sie gestand sich ein, daß sie froh war, diesem Wulfen doch noch zu folgen. Sie hatte sich gescheut, Drauhag zu verlassen, hatte sich eingeredet, sie würde zum Wohle des Dorfes bleiben. Sie mußte jedoch zugeben, daß sie Angst gehabt hatte, allein zur Stadt der Toten zu gehen und nach dem Rechten zu sehen. Wenn sich bewahrheitete, was Ibren bereits vor Tagen befürchtet hatte, wäre sie Wulfen und seiner Begleiterin schutzlos ausgeliefert gewesen. Sie hatte das Wagnis gefürchtet, das sie hätte eingehen müssen, um die Insel zu beschützen. So niederschmetternd es war: angesichts der Entschlossenheit der Bannstrahler mußte Ibren einräumen, daß ihre Göttergergebenheit nachgelassen hatte. Die Gemütlichkeit Drauhags war ihr wertvoller gewesen.

Sie war Tannhauser dankbar, daß er sie mitgenommen hatte, obwohl sie es nicht zugegeben hätte. Die Art und Weise, wie er den Willen und die Bedürfnisse anderer Menschen überging, mußte nicht auch noch gefördert werden. Männer wie er machten die großen Erfolge des Bannstrahls möglich – aber auch ihre größten Irrtümer.

Die Toteninsel tauchte vor ihnen auf, erhob sich aus dem Nebel. Der Regen der vergangenen Tage hatte die ganze Umgebung aufgeweicht. Der Pfad durch den Morast zur Stadt war kaum zu erkennen. Erschrocken starrte Ibren auf die Überreste ihres Hauses. Sie konnte nicht glauben, was sie sah.

Der Anführer ließ seine Truppe anhalten und übergab der Boroni die Führung. Das zerstörte Gebäude bedachte er mit einem abschätzenden Blick und sah dann zu der Geweihten hinüber, als wolle er ihr Vorwürfe machen. Sie wußte selbst zu gut, daß sie mitschuldig war. So weit hätte es nicht kommen dürfen. Hoffentlich waren die Götter in der Lage gewesen, die Grabkammern zu schützen.

Mühsam wateten sie zur Insel. Schwarzer und weißer Stoff litt gleichermaßen unter dem Schlamm und kühlte die Träger unangenehm ab. Die Pferde führten die Reiter mit sich.

»In der Vision hieß es, unser Ziel läge in einer rondragefälligen Schlacht. Könnt Ihr damit etwas anfangen?« fragte Tannhauser.

»Das Grabmal auf dem Hügel.«

*

In der nächsten Kammer fanden sie einen Durchgang in den sechsten Kreis. Narena konnte jetzt gelegentlich Licht in den Ritzen der Wand aufblitzen sehen, doch auch an dieser Stelle kamen sie nicht weiter, mußten erneut die Richtung wechseln. Glücklicherweise war bereits im Nachbarraum der nächste Durchgang. Vorsichtig schlichen sie bis an das Tor und lugten durch die Ritzen der Säulenwand in das Zentrum der Höhle.

Im Unterschied zu den bisherigen Räumen, die eher unförmig waren, war die anschließende Kammer kreisförmig gehalten. Die Außenwände stützten mit sorgsam angeglichenen Pfeilern eine schwere Steinplatte. Sie ragte sich sechs oder sieben Schritte über das Zentrum und spiegelte das Licht einer Öllampe stärker wider, als es in der hohen Halle möglich gewesen wäre. Linien, Schriftzeichen und Symbole waren mit einem silbrig-glänzenden Metall eingelegt worden, doch den Mittelpunkt bildete eine glatte Fläche, die durch ein menschengroßes Oval begrenzt wurde. Darunter stand ein Aufbau aus Basalt, der wie ein Thron aussah und in jeder Himmelsrichtung einen Sitzplatz bot. Schmale Rückenlehnen stießen rechtwinklig zusammen. Um sie herum lief eine breitere Sitzfläche. Die Ecken dieser beiden Ebenen wurden durch eine schräg abfallende Armlehne verbunden. Am Boden lief eine steinerne Leiste als Fußstütze herum.

Auf einem der Thronsessel saß ein Mann mit angenehmem Äußeren und stützte den Kopf nachdenklich auf einen Arm. Er hatte langes schwarzes Haar und trug kostbare, feingearbeitete Kleidung aus gefüttertem Samt. Kragen und Manschetten waren mit purpurnem Rüschenstoff besetzt. Die Knöpfe des Hemdes blinkten gülden. Er hatte etwas Edles an sich.

Anscheinend hatte er den Zwischenfall nicht bemerkt, der wenige Schritt entfernt vorgefallen war.

Narena entdeckte leicht versetzt vor jedem Thron einen Ausgang aus dem ansonsten abgeschlossenen

Raum. Die Durchgänge wurden von zwei bis an die Decke reichenden Dämonenstatuen gesäumt. Ein Bildnis des Namenlosen schien nicht vorhanden zu sein.

Wulfen zupfte an ihrer Schulter und bedeutete ihr, sich zurückzuziehen. Gemeinsam entfernten sie sich und beratschlagten sich flüsternd.

»Was hast du vor?« fragte sie ihn.

»Ich hatte gehofft, du hättest eine Idee.«

»Solange sich jemand in dem Raum befindet, ist es fast unmöglich. Es ist zu weit, um den Mann schnell zu überrumpeln. Sobald wir durch das Tor gehen, fallen wir auf. – Wir könnten versuchen, ihn wegzulocken.«

»Das wird kaum reichen, um die Standbilder zu zerstören. Mehr können wir ohnehin nicht tun, und ich habe keine Ahnung, ob das ausreicht. Sicherer wäre es, wenn wir ihn überwältigen.«

»Sicherer?« Narena mußte sich beherrschen, um nicht zu laut zu werden. »Er benötigt nur einen Augenblick, um Hilfe herbeizurufen. Du kannst nicht davon ausgehen, daß alles so reibungslos verläuft wie gerade eben.«

Wulfen blickte an ihr vorbei in die Finsternis und verkniff nachdenklich das Gesicht.

»Ich könnte versuchen, zu einem der anderen Eingänge zu gelangen. Du könntest ihn ablenken und mir so etwas mehr Zeit verschaffen. Verwirrt ist er sicher leichter zu überrumpeln.«

Narena zuckte unschlüssig mit den Schultern. Sie hielt es für keine gute Lösung, aber eine bessere Vorgehensweise fiel ihr nicht ein. Zögernd äußerte sie ihre Bedenken.

»Wir haben keine Wahl. Unsere Aussichten werden nicht besser, je länger wir warten. Das Wagnis, entdeckt zu werden, müssen wir eingehen, wenn wir dadurch die Möglichkeit erhalten, die Statuen zu zerstören. Schlimmstenfalls ist das wichtiger als unser Fluchtweg!«

»Hoffentlich kommt es nicht so weit.«

Wulfens Nicken hatte etwas Besiegelndes.

»Gib mir ein Zeichen, wenn du bereit bist«, sagte sie, bevor sie zum zentralen Raum zurückkehrte. »Ich behalte die anderen Eingänge im Auge.«

»Bis gleich.« Er bemühte sich, aufmunternd zu klingen, und verließ die Kammer in die andere Richtung.

Als Narena das Tor des vermeintlichen Heiligtums des Kultes erreichte, kauerte sie sich hinter die Pfeilerpalisade. Das verräterische Licht der Öllampe drang nicht durch die Fugen, und sie konnte den ganzen Raum überblicken.

Die Standbilder zeigten mißgestaltete Wesen, einige mit riesigen ledrigen Flügeln, andere mit überzähligen Armen und Beinen. Alle trugen die Züge verschiedenster Wesen und wurden von einer wechselnden Anzahl Hörner geschmückt. Obwohl sie nur Figuren aus Stein waren, vermittelte ihre bloße Darstellung das Gefühl von Bedrohung. Narena bemühte sich, nicht auf sie zu achten.

Der Mann war aufgestanden und betrachtete die Deckenornamente. In seinem Gewand schimmerten gestickte Bilder, die aufleuchteten oder verschwanden, je nachdem, wie er zur Beleuchtung stand.

Narena vermutete in ihm den Hohenpriester der Gruppe. Seine Haltung hatte eine unterschwellige Ausstrahlung von Bedeutsamkeit, oder genauer gesagt: Der Mann war sich seiner Geltung bewußt und stellte sie zur Schau, unabhängig davon, ob er wirkliche Macht besaß.

Er schien die Inschriften an der Decke übersetzen zu wollen. Des öfteren streckte er den Arm nach einem Schriftzeichen aus, drückte den Finger dagegen, während er den Blick senkte und tonlos die Lippen bewegend zu Boden sah. Die Deutung der Bilder bereitete ihm offensichtlich Schwierigkeiten. Er wechselte seinen Standort und begann aufs neue.

Seine Bemühungen schienen ihn nicht weiterzubringen. Je länger Narena ihm zusah, desto häufiger war er gezwungen, seine Arbeit zu unterbrechen und die Verspannung im Nacken zu lösen. Er drehte den Kopf vorsichtig gegen die Schultern oder rieb sich den Hals. Seine Augen huschten dabei gelegentlich über die Wand, hinter der Narena sich versteckt hatte, doch sie achteten nicht auf die Schatten jenseits der Mauer.

Narena entdeckte am gegenüberliegenden Ausgang eine Bewegung. Sie hatte sie nur flüchtig wahrgenommen, aber es war ihr wie ein Winken vorgekommen. War Wulfen bereits dort angelangt. Vielleicht hatte sie sich aber auch getäuscht.

Sie wartete ab, ob sich das Winken wiederholte, doch der Hohepriester drehte sich so weit herum, daß er Wulfen ebenfalls entdecken würde, hätte dieser sich bemerkbar gemacht. Die Aufmerksamkeit des Priesters richtete sich zwar vornehmlich zur Decke, doch aus den Augenwinkeln mochte er die Bewegung wahrnehmen. Narena blieb nichts anderes übrig, als abzuwarten.

Offensichtlich hatte der Mann noch einmal alle Entschlossenheit aufgebracht und sich dazu gezwungen, den Blick für längere Zeit nach oben zu richten. Seine Gedanken kreisten um eine einzige Stelle der Deckenplatte. Es dauerte lange, bevor er erneut eine Pause einlegte. Offensichtlich enttäuscht ließ er sich wieder auf den Thron sinken und faßte sich an die Stirn. Die Ornamente mußten eine besondere Bedeutung haben, aber sie schien selbst dem Hohenpriester verschlossen zu bleiben.

Eine Hand schob sich einen Spann über dem Boden in den westlichen Durchgang. Wulfen war also bereit. Jetzt war es an ihr, den Kultisten heranzulocken, damit er von Wulfen überwältigt werden konnte, ohne daß es jemand bemerkte.

Sie zog sich behutsam von der Palisade zurück, stand langsam auf, um kein unbeabsichtigtes Rascheln ihrer Kleidung zu verursachen, und zückte den Dolch. Mit ihm konnte sie ein gleichmäßiges Klopfen auf den Pfeilern erzeugen. Ein letzter Blick vergewisserte sie, daß der Hohepriester seinen Standort nicht verändert hatte. Narena betete zu allen Göttern, daß Wulfen auch wirklich bereit war.

Der Kultist stand ruckartig auf, noch ehe Narena sich überhaupt gerührt hatte. Zielstrebig schritt er auf das Tor zu, das in ihre Richtung führte, und erreichte die beiden Dämonenstatuen, bevor sie die Überraschung verwinden konnte.

Sie mußte etwas tun, doch das einzige, worauf sie sich besinnen konnte, war die Klinge in ihrer Hand. Sie brachte es nicht einmal fertig, sich in die nächstgelegene Ecke zu drücken.

Der Mann blieb vor den Dämonen stehen, blickte fragend auf die Standbilder, sah sich dann musternd im Raum um und entfernte sich von Narena. Kurz darauf beschleunigte er seine Schritte und verschwand zwischen zwei anderen Dämonenstatuen durch den südlichen Ausgang. Die Öllampe ließ er zurück.

Narena atmete auf. Wulfen betrat bereits das ketzerische Heiligtum. Sie ging ihm mit nachgebenden Knien entgegen.

»Nimm eine der Statuen und wirf sie um! Sie müssen alle zerstört werden! Beeil dich!« Wulfen hastete zu dem nächstgelegenen Dämon hinüber und stemmte beide Hände gegen das mannshohe Standbild.

Wie eine Welle lief ein Beben vom Mittelpunkt der Decke zu den stützenden Rändern, erfaßte Wulfen und löste sich auf. Im selben Augenblick brüllte Wulfen auf. Die Hände krallten sich an das Abbild des Dämonen, die Beine versagten ihren Dienst. Er brach zusammen, doch er klammerte sich weiter an die Statue, hielt mit verkrampften Fingern die Verbindung zu dem Standbild aufrecht, als wäre er nicht in der Lage loszulassen. Sein gellendes Schreien zerriß die Stille, mußte die gesamte Halle erfüllen und jeden auf sie aufmerksam machen.

Mit einem Ruck rannte Narena zu Wulfen, packte ihn am Oberkörper und zerrte ihn mit aller Gewalt zurück. Die Verbindung zum Dämon zerriß, doch der Schmerz ließ ihn erstarren. Er kreischte, zog den Kopf schützend unter die Arme und rollte sich über den Boden.

Narena war nicht in der Lage, ihm zu helfen. Ihr unsteter Blick sprang von Wulfen zu dem Portal, durch das sie gekommen war, streifte auf der Suche nach Kultisten über die anderen Eingänge. Sie war nicht fähig, etwas zu tun. Wulfen war zu schwer, um ihn zu tragen. Sie mußte ihn zurücklassen, um sich in Sicherheit zu bringen. Sie konnte nichts mehr tun. Der Tempel schützte sich selbst. Er war nicht zu zerstören. Ihr Tod wäre sinnlos.

Angsterfüllt stolperte sie aus dem Heiligtum hinaus, drang in die dunklen Bereiche der Anlage, bog um die Ecke und schob sich durch eine Säulenwand. Ihr blieb keine Zeit, sich umzuschauen, sie mußte sich erinnern, wo sie hergekommen waren, mußte ihren Weg erkennen, ohne ihn zu sehen.

Sie ließ die Prellungen und Abschürfungen unbeachtet, die bei der Hast durch die zu engen Zwischenräume der Wälle entstanden. Die Kultisten mußten jeden Augenblick hier sein, würden sie verfolgen. Vielleicht versperrten sie sogar die Wege. Es blieb keine Zeit, darüber nachzudenken. Sie mußte die Höhle verlassen, bevor es soweit kam.

Als sie die Richtung änderte, um einem der Strahlen nach außen zu folgen, hörte sie die ersten Rufe durch Wulfens nachlassendes Geschrei. Einige Schritt entfernt drang Licht durch die Fugen. Den Leichnam des ermordeten Kultisten hatte sie bereits hinter sich gelassen, als sie den Verlust ihres Dolchs bemerkte.

Die Vorratskammer lag wenige Kammern vor ihr. Narena konnte jetzt schneller durch die Wände klettern. Es waren höchstens ein Dutzend Schritte bis zum äußersten Kreis. Sie lief an den gefüllten Kisten vorbei und erreichte den letzten Raum.

Sie zwang sich hinauszusehen, bevor sie die Anlage verließ, entdeckte jedoch nichts und trat nach draußen. Narena begann zu laufen, flüchtete auf demselben Weg, den sie gekommen war. Ihr Entkommen aus dem verzweigten Labyrinth kam ihr wie ein Wunder vor. Vielleicht gelang es ihr, sich nach draußen zu retten.

Die Lichtkegel, die sie zuvor hatte durchschreiten müssen, waren verschwunden. Die Männer und Frauen in den beleuchteten Räumen hatten die Fackeln mit in das Zentrum genommen. Narena konnte kaum glauben, bereits die Treppe erreicht zu haben. Selbst als sie die ersten Stufen hinauflief, fürchtete sie noch, entdeckt zu werden. Doch die Kultisten waren schaulustig in Richtung des Heiligtums gerannt, ohne sich gegebenenfalls um Fliehende zu kümmern.

Narena erreichte den Balkon und blieb stehen. Sie bedauerte Wulfens sinnlosen Tod, zu mehr war sie im Augenblick nicht fähig. Trauer, Selbsthaß, Verzweiflung, das waren Gefühle, die sie sich leisten konnte, sobald sie in Sicherheit war. Jetzt mußte sie sich beeilen, die Fackeln aus ihrem Versteck zu holen und an die Oberfläche zurückzukehren. Was danach kam, lag jenseits ihrer Vorstellung, war genausowenig von Bedeutung wie das verebbende Tönen von Schmerzenslauten aus dem Heiligtum. Sie kehrte allem den Rücken zu und rannte in die Tropfsteinhöhle.

*

Als sie über die Schwelle trat, spürte sie einen dumpfen Aufprall im Magen. Ihr Oberkörper fiel nach vorn, und die Luft wurde ihr aus dem Körper gepreßt. Einen Augenblick später schlug ihr etwas auf den Rücken, verfehlte nur knapp den Nacken und schleuderte sie zu Boden. Hart prallte sie mit dem Kinn am Boden auf. Benommenheit machte ihr jede Regung unmöglich. Narena sah nur verschwommene Umrisse, Tränen standen in den Augen, und sie schnappte mühsam nach Luft. Das Bild des zu ihren Füßen sterbenden Kultisten kam ihr in den Sinn, und sie flehte, daß es keine Klinge war, die sie getroffen hatte. Der Schmerz war zu überwältigend, um ihn näher zu bestimmen. Narena wollte nicht auf ebenso qualvolle Weise sterben wie jener Mann.

Jemand drehte ihr die Arme auf den Rücken und riß sie brutal daran hoch. Narena glaubte, ihr würden die Schultergelenke ausgekugelt. Man zerrte sie auf die Knie, drückte ihr die Spitze einer Waffe unter die Rippen und gab ihr Anweisungen, die sie, der Bewußtlosigkeit nahe, kaum wahrnahm. Narena versuchte die Beine zu bewegen, doch die Glieder wollten nicht gehorchen. Sie rührten sich nur zögerlich und seltsam schwach. Man wollte Narena zum Aufstehen zwingen, aber sie konnte den Vorgang nur geringfügig unterstützen. Als ihre Beine endlich gerade standen, wäre sie fast wieder zusammengebrochen. Nur der fremde Arm über ihrer Brust und die Anwesenheit der Klinge hielten sie aufrecht.

Sie erhielt eine kurze Atempause und wurde dann in die Halle zurückgeführt. Narena rang nach Luft und mußte sich rutschend die Treppe hinunterbewegen. Der erste Schlag hatte ihren Praiospunkt getroffen. Ihre Wirbelsäule war steif und gefühllos.

Im Kessel angekommen, warf sie den ersten klaren Blick auf die Person, die sie überwältigt hatte. In schweren Reiterstiefeln steckten muskulöse Beine unter einem enganliegenden Hosenstoff. Sie entdeckte die Züge einer Frau, die grimmig auf sie heruntersah. Die Haare hatte sie zu einem Pferdeschwanz zusammengebunden, der auf ein mit Nieten verstärktes Wams fiel. Am Gürtel hing ein Kurzschwert und die leere Scheide eines Langmessers.

»Weiter!« fauchte die Gestalt und trieb Narena mit der Fußspitze an. Strauchelnd folgte sie der Weisung zur nächstgelegenen Palisade. Ihre Bewacherin befahl ihr, den ersten Kreis zu betreten, ließ Narena in den Spalt vorangehen und stieß sie dann hindurch, um rasch hinterherzukommen. Immer wieder fand das Messer zielsicher Narenas Seite.

Narena wurde in gerader Linie zum Zentrum geführt. Rechts und links lagen Kammern, die Zeichen von Wohnstätten oder Laboratorien trugen. Die Fremde achtete sorgsam darauf, daß Narena diesen Räumen nicht zu nahe kam oder sich von ihrer Waffe entfernte. Sie wirkte, als wäre sie gewohnt, jemanden mit der Klinge und schierer Körperkraft in Schach zu halten.

Narenas Schmerzen sanken allmählich auf ein erträgliches Maß. Ihre Schritte wurden sicherer. Im gleichen Maß steigerte sich aber auch die Achtsamkeit ihrer Bewachung, so daß ihr keine Wahl blieb. Wulfen war nicht mehr zu hören, und sie hoffte, daß er nicht bereits tot war. Vielleicht konnte er seine seltsame Zauberkraft dazu nutzen, sie beide zu befreien. Sie hatte selbst gesehen, wozu er fähig war, wenn er es zuließ. Er hatte die Seelensammler erschaffen.

Im Zentrum der unterirdischen Anlage hatten sich die Anhänger des Namenlosen zusammengefunden. Neben dem Hohenpriester und Narenas Bewachung gab es sieben Männer und zehn Frauen. Sie schienen aus den verschiedensten Gebieten Aventuriens zu stammen. Dunkle, harte Gesichter aus den Wüstenländern wechselten mit den helleren Zügen des Westens und Nordens. Die Machart der Kleidung gab weitere Aufschlüsse über die Herkunft der Leute, die sich um Narenas Gefährten versammelten.

Wulfen lag auf der Erde und wälzte sich unter Schmerzen von einer Seite auf die andere. Einige neugierige Blicke entdeckten Narena. Ein Stoß gegen die Schultern schleuderte sie vorwärts. Sie fiel der Länge nach hin und stieß jemandem gegen die Füße. Der Kreis teilte sich, um auch Narena einzuschließen.

»Die habe ich auf dem Weg zur Toteninsel eingefangen«, sagte Narenas Wächterin. »Mehr von ihnen scheint es nicht zu geben.«

Der Mann, den Narena für den Hohenpriester hielt, kam auf sie zu. Er sah sie starr an, als wolle er sie mit den Augen unterwerfen. Narena entdeckte, daß ein Auge blau und das andere grün war. Das grüne wirkte wie aus Glas.

»Was ist mit deinem Freund geschehen?«

Diese Frage hatte Narena nicht erwartet. Sie war davon ausgegangen, daß man von ihr wissen wollte, wie sie hergekommen waren, wie sie den Kultplatz entdeckt hatten, ob noch jemand davon wußte. Das hätte für diese Menschen wesentlich wichtiger sein müssen als Wulfens Zustand.

»Ich habe dich etwas gefragt!« brüllte er sie an. »Was ist mit deinem Freund geschehen?«

»Er hat eine dieser verfluchten Statuen berührt! Das ist mit ihm!«

Der Mann wandte sich ab und sah in die Runde. Narena verstand nicht, was vor sich ging, doch man ließ ihr keine Gelegenheit, darüber nachzudenken.

»Welche?«

»Warum sollte ich euch das sagen?«

Der Hohepriester packte Narena und zerrte sie zu sich heran. Heiße Wut stand in seinem Gesicht. Er war kurz davor, die Beherrschung zu verlieren.

»Ich habe keine Zeit für Spielchen! Welche Statue hat er berührt?«

Wulfen lag noch immer am Boden, ohne völlig bei Bewußtsein zu sein. Die Schmerzen mußten nachgelassen haben, denn er keuchte nur noch schwach, aber er konnte offenbar nicht aufstehen. Der Dämon mußte ihm höllische Qualen bereitet haben. Wulfen und Narena hatten nicht damit gerechnet, daß die Standbilder magisch aufgeladen oder gar belebt waren. Sie hätten es ahnen können, aber nun war es zu spät. Seltsamerweise schienen die Kultisten ebenso überrascht. Wahrscheinlich war es besser, ihnen keine Antworten mehr zu geben.

»Chalor, laß sie die Statuen berühren!«

Narenas Wächterin drehte ihr den Arm auf den Rücken. Sie versuchte sich loszureißen, doch die Frau war kräftiger als sie und gab ihr keine Gelegenheit dazu. Mit einem kurzen Hieb gegen Narenas Rippen raubte sie ihr den Atem und führte sie zu einem der Dämonenabbilder.

Narena wehrte sich, drehte sich in dem Griff. Eine behauene Fratze mit drei Hörnern kam auf sie zu, streckte ihr zwei riesige Mäuler entgegen. Sie bäumte sich nochmals auf, zwang Chalor dazu, fester zuzupacken. Dann berührte sie den Stein, und nichts geschah. Ungläubig und verwundert vergaß sie einen Augenblick sich zu widersetzen.

Chalor setzte ihren Weg entlang der Außenwand des Heiligtums fort, stemmte sich gegen Narenas hilflosen Widerstand. Jede einzelne Statue mußte die Gefangene berühren. Jedesmal zeigte sich keine Wirkung. Selbst als das Bildnis an die Reihe kam, an dem Wulfen zusammenbrach, wurde Narena verschont. Die Kultisten waren ebenso ratlos wie sie.

Der Hohepriester schüttelte ratlos den Kopf. Er klang enttäuscht. »Warum seid ihr hier?«

»Von mir wirst du nichts erfahren, Ketzer!«

»Hast du das nicht gerade getan?« entgegnete er lächelnd.

Wulfen wurde von zwei Gestalten aufgehoben. Offensichtlich hatte er sich soweit erholt, daß er wieder bei Sinnen war. Wenn er in der Lage war, einen Zauber zu wirken, mußte er es rasch tun. Je länger diese Lage andauerte, desto wahrscheinlicher war es, daß sie getötet wurden. Narena versuchte, Wulfen unauffällig einen auffordernden Blick zuzuwerfen.

»Ich denke, ich kann Euch einiges erklären«, wandte er sich mit dünner Stimme an den Hohenpriester. »Ich gebe zu, wir wollten diese Stätte zerstören, als wir herkamen. Doch jetzt hat sich einiges verändert.«

»Deine Möglichkeiten haben sich verändert! Du wirst nicht mehr dazu kommen, etwas zu zerstören. – Was ist passiert?«

»Ihr habt keine Ahnung, was für ein Ort dies ist, nicht wahr? Eure Nachforschungen haben euch nicht weitergebracht. Dabei müßtet ihr fühlen, wo ihr seid. Ihr müßtet es spüren!« Wulfen brauchte eine Pause, in der er von allen neugierig angestarrt wurde. Man betrachtete ihn, als besäße er die Lösung eines Rätsels, das das Leben aller Anwesenden bestimmte. Narena wünschte, sie wüßte, was er vorhatte.

»Als ich herkam, war ich ein Anhänger der Zwölfgötter. Ich hätte alles getan, um ihren Geboten gehorsam zu sein. Zumindest glaubte ich das. Jetzt weiß ich, daß es nur eine Lüge war, eine leere Überlieferung, an die ich mich geklammert habe, weil es so sein mußte. Es gab nur diese eine Wahrheit. – Jetzt weiß ich, daß ich mich getäuscht habe.«

»Du willst mir doch nicht etwa weismachen, daß du plötzlich dem wahren Herrscher dienen möchtest, obwohl du vorhattest, seinen Tempel zu zerstören? Wer soll dir diese Geschichte abnehmen?«

»*Ihr* sollt sie mir abnehmen. Ihr und Eure Vertrauten. Wartet nur ab, Ihr werdet mir glauben!«

»Bring ihn zum Schweigen, Chalor!« Der Hohepriester hatte sich von Wulfen abgewandt. Seine Neugier schien erschöpft.

Chalor zückte den Dolch, doch bevor sie sich bewegen konnte, riß Wulfen die Aufmerksamkeit erneut an sich.

»Nur einem einzigen Menschen wird Er sich mitteilen, das ist der oberste der höchsten Seiner Diener, der, dessen Geist und Leib ihm ganz und gar gehören, jener, der sein Seelenheil für immerdar verloren hat. Dieser nun wird als einziger den Namen seiner Gottheit erfahren, auf daß er den dunklen Gott leibhaftig anzurufen versteht und ihm den Weg in die Gefilde der Menschen weisen kann, so die Zeit des Namenlosen gekommen ist.« Die Worte klangen wie ein Zitat.

»Die Schriften der Tepheara. – Was willst du damit sagen?«

»Ihr glaubt, Ihr werdet den Namen des Purpurnen erfahren, Hoherpriester?«

»Was soll die Frage?«

»Ihr hofft vergebens: Nicht Ihr seid der Erwählte: Ich kenne den wahren Namen des Namenlosen!«

Chalor sprang vor, riß Wulfen mit sich und stieß ihn gegen die Säulenwand.

»Frevler! Du wirst qualvoll sterben für diese Lästerung!« Ihr Messer drückte gegen Wulfens Kehle.

»Was soll das, Fremder? Du kannst unmöglich glauben, damit durchzukommen. Selbst wenn du das Wort kennen würdest, das die Zwölf in alle Winde zerrissen haben, wie willst du es beweisen? Die bloße Aussprache des Namens schneidet ein Loch in die Sphären. Nur der rechte Augenblick und das richtige Ritual rufen den Purpurnen in die Welt. Alles andere würde dich vernichten.«

»Es genügt, wenn ich den Namen denke. Ich kann Euch den Namen übermitteln, ohne uns zu gefährden.

Ihr müßt mir nur Gelegenheit geben, Eure Stirn zu berühren.«

Das war es also, was Wulfen vorhatte. Er würde seine Magie dazu benutzen, den Hohenpriester auf ihre Seite zu ziehen. Dieser könnte ihnen zur Flucht verhelfen, und gleichzeitig würde der Kult an seinem empfindlichsten Punkt getroffen. Wenn der Hohepriester unter Wulfens Einfluß stünde, änderte sich die Lage schlagartig!

Wulfen mußte einige Augenblicke auf die Antwort warten.

»Versuchen wir es. Teneb! Wenn er etwas anderes als einen Verständigungszauber benutzen will, unterbinde es. Ich will kein Wagnis eingehen.«

Der ältliche Mann, dem Narena und Wulfen bereits einmal begegnet waren, stellte sich neben Chalor. Der Hohepriester näherte sich Wulfen und ließ sich eine Hand auf die Stirn legen.

Narena betete, daß niemand bemerkte, was Wulfen plante, daß er einen Weg fände, um die Überwachung durch den Magier zu umgehen. Sie bezweifelte, daß sie eine zweite Gelegenheit erhalten würden, wenn es ihm mißlang.

Wulfens Zauber hielt Minuten an. Die Anhänger des Namenlosen sahen ständig zu Teneb hinüber, doch der Alte konnte mit beschwichtigenden Handbewegungen verdeutlichen, daß alles in Ordnung sei. Narena konnte es kaum fassen, daß Wulfen ihn überlistet hatte, denn als er die Hand von der Stirn des Hohenpriesters nahm, hatte sich dessen Gesicht merklich aufgehellt.

»Es ist wahr! Laß ihn los, Chalor! Er kennt den wahren Namen unseres Herrn!«

Niemand achtete auf Narena, die ihre Begeisterung über Wulfens Erfolg kaum verbergen konnte.

Die feindselige Spannung der Kultisten verschwand und machte einer seltsamen Mischung aus Zurückhaltung und zögerlicher Verehrung Platz. Sie waren bereit, Wulfen unter ihresgleichen aufzunehmen, weil der Hohepriester davon überzeugt war, doch ein Maß an Mißtrauen blieb. Die Umstände hatten sich nicht geändert. Sie waren gekommen, um gegen den Kult vorzugehen, und dieses Wissen ließ sich nicht ohne weiteres auslöschen. Sie waren noch lange nicht in Sicherheit, das wußte Narena mit Gewißheit. Doch das Blatt hatte sich zu ihren Gunsten gewendet.

»Ich weiß eine Menge über Euch, Hoherpriester, aber Euer Name fehlt mir.«

»Graf Sephirim Isyahadan zu Laescadir, Hochgeweihter des Namenlosen, wie Ihr bereits vermutet habt.« Sephirim deutete eine Verbeugung an.

»Es war keine Vermutung, sondern Wissen. Die Verbindung mit dem Purpurnen ist zwar noch neu, aber er hat mir einiges mitgeteilt. So auch Euren Rang.« Anschließend stellte er sich und Narena vor. »Wie habt Ihr diese Anlage entdeckt?«

»Einige Bücher und andere Quellen deuteten darauf hin, daß im Norden des Bornlandes ein Heiligtum verborgen sein müsse. Die Ortsangaben waren ausgesprochen dürftig, und über die Bedeutung oder den Ursprung des Bauwerks wurde nicht einmal gemutmaßt. Es war Zufall, daß wir auf die Stadt der Toten aufmerksam wurden. Im Nachlaß eines Bauherrn fand sich ein Vermerk über eine Wand, die bei den Bauarbeiten einbrach und einen Gang freigegeben hatte. Doch statt ihn zu erkunden, hatte man ihn umgehend vermauert, damit das Grab fertiggestellt werden konnte.

Wir haben die Grabkammer, durch die ihr gekommen seid, an Isyaharin gefunden und die Halle einen Tag später betreten. Seitdem rätseln wir über den Sinn dieser Anlage. Wir hatten gehofft, den Zweck noch vor dem Beginn des neuen Jahres herauszufinden, um die arkanen Muster des Ortes gegebenenfalls in Gang zu setzen, doch uns fehlt jeder Hinweis. Nehmt Ihr die Stimme des Einen tatsächlich wahr?«

»In jedem Augenblick! Vielleicht liegt es an dieser Stätte, vielleicht ist es eine dauerhafte Verbindung. Ich denke, ich werde es bald herausfinden.«

»Worüber spricht Er?« Das Blau im Auge des Grafen leuchtete begeistert auf.

»Es ist besser, wenn ich nicht darüber rede. Laßt es mich Euch zeigen.«

Alle Kultisten waren, ihrer Neugier folgend, geblieben, um Wulfen zu beobachten. Narena hatte man beinahe vergessen. Sie wußten, daß sie keine der ihren war, und trotzdem wurde sie nicht weiter bedrängt. Sie gehörte zu Wulfen, deswegen achtete man nur noch darauf, daß sie nicht unbemerkt floh.

Wulfen bat die Umstehenden, die Mitte der Kammer freizugeben und sich an die Pfeiler zurückzuziehen. Sephirim unterstützte seine Forderung nickend, blieb aber an Wulfens Seite. Narena mußte ebenfalls Platz machen, doch sie wurde von mehreren Kultisten eingekreist, die sich zwischen sie und die nächstgelegenen Türen stellten. Narena würde sie überraschen müssen, um an ihnen vorbei das Heiligtum zu verlassen, und auch Wulfen war nicht nahe genug an einem Ausgang. Er mußte sich etwas einfallen lassen, um sie alle für einen Augenblick abzulenken. Nur so konnten sie überhaupt versuchen zu fliehen.

Ihr fiel ein, wie Wulfen seine Zauberkräfte beschrieben hatte. Sie waren unzuverlässig und unberechenbar, übermannten ihn mehr, als daß er sie in Notlagen rief. Konnte er sie überhaupt so weit steuern, daß sie ihm gehorchten?

»Dieser Aufbau…«, er deutete auf den steinernen Sitz. »… für was haltet Ihr ihn?«

Der Hochgeweihte zuckte die Achseln. »Ich schätze, es ist eine Art Thron. Vielleicht eine Art Brennpunkt von Beschwörungen, auf dem sich vier Personen niederlassen müssen.«

»Es ist eine Treppe«, sagte Wulfen schlicht.

»Wozu sollte das gut sein? Sie ist nur anderthalb Schritt hoch und endet unter der Felsdecke.«

»Richtig, nur daß die Felsdecke übersät ist mit Runen und magischen Symbolen. Gebt acht!« Wulfen trat vor das Gebilde, das er eine Treppe genannt hatte, stützte sich mit einem Fuß darauf und schloß die Augen, um sich zu sammeln.

Narena beobachtete ihn aufmerksam, um für den entscheidenden Augenblick bereit zu sein. Was immer mit den Kultisten geschah, sie durfte keine Zeit vergeuden.

Wulfen ballte die Fäuste und richtete die Arme zur Decke. Die purpurne Welle, mit der Wulfens Schmerzen gekommen waren, breitete sich erneut aus, huschte diesmal jedoch über ihn hinweg, ohne einen Erfolg zu erzielen. Die eingelegten Schriftzeichen und Symbole begannen zu glühen, entzündeten sich und spien kleine, rasch vergehende Flammen aus. Danach blieb nur ein Schimmern.

Wulfens Hände, die bisher starr nach oben gewiesen hatten, kreisten langsam über dem Kopf, deuteten auf die gesamte Platte. Das Licht, das bedrohlich aus dem Stein gequollen war, lief von außen nach innen zusammen, sammelte sich in der ebenen Fläche des Mittelpunktes.

Wulfen nahm die Arme herunter, stieg auf die Treppe, bis er beinahe an die Decke stieß, und schleuderte seine Hände empor. Sie hätten gegen den Stein schlagen müssen, doch sie glitten hindurch, drangen bis zum Handgelenk darin ein. Eine zweite Purpurwelle schoß hervor, öffnete ein schwarzes Loch über Wulfen, das er mit den Händen auseinanderzog. Ein grauer wabernder Nebel erschien in einem schwarzen Ring aus Schwaden, die von Wulfens Fingern umklammert wurden.

Er stieg hinab, als die Öffnung mehr als drei Schritt durchmaß, und wies nach oben.

»Seht her! Das ist der Zweck dieser Treppe und der gesamten Anlage!«

Die Erscheinung auf der Steinplatte bewegte sich in gleichmäßigen und doch zufälligen Bahnen durch sich selbst, wirkte fast wie der Mahlstrom einer zähen Masse.

Wie wollte Wulfen damit die Aufmerksamkeit von sich und Narena ablenken? Die Kultisten bestaunten die Öffnung ebenso überrascht wie Narena, doch sie waren keineswegs davon gebannt. Vielmehr schienen sie sich gegenseitig auf der Suche nach einer Antwort anzusehen. Jeder Schritt auf einen der Ausgänge zu würde sofort auffallen.

Die anhaltende Stille wurde von Wulfen durchbrochen.

»Zeit des Bösen, Zeit der Sünden – Werden Sphären sich entzünden – Wenn die Kämpfe sich verkünden.

Namenloses Rufen, Singen – Durch der Erde Gräber dringen – Alle hin zum Throne zwingen.

Wird ein Drache sich erheben – Will im Schlafe nicht mehr leben – Wird dem Purpur Kräfte geben.

Und ein Tor wird aufgeschlagen – Füllt die Welt mit Weh und Klagen – Seine Macht zur Erd getragen.«

Er sang die Zeilen auf dieselbe Weise, wie Narena sie in der Grabkammer gehört hatte, nur war ihr die letzte Strophe bisher nicht bekannt.

»Hier habt ihr, wonach ihr immer gesucht habt! Den geraden Weg in die Gefilde des Namenlosen. Gleichgültig, was durch dieses Tor gelangt, es erreicht die Sphäre des All-Einen, fällt unmittelbar vor seine Füße. Noch ist es nur in einer Richtung durchlässig, versperrt dem Purpurnen den Weg. Doch wenn die Gestirne den rechten Zeitpunkt bestimmen, wird er durch dieses Portal hindurchtreten. Wir können ihm den Weg zur Rückkehr bereiten!«

Sephirim trat vor und streckte eine Hand nach dem wallenden Grau aus. Seine Finger verschwanden darin und kehrten zurück, als er den Arm sinken ließ. Er war sichtlich bestürzt.

»Wer bist du, Wulfen?«

Wulfen zuckte mit den Schultern. »Was soll ich dir darauf antworten? Sollte ich sagen, ich bin der Sohn deines Gottes?«

Allmählich befielen Narena Zweifel. Wulfen hatte mehr als genug Zeit gehabt, etwas für ihre Flucht zu unternehmen. Statt dessen unterhielt er sich mit den Kultisten, als wäre er einer von ihnen, als gehöre er dazu und hätte Einblicke in ihren Götzenglauben, die selbst ihnen verwehrt blieben. Inzwischen weigerte sich alles in ihr, darin eine Täuschung zu sehen. Seine Geschichte war zu dicht, um gelogen zu sein – doch diese Ansicht zerschlug ihr Bild von Wulfen so grundlegend, daß sie es nicht akzeptieren konnte.

Sie hatte ihn als gottesfürchtigen Menschen kennengelernt. Die Strenge seines Glaubens trieb ihn bisweilen an den Rand blinden Eifers. Wie konnte er von einem Augenblick auf den anderen die Fronten gewechselt haben? Wenn er wirklich ein Diener des Namenlosen war, mußte sein ganzes Denken vollständig verändert worden sein. Es konnte unmöglich so schnell und unbemerkt geschehen sein. Sie hatte nichts davon bemerkt, obwohl sie die vergangenen Tage mit ihm zusammen gewesen war.

Wenn er tatsächlich ein Anhänger dieses Kultes geworden war, fiel Narena nur eine Gelegenheit ein, bei der es geschehen sein konnte. – Sie hatte seinen Anfall für körperliche Schmerzen gehalten. Wieviel schlimmer mußte es wirklich gewesen sein? Oder war es doch nur eine List?

Sie suchte seinen Blick, hoffte, daß er ihr verständlich machen würde, was tatsächlich vorging. Er bemerkte ihren Versuch, richtete sich jedoch an Sephirim.

»Ich bin als Anhänger der Zwölfgötter aufgewachsen. Man hat mich zur Erziehung in den Tempel des

Praios gegeben. Es gab für mich keinen Zweifel, was Rechtgläubigkeit und was Ketzerei ist. Man lebte es mir deutlich vor und bekehrte mich mit allen greifbaren Begründungen. Doch in Wirklichkeit, jenseits meiner eigenen Vorstellungskraft, war ich mit Leib und Seele Teil des Purpurnen. Ich wußte nichts über meine Herkunft, ahnte nicht, daß mein Vater mich in einem besonderen Ritual gezeugt hatte. Er hatte eine Rechtgläubige gefunden, die er beherrschen konnte, rief den Namenlosen an, damit sein Wille in den stofflichen Samen schlüpfen konnte, öffnete den Geist der Frau, so daß der Purpurne das Kind in ihr formen konnte.

Viel wichtiger war jedoch, daß mein leiblicher Vater einen Weg gefunden hatte, dieses Kind vor dem Einfluß der Zwölfgötter zu bewahren. Die Zeugung fand jenseits der Zeit statt, und auch die Geburt sollte in den Tagen des Namenlosen liegen. Er hat die Schwangerschaft verlängert, um das Kind voll und ganz dem Einen zu weihen.

Warum ich nicht bei ihm aufgewachsen bin, weiß ich nicht. Man hat mich in der Nähe einer Straße gefunden. Mehr hat man mir nicht erzählt.

Ich habe nie den Einfluß des Purpurnen gespürt. Die Zwölfgötter-Gläubigen schirmten mich ab, ohne zu wissen, mit wem sie es zu tun hatten. Sie unterbrachen die Verbindungen zu meinem geistigen Schöpfer, mit ihrem Gerede über Moral und Sitte. Meine Zauberkraft und meine Fähigkeit, göttlichen Beistand herbeizurufen, wurden nie freigelassen, waren immer gefesselt in dem, was ich für die Wahrheit hielt.«

Wulfens Augen glitten zu Narena herüber.

»Ich war von dem Drang besessen, den Zwölfen zu dienen. Das ist der Grund, warum wir hergekommen sind. Wir haben Eure Spuren entdeckt und sind ihnen gefolgt, um zu vernichten, was immer wir finden würden. Hätte man mir zu diesem Zeitpunkt gesagt, weswegen ich wirklich hierhergekommen bin, hätte ich es nicht geglaubt.« Er legte Narena die Hand an die Wange. Sie war entsetzt, wurde sich zusehends sicherer, daß er die Wahrheit sprach.

»Es tut mir leid, was ich dir angetan habe, Narena. Es wäre besser gewesen, ich hätte ebenso gehandelt wie der Mann, der mich gezeugt hat. Eine Fremde zu überwältigen, hätte weniger Beteiligung erfordert. Ich hätte sie nie bedauert.«

»Was redest du? Laß mich in Ruhe, Wulfen!«

Er lachte. »Ich kann dich nicht in Ruhe lassen. Du hast es nicht bemerkt, aber ich habe dich schon seit Tagen gelenkt. Ich habe es selbst nicht gewußt, doch die Nähe dieses Ortes muß etwas in mir bewirkt haben.

Die Frau, die wir verfolgen, war nur ein Trugbild, um während der namenlosen Tage in die Stadt der Toten zurückzukehren. Der Gesang in der Grabkammer stammte von mir, und du hattest recht: Ich habe die Seelensammler gerufen. Der Purpurne hat mich immer beschützt. Er hat mir geholfen. Durch ihn habe ich überlebt, als meine Freunde sterben mußten. Er hat mich geführt, damit ich mich selbst schützen kann.

Trotzdem habe ich dich nie angelogen. Ich wußte nicht, was ich tat. Ich glaubte ebenso wie du, alles wäre wirklich, dachte, wir täten das Richtige. Schon damals hat mich der Namenlose beeinflußt, doch die endgültige Veränderung geschah erst hier. Als ich die Dämonenstatue berührt habe, hat sich alles gewandelt. Mein ganzes Ich, mein Glauben, meine Art, die Welt zu sehen, wurde in die Form gebracht, die die Umstände meiner Geburt geschaffen hatten.«

»Hör auf! Ich will nichts mehr hören!« Narena schlug nach ihm, aber er wich aus und griff dann ihre Arme, um sie zurückzuhalten.

»Das ist längst nicht genug, Narena. Du mußt noch mehr hören.

Die Strophen aus der bornischen Totenmesse, die ich

gesungen habe, sagen eine Menge über dieses Portal. Sie erzählen, daß sich ein Drache gegen die Ordnung erheben wird, um den Namenlosen zu unterstützen. Er wird herkommen und seine Macht nutzen, dieses Tor durchlässig zu machen.

Wir haben keinen Einfluß darauf, wann dies geschieht. Die Prophezeiungen rechnen nicht in Jahren. Sie bestimmen nur annähernd das Jahrhundert, und vielleicht täuschen sie sich sogar.

Aber wenn es geschieht, müssen wir hier sein, müssen es unterstützen, das Tor dehnen und vollständig öffnen, um dem Herrscher den Weg zu bereiten. Sein oberster Geweihter wird dazu benötigt. Doch ohne die Hilfe von Menschen, die das Blut des Purpurnen in sich tragen, wird er scheitern.

Einer dieser Menschen bin ich. Ich bin der Sohn des Namenlosen, habe seinen Geist in mir. Aber der andere, der zweite, fehlt noch.« Sein Blick wurde durchdringend, und der Druck seiner Hände nahm zu.

»Erinnerst du dich an den Abend, an dem wir aufgewärmten Meskines getrunken haben? Du glaubst wahrscheinlich, es wäre der Alkohol gewesen, der uns dazu getrieben hat, miteinander zu schlafen. Der Gedanke ist naheliegend, aus der bisherigen Sicht sogar die einzige Möglichkeit. Aber du irrst dich.

Vielleicht hast du mir innerlich sogar vorgeworfen, ich hätte Magie benutzt, um dich dazu zu zwingen, nur hast du es nicht geglaubt. Du dachtest, du würdest dir das nur einreden, um die Schuld auf mich zu schieben. Dabei habe ich dich tatsächlich gezwungen! Du bist schwanger, Narena!«

»Nein!« Narena versuchte, sich loszureißen, wand sich in Wulfens Umklammerung. Sie mußte weg, mußte fliehen. Wulfen würde ihr nicht mehr helfen. Er war einer der Kultisten geworden, hatte sich dem dunklen Gott unterworfen. Wenn sie jetzt nicht entkommen konnte, würde sie keine Gelegenheit mehr dazu bekommen. Es mußte eine Lüge sein. Er konnte unmöglich der Sohn des Namenlosen sein, konnte unmöglich mit Sicherheit wissen, daß sie schwanger geworden war. Wie sollte er sich dessen sicher sein?

Sephirim rief etwas, und weitere Hände legten sich um Narena, wollten sie zu Boden werfen. Sie stemmte sich dagegen, riß den Arm mit aller Kraft zurück, kam frei. Narena fiel rückwärts und schlug mit dem Hinterkopf gegen den Schädel eines Kultisten. Er stöhnte auf, ging gemeinsam mit ihr zu Boden. Ein anderer stolperte über die Gefallenen hinweg, verlor das Gleichgewicht und erhöhte das Durcheinander. Blitzartig schnellte Narena in die Höhe, sprang an zwei Gestalten vorbei, die versuchten, ihr den Weg zu verstellen. Verzweifelt schlug sie einem dritten den Ellbogen ins Gesicht. Dann konnte sie den Ausgang vor sich sehen. Es waren keine drei Schritte mehr, bis sie ihren Wächtern so weit entkommen war, daß eine Flucht möglich schien.

Die Dunkelheit des Tores wurde schlagartig erhellt. Weiße Gewänder mit Emblemen der Sonne versperrten den Durchgang. Narena hörte, wie Schwerter gezückt wurden, und mußte sich bereits zur Seite werfen, um nicht in die Klingen hineinzulaufen.

»Ergebt euch, Diener des Namenlosen! Praios hat seine richtende Hand nach euch ausgestreckt!« hörte sie eine Stimme, als wäre es nötig, auf die veränderten Umstände aufmerksam zu machen. In die Worte hallten die ersten klingenden Schläge von Stahl auf Stahl. »Ergebt euch dem Bannstrahl des Praios!« gellte die Stimme im aufbrandenden Kampfeslärm, doch außer Narena schien sie niemand zur Kenntnis zu nehmen.

Aus den vier Zugängen zum Zentrum strömte eine Unzahl von Kriegern, schoben sich hinein, um die Kultisten bereits durch ihre bloße Masse zu beeindrucken.

Narena mußte ebenfalls weichen, als die Langschwerter der Bannstrahler sich gegen sie richteten.

Angsterfüllt versuchte sie, sowohl zu den Anhängern des Namenlosen als auch zu den Neuankömmlingen Abstand zu halten, doch beides war unmöglich. Sie stand zwischen den Fronten zweier Schlachtreihen, die bereits aufeinander einstürmten.

Mit einem gewagter Satz wich sie der Waffe eines Kultisten aus. Die Klinge ritzte Narenas Kleidung, dann prallte sie gegen den Körper und stieß ihn beiseite. Mit einem Mal stand sie unbehelligt vor den Stufen zur Sphäre des Purpurnen.

Schrilles Kreischen ertönte. Narena warf den Kopf herum und sah einen der Bannstrahler rückwärts taumeln. Das Schwert klirrte auf den Steinboden. Die Hände preßten sich gegen den Schädel des Kriegers, die Züge verzerrten sich. Die Augen traten hervor und weiteten sich schmerzerfüllt. Die Schreie verstummten, und der Körper fiel bewußtlos oder tot zur Seite. Eine Feuerfontäne schoß aus Wulfens Hand, doch die Magie prallte an den Bannstrahlern ab. Praios schützte seine Sturmtruppe so gut er konnte.

Blut spritzte, als ein schwerer Hieb Chalor verletzte und ihr das Bein aufschlitzte. Sie sackte halb zusammen, ohne sich geschlagen zu geben. Ihre Waffe zuckte verbissen vor und zurück, doch mit dem Kurzschwert war sie ihrem gutgerüsteten Gegner unterlegen.

An anderer Stelle hielt einer der Angrcifer inne, um sich fragend umzusehen. Es schien, als wüßte der Ordensmann nicht mehr, für welche Seite er zu kämpfen hatte, dann beendete der Stich eines Kultisten die Magie und tötete den verwirrten Gegner.

Dennoch verloren die Verteidiger zusehends an Widerstandskraft. Einige waren gefallen, zuerst die Älteren und Schwachen des Kultes und diejenigen, die keine geeigneten Waffen bei sich trugen. Wulfen und ein anderer kämpften als Zauberkundige in zweiter Reihe, aber viele ihrer Bemühungen konnten den magischen Schutz der Bannstrahler nicht durchbrechen.

Sephirim hielt sich zurück und rief beschwörende Formeln, die keinerlei Nutzen zeigten.

Narena konnte nicht abschätzen, wie lange es noch dauern würde, aber die Kultisten hatten bereits verloren. Sie würden bis auf den letzten Mann niedergemäht werden. Dabei griffen nicht einmal alle Kräfte der inquisitorischen Einheit in den Kampf ein. An jeder Dämonenstatue an den Zugängen holte einer der Bannstrahler das nach, was Narena und Wulfen mißlungen war, was ihnen mißlingen mußte, denn Wulfen hatte nie wirklich gegen den Namenlosen gekämpft.

Einzelne Bildnisse begannen unter dem Ansturm der Ordensmänner zu wanken. Eines fiel, als die Anstrengungen erhöht wurden, und zerschlug beim Aufprall. Eine Wellenlinie flackerte über den Köpfen der Kämpfenden durch die Deckenplatte und verkleinerte den schwarzen Rand des Sphärentors. Als die nächste Statue fiel, konnte Narena sehen, daß Wulfen vor Schmerz zusammenzuckte. Die purpurne Welle im Tor schlug Blitze in seine Gliedmaßen und ließ ihn wie eine lebende Marionette erscheinen, die an magischen Fäden hing. Er schleuderte erneut einen Flammenstrahl gegen die Bannstrahler, wandte sich dann um und rannte auf die Stufen zu.

Narena konnte sich gerade noch fragen, was er planen mochte, bevor er auf die Plattform sprang, sich davon abstieß und in die Höhe schnellte. Seine Gestalt wurde von einem Maul aus waberndem Nebel gefressen, versank in den grauen Wirbeln, die durch Wulfens Bewegung zerstoben.

Die letzten Dämonenstatuen zerbrachen, und das Portal zum Namenlosen wurde geschlossen. Wulfen war verschwunden. Acht Bannstrahler zückten ihre Schwerter und wandten sich ebenfalls dem Kampf zu.

Narena wurde bewußt, daß sie aus diesem Kessel verschwinden mußte. Sie wußte nicht, wieviel den Ordensleuten von den Umständen bekannt war.

Wahrscheinlich reichte es nicht aus, um ihnen verständlich zu machen, daß Narena nicht zu den Kultisten gehörte, oder sie vergaßen es im Eifer des Gefechts. Wenn sich eine Gelegenheit dazu ergab, war es besser zu fliehen, als auf die Gnade der Angreifer zu hoffen.

Die Verteidigung der Kultisten gab nach. Vor dem östlichen Ausgang fielen zwei Frauen, und die Lücke wurde lediglich von einem verzweifelt um sich schlagenden Südländer gehalten.

Narena umrundete die Stufen, um zum geeigneten Zeitpunkt diese Lücke zu nutzen, doch der Hochgeweihte des Namenlosen hatte seine Gebete beendet und ihre Bewegungen verfolgt. Hastig wies er mit der ausgestreckten Hand in ihre Richtung.

Sie ließ sich fallen, bevor die Magie, die Sephirim beschworen haben mochte, sie erreichen konnte, rollte herum und kam nur zwei Schritt neben den Stufen wieder auf die Beine.

Neben ihr verhärtete sich ein Gewand mit dem Sonnensymbol, wurde binnen Augenblicken grau und porös, und nun zerfiel der Körper des Ordenskriegers zu Staub.

Narena stürzte über die Asche hinweg, bevor aufsteigendes Entsetzen sie hemmen konnte, durchbrach die Reihe der Bannstrahler und erreichte einen der Durchgänge. Sie hörte Schritte hinter sich, entdeckte aus den Augenwinkeln, daß Sephirim ebenfalls entkommen war und sie verfolgte. Dann eilte sie in das Labyrinth der Kammern und steinernen Säulen.

*

Ibren war die letzten Tage fast ausschließlich in Tannhausers Nähe gewesen, wenn er das Verhör der Gefangenen leitete. Ihre anfängliche Abneigung gegen ihn hatte sich noch verstärkt, obwohl sie wußte, daß die Folter gerechtfertigt war, um die Anhänger des Namenlosen zu befragen.

Doch es war nicht dies allein, was ihn abstoßend machte. Seine ganze Art zu reden, sich zu bewegen... es war einfach zu viel, um es in Worte zu fassen.

Trotzdem hatte sie durch seine Hilfe eine Menge erfahren, das ihr sonst verborgen geblieben wäre. Die Geschehnisse ergaben allmählich ein schlüssiges Bild, in dem Narena und Wulfen eine entscheidende Rolle spielten.

Überraschenderweise waren die Kultisten eher bereit gewesen, über die beiden zu reden, als über jeden anderen ihrer Gruppe. Früh hatte sich herausgestellt, daß Wulfen und Narena eigentlich gar nicht zu ihnen gehört hatten.

Die bedeutenderen Mitglieder der Gruppe waren entkommen. Wulfen hatte vor aller Augen den Weg zu seinem finsteren Gott gewählt. Wenn er noch lebte, mußte er in der Falle sitzen, die den Namenlosen seit Jahrtausenden festhielt. Was er sich davon erhofft hatte, blieb zweifelhaft, denn das Tor war auf immer verschlossen. Die Bannstrahler hatten die Deckenplatte im Zentrum der Höhle zerstört und alles entfernt, das wie magisches Hilfswerk ausgesehen hatte.

Sephirim und Narena waren unbemerkt verschwunden, und obwohl die Frau nicht zu den Kultisten gehörte, war sie nicht wieder aufgetaucht. Vielleicht hatte der Hochgeweihte sie in seiner Gewalt, vielleicht wollte sie lediglich die Auseinandersetzung mit den Bannstrahlern vermeiden.

Die Boroni konnte es ihr nicht verübeln. Die Erfahrungen, die sie als Beobachterin der Inquisition gemacht hatte, hätten sie genauso entscheiden lassen. Die Gefangenen hatten die angemessene Strafe erhalten. Inwieweit dies auch auf Narena zugetroffen hätte, war fraglich, und in diesem Punkt hätte Ibren den Bannstrahlern auch widersprochen.

Sie wollte einfach nicht glauben, daß die Frau getan hatte, was über sie erzählt wurde.

*

Es schien erst eine Woche zurückzuliegen, daß sie Tageslicht gesehen hatte, doch ihr Körper bewies ihr, daß es viel länger her sein mußte. Mühsam stolperte sie vom Eingang des kleinen Hauses fort und stützte sich an den nächsten Baumstamm. Das Licht blendete sie, obwohl die Sonne gerade erst aufgegangen war. Die Augen waren empfindlich geworden.

Das Kind auf ihrem Arm weinte leise vor sich hin. Mjeska wußte nicht einmal, daß sie es mitgenommen hatte. Alles verlor sich binnen Minuten in einem Schleier über ihrem Erinnerungsvermögen. Das einzige, was ihr klar vor Augen stand, war das Bild des Dämons. Es wollte nicht verschwinden, stand wie eine wandelnde Bildsäule ständig vor ihr, ließ ihr keine Ruhe.

Langsam ging sie von Baum zu Baum, mußte sich immer wieder abstützen, um Kräfte zu sammeln. Sie hatte das Gefühl, monatelang nicht gelaufen zu sein, das Gespür für Gleichgewicht und Bewegungsabläufe verloren zu haben. Ihre Knie waren weich und gaben nach, sobald sie vergaß, sie willentlich zum Aushalten zu zwingen. Ihr Atem ging heftig. Das Kind wurde schwer. Sie mußte es auf die andere Seite heben.

Mühsam schleppte sie sich voran, gewann behutsam ihre Sinne zurück, sammelte genügend Geisteskraft, um sich zu erinnern, um zu begreifen, was vorgefallen war.

Sie hatte auf dem Tisch gelegen, war nackt und gefesselt gewesen. Nachdem der Dämon verschwunden war, gab es niemanden mehr, der sich um sie kümmerte. Die alte Frau und der Druide waren tot. Das

Kind lag zwischen ihren Beinen auf dem Holz, strampelte und berührte gelegentlich ihre Waden.

Das purpurne Glühen, das den Dämon zurückgehalten hatte, war in sich zusammengefallen und verschwunden. Irgendwann hatte Mjeska bemerkt, wie die Fesseln nachgaben, die sie auf dem Tisch hielten.

Sie hatte die Arme aus ihrer unnatürlichen Haltung gezogen und sich die Handgelenke gerieben. Vorsichtig hatte sie dann die Füße über das Neugeborene hinweggehoben und sich auf die Kante des Tisches gesetzt.

Sie wußte nicht mehr, unter welchen Umständen sie den Raum verlassen hatte, warum sie das Kind bei sich hatte und nur eine Decke um ihre Hüften trug. Noch viel weniger begriff sie, warum sie den Dolch des Druiden mitgenommen hatte.

Sie schritt weiter ziellos umher. Ein leichter Sommerwind fuhr durch die Blätter des Waldes und strich über sie hinweg. Er brachte Kühlung und bekämpfte den Schweiß, den ihr die ungewohnte Anstrengung aus den Poren trieb. Mjeska fühlte, daß sie noch halb benommen war. Sie hatte das Gefühl, nicht wach werden zu können und dennoch nicht mehr zu schlafen. Sie hing irgendwo dazwischen fest.

Wohin sollte sie gehen? Sie kannte diese Gegend nicht. Der Zauberer hatte sie damals auf einer befestigten Straße überwältigt. Vielleicht war sie ganz in der Nähe, vielleicht hatte er sie aber auch über weite Strecken fortgeschafft. Es blieb ihr nichts anderes übrig, als in irgendeine Richtung zu gehen. Sie wollte so weit wie möglich von der Behausung des Druiden weg, wollte sie hinter sich lassen, sie vergessen, genauso wie die Demütigungen, die hinter ihr lagen.

Vögel zwitscherten. Manchmal sah sie einen von ihnen über die Äste hüpfen. Andere kamen heruntergeflogen und pickten in der Erde.

Mjeskas Füße schmerzten. Sie hatte es nicht bemerkt, war über den unebenen Grund, über abgebrochene Äste und herumliegende Steine gegangen, ohne das Stechen an ihren Sohlen wahrzunehmen. Sie hielt an, stützte sich gegen einen Baum und setzte sich. Die Haut an ihren Füßen war verdreckt, an einigen Stellen durchstochen. Sie konnte unmöglich noch lange so weiterlaufen. Je mehr sie zur Besinnung kam, um so anstrengender würde sie das Barfußlaufen empfinden.

Das Kind lenkte sie von ihren Gedanken ab, neugierig suchte sie nach dem Geschlecht des Kleinen. Ein Junge. Er hatte ein paar schwarze Haare und ein niedliches Gesicht. Dennoch fand sie ihn häßlich, ohne erklären zu können, warum. Irgend etwas war mit ihm. Irgend etwas, woran sie sich nicht erinnern konnte. War sie die Mutter des Kindes? Sie meinte, sie könnte sich an die Geburt erinnern, aber es fehlten so viele Einzelheiten. Verwirrt stand sie auf und lief weiter. Die Füße setzte sie umständlich auf.

Sie verlor jedes Gefühl für Zeit und Raum. Die Hütte verschwand hinter ihr zwischen den braunen, borkigen Stämmen. Es schien, als würde sie nicht vorankommen. Das Gehen schmerzte, die Beine wurden lahm, und sie konnte das Kind unmöglich länger tragen.

Ein Busch bot sich als Deckung an. Mjeska breitete ein Tuch auf dem Boden aus und legte das Kind dicht an den Busch. Sie selbst kroch daneben und schlief ein.

Als sie aufwachte, war ihr Kopf klar. Sie erinnerte sich an das Geschehene. Das Kind neben ihr schrie, doch sie beachtete es nicht. Der Bastard gehörte dem Namenlosen, diente seinem Willen. Sie wußte, daß sie an der Zeugung des Jungen beteiligt war, wußte auch, daß sie versucht hatte, sich zu wehren. Dennoch gab es keine Entschuldigung für das Verbrechen, das sie begangen hatte. Niemand wurde ihr verzeihen, was geschehen war. Man würde die Priester holen, weil sie dem verbotenen Kult angehörte. Gleichgültig unter welchen Umständen, sie war zu einer Dienerin des Bösen geworden. Daß sie das Kind bis hierhin mitgenommen hatte, bewies es eindeutig.

Behutsam nahm sie den Dolch in die Hand und griff nach dem Kind. Weit ausholend riß sie die schwarze Klinge in die Höhe, zielte auf die winzige Brust.

Ein Zittern lief durch ihren Arm und zwang sie innezuhalten. Etwas in ihrem Innern hielt die Waffe fest, statt sie in den Jungen zu stoßen. Die Verbindungen, über die der Namenlose das Kind während der Schwangerschaft geformt hatte, standen noch offen. Er besaß noch immer die Kraft, Mjeska zu bezwingen, sie zu Dingen zu treiben, die ihr widerstrebten. Er hatte die Herrschaft über sie erlangt und würde sie niemals abgeben.

Sie wandte sich von dem Kind ab, ließ die Hand sinken, als der fremde Widerstand nachgab, und stieß die Waffe hastig empor, schnitt über ihren Hals und durchtrennte Haut, Sehnen und Adern, bevor das Böse in ihr es verhindern konnte.

Anhang

Erklärung aventurischer Begriffe

Die Götter und Monate

1. Praios = Gott der Sonne und des Gesetzes (entspricht dem Juli)
2. Rondra = Göttin des Krieges und des Sturmes (entspricht dem August)
3. Efferd = Gott des Wassers, des Windes und der Seefahrt (entspricht dem September)
4. Travia = Göttin des Herdfeuers, der Gastfreundschaft und der ehelichen Liebe (entspricht dem Oktober)
5. Boron = Gott des Todes und des Schlafes (entspricht dem November)
6. Hesinde = Göttin der Gelehrsamkeit, der Künste und der Magie (entspricht dem Dezember)
7. Firun = Gott des Winters und der Jagd (entspricht dem Januar)
8. Tsa = Göttin der Geburt und der Erneuerung (entspricht dem Februar)
9. Phex = Gott der Diebe und Händler (entspricht dem März)
10. Peraine = Göttin des Ackerbaus und der Heilkunde (entspricht dem April)
11. Ingerimm = Gott des Feuers und des Handwerks (entspricht dem Mai)
12. Rahja = Göttin des Weines, des Rausches und der Liebe (entspricht dem Juni)

Die Zwölf = die Gesamtheit der Götter
Der Namenlose = der Widersacher der Zwölf

Maße, Gewichte und Münzen

Meile = 1 km
Schritt = 1 m
Spann = 20 cm
Finger = 2 cm

Dukat (Goldstück) = 50 DM*
Silbertaler (Taler, Silberstück) = 5 DM*
Heller = 0,5 DM*
Kreuzer = 0,05 DM*

* Neue DSA-Regeln sehen einen realistischeren Umrechnungsfaktor vor. Danach ist der Dukat ca. DM 250,– wert. Auch die anderen Münzwerte sind entsprechend anzuheben.

Unze = 25 g
Stein = 1 kg
Quader = 1 t

Himmelsrichtungen

Rahja = Osten
Efferd = Westen
Praios = Süden
Firun = Norden

Begriffe, Namen, Orte

Albernia, Albernien = westl. Küstenprovinz des Mittelreiches
Alveran = Wohnort der Götter
Angbar = Hauptstadt der Provinz Kosch
Angroschim = av. Wort für Zwerg
Answin = av. Graf, nach einem Staatsstreich für einige Monate unrechtmäßiger Kaiser des Mittelreiches
Answinisten = Anhänger des Thronräubers
Beilunker Reiter = av. Botendienst
Bornland = Land in Nordostaventurien
Darpatien = Provinz des Mittelreiches
Dere = die Welt

Difar = av. Dämon, außerordentlich flink
duglummäßig = Duglum ist ein av. Dämon
Ferdok = Stadt in der Provinz Kosch
Gareth = Hauptstadt des Mittelreiches
Golgari = der Totenvogel, Borons Bote
Götterlauf = poet. für 1 Jahr
Gratenfels = Provinz des Mittelreiches
KGIA = Kaiserlich Garethische Informationsagentur (Geheimpolizei des Mittelreiches)
Kosch = Provinz des Mittelreiches auf der Ostseite der Koschberge
Meskinnes = Honigschnaps
Mittelreich (Neues Reich) = größter av. Staat
Mopsendronning = Thorwalsches Wort für Frau mit großem Busen
Muhrsape = Sumpf bei der Stadt Havena
Nivesen = nordav. Volksstamm, mandeläugig, vorwiegend rothaarig
Noiona = av. Heilige, Schutzpatronin der geistig Verwirrten
Perricum = Hafenstadt in Ostaventurien
Praiosscheibe = Sonne
Satinav = Dämon der Zeit
selemitisch = Selem ist eine Stadt in Südaventurien
Shadif = Pferderasse der Tulamiden
Tobrien = Küstenprovinz in Ostaventurien
Tulamiden = av. Volksstamm, Wüstenbewohner
Weibel = militärischer Rang (Feldwebel)
Yaqirtaler = süße av. Weinsorte
Zwölf, die Zwölfe = kurz für die Zwölfgötter

Das Schwarze Auge
„Deutschlands bekanntestes Rollenspiel“
Das Schwarze Auge
Fantastische Fantasie-Spiele
Abenteuer Basis-Spiel
Die Helden des schwarzen Auges
Regelbuch II
Schmidt Spiele
Schmidt Spiele
Hotline: 08165/924260